VOENIX

In Lokis Feuerschmiede

Sagenhaftes vom Listenreichen

ARUN

Copyright © 2004 by Arun-Verlag für die deutsche Ausgabe.
Arun-Verlag, Engerda 28, D-07407 Uhlstädt-Kirchhasel,
Tel.: 036743 - 233-11, Fax: 036743 - 233-17
e-mail: info@arun-verlag.de; www.arun-verlag.de
Titelbild: Voenix (www.voenix.de).
Gesamtherstellung: Hubert & Co., Zeitbuch, Göttingen.

Alle Rechte der Verbreitung in deutscher Sprache und der Übersetzung, auch durch Film, Funk und Fernsehen, sowie fotomechanische Wiedergabe, Ton- und Datenträger jeder Art und auszugsweisen Nachdrucks sind vorbehalten.

ISBN 3-935581-60-2

Inhalt

Einleitung 7
Loki als nordisch-satanisches Prinzip? 13

Vorspiel 19
1. Lokis Geburt 29
2. Motsognir 49
3. Von den Menschensöhnen und -töchtern 60
4. Die Geschichte vom Riesenbaumeister 75
5. Das Lied der Knochenfrau 88
6. Angrboda 102
7. Lokis Kinder in Asgard 135
8. Die Ergreifung der Jörmungand 154
9. Der Raub des Brisingamen 180
10. Kampf auf den Klippen 203

Nachspiel 243

Erklärung der verwendeten Namen und Begriffe ... 248
Volksweisen 253
Literaturtipps 254

Der Autor 255

ZWIETRACHT, STREIT UND HINTERLIST,
KLINGEN ZUCKERSÜß IN MEINEN OHREN.
WORT UND ZANK SIND MEINE WAFFEN,
ZUR ENTLARVUNG EURER MASKEN,
AUF DASS IHR NICHT ERSTICKET,
AN SELBSTGEFALLN UND LANGEWEIL.

IHR HASST DEN GEIST,
DER HIERIN WALTET,
DOCH OHNE ZU ERKENNEN,
DASS DIESE KRAFT DER FUNKEN IST,
DER WELTEN SCHAFFT
UND NICHTS BELÄSST,
WIE ES EINST DAGEWESEN.

*All unseren inneren, ungeliebten Seiten gewidmet,
die wir beim anderen stets suchen, finden und ablehnen.*

Einleitung

Seit der Wiederbelebung der (Neu-)Romantik und der Wiederentdeckung der Edda, einer Sammlung altnordischer Götter- und Heldenlieder, die zwischen dem 8. und 12. Jh. in Norwegen und Island aufgezeichnet wurde, hat sich schon manch wacher Geist darin versucht, das Wesen dieser schillernden und widersprüchlichen Gestalt namens Loki zu erfassen, die als zwielichtigste, zugleich aber auch interessanteste Gottheit des germanischen Pantheons gilt. Die Edda zeichnet uns das Bild eines Gottes, dessen wechselhafte Vielschichtigkeit sicherlich nicht zufällig mannigfaltige Übereinstimmungen mit der Unbeständigkeit eines prasselnden Feuers besitzt. Gleichwohl der Germanist Rudolf Simek in seinem viel beachteten „Lexikon der germanischen Mythologie" jegliche Argumentationen und Stützversuche, die Loki als einen Gott des Feuers interpretieren, als unhaltbar zu widerlegen sucht, hat nicht zuletzt Wagners bekannte Ring-Oper maßgeblich dazu beigetragen, dass Lokis Wesen uns heute aufs Engste mit dem hitzigen Element verknüpft erscheint. Loriot hingegen, der bekannte deutsche Cartoonist, Autor und Schauspieler, bezeichnete Loki (Loge) jüngst in seiner vertonten Erzählung zu „Wagners Ring" als „amoralischen Intellektuellen". Eine gelungene Beschreibung, die uns ebenfalls weitere Auskunft gibt.

Doch beginnen wir mit dem, worin stets aller Anfang wurzelt - dem Mythos und ziehen somit zu Rate, was uns die Edda an ohnehin so spärlichen Schriftquellen hinterlassen hat:

Loki erblickt das Licht der Welt als Sohn eines Riesenpaares, das auf solch seltsame Namen wie „Farbauti" (der gefährlich Schlagende) und „Laufey" (die Laubinsel) hört. Der Vater wurde wahlweise schon als Sturmwind oder Kugelblitz gedeutet, der während eines Gewitters durch Blitz und Funken die flammende Lohe schlägt. Gerät dabei trockenes Laub in Brand, so wird Loki geboren. Man sagt von Loki, er sei sehr schön von Angesicht, doch wankelmütig und böse von Gemütsart und äußerst mannigfaltig im Auftreten. Zwei Brüder werden ihm noch mitgegeben, Byleist (Donnerblitz) der eine, was auf den Blitze schlagenden Donnergott Thor schließen lassen könnte, in dessen Begleitung Loki oftmals anzutreffen ist, und Helblindi (der Unterweltsblinde), worin möglicherweise Odin, der

Göttervater selbst, zu suchen ist, der diesen Namen ebenfalls einmal führt und mit Loki einst Blutsbrüderschaft geschlossen haben soll.

Lediglich zwei spärliche Zeilen berichten über eine Gattin an Lokis Seite. Ihr Name lautet Sigyn, und mit ihr soll er die beiden Söhne (V)Ali und Narfi gezeugt haben. Sigyn wird an einer Stelle unter den weiblichen Gottheiten, den Asinnen, aufgezählt, spielt aber lediglich eine Rolle bei Lokis Fesselung, die schon gegen das Ende der Götterherrschaft erfolgt. Mit der Riesin Angrboda (Sorgenbringerin) zeugt Loki die drei mächtigsten Unheilkinder: Hel, die Todesgöttin, Fenrir, den Riesenwolf, und Jörmungand, die gewaltige Midgard-schlange. Allesamt sind Geschöpfe und Ausgeburten der Dunkelheit, denen später eine zentrale Bedeutung im Göttergeschick zukommt, da sie die Kräfte des Todes, des tierhaften Triebes und des Chaos verkörpern und von den Asengöttern allesamt in die Tiefe (das Unbewusste) verbannt werden. Dadurch wird ersichtlich, welchen Stellenwert Loki als Vater dieser Geschöpfe im Pantheon einnimmt, denn wann immer sich eine Gelegenheit bietet, die Grundpfeiler der bestehenden Weltordnung zum Schwanken oder zum Einsturz zu bringen, ist er zur Stelle. Am augenscheinlichsten tritt er als göttlicher Widersacher auf, als er den blinden Hödur dazu verführt, unfreiwillig seinen eigenen Bruder Balder zu töten, was in Folge die Ragnarök und den Untergang der ganzen Welt einleitet. Als vermeintlicher Bösewicht und Vertreter der beständig verrinnenden Zeit agiert Loki beim Raub der Iduna und ihrer lebensverjüngenden Äpfel, wodurch die scheinbar unsterblichen Asen plötzlich wieder zu altern beginnen. Weiter schneidet er Thors Gattin Sif ihre goldene Haarpracht ab, liefert den Donnergott an die Riesen aus, stiehlt der Liebesgöttin Freyja ihren unersetzlichen Halsschmuck und vollbringt noch genügend weitere Schandtaten, die ihm zu zweifelhaftem Ruhm gereichen. Auch auf Midgard, der Welt von uns Menschen, sind seinen Taten keine Schranken auferlegt. So spielt er in der Wölsungen-sage (nordische Fassung des Nibelungenliedes) beim Raub des Rheingoldes eine entscheidende Rolle. Er stiehlt es einem Zwerg Namens Andwari, worauf dieser erbost einen solch schlimmen Fluch über den glänzenden Hort ausspricht, dass der in Folge den Tod und Untergang von mehreren Helden und Königen nach sich zieht.

Doch wenngleich als größter Feind und Widersacher der Götter gescholten, tritt Loki nicht minder als ihr nützlichster Helfer und

Verbündeter auf, wenn es darum geht, den Asen Vorteile zu verschaffen oder ihnen wieder einmal aus der Patsche zu helfen*. Einmal in Bedrängnis geraten, ist er jederzeit gewillt, Ansehen und persönliche Ehre zu opfern, sei es um der Gemeinschaft willen oder schlicht nur, um die eigene Haut zu retten. Dabei ist ihm stets jedes Mittel recht. Einmal verwandelt er sich in eine Stute und lockt hierdurch Swadilfari, den Arbeitshengst eines maskierten Riesenbaumeisters, zur geschlechtlichen Vereinigung in den Wald, wodurch der Riese sein Werk nicht fristgerecht beenden kann. Aus dieser Verbindung geht später das achtbeinige Streitross Sleipnir hervor, welches Loki selbst in Gestalt einer Stute gebiert und damit offenbart, dass er auch sein Geschlecht nach Belieben zu wechseln vermag. Diese Zweigeschlechtlichkeit bekommt Loki von den Asen des öfteren vorgehalten, die ihn gerne abfällig als „weibisch" verspotten. Seine so offensichtlich abgelehnte Androgynität findet sich vor allem noch bei den Ur-Riesen, die, da in der Regel ja einzeln auftretend, ihre Nachkommen zunächst aus sich selbst hervorbringen. Hierdurch kommt Lokis (hybrider) Rolle ein weiterer wichtiger Stellenwert zu, denn als Hermaphrodit hat er einen gleichwertigen Zugang zur männlichen wie weiblichen Seite und ist demnach seiner persönlichen „Ganzwerdung" schon ein erhebliches Stück näher, als all die anderen Asen, welche in ihrer klassischen Polarisierung noch die Vertreter eines dualen und schließlich überholten Weltbildes repräsentieren. Jene sehen dies (wie gewöhnlich alle selbsternannten Kulturschützer) freilich anders, erheben ihre eigene Anschauung als die einzig Wahre, während die ursprünglich riesische Zweigeschlechtlichkeit als unehrenhaft, weibisch und abstoßend betrachten wird. Nichts Neues, bedenkt man der auffallenden Nichtbeachtung Lokis zahlreicher Verdienste, die nicht selten jener Doppelnatur und Doppelmoral entspringen. Neben der durch den Riesenbaumeister erstellten Trutzburg und dem daraus hervorgegangenen Prachtpferd Sleipnir, erscheinen denn auch andere Götterattribute fast wie selbstverständliche Gefälligkeiten: Thors schlagkräftiger Hammer Mjölnir, Odins treffsicherer Speer Gungnir, Freyrs Schiff Skidblatnir und sein Kampfeber Gullinbursti sowie der kostbare Goldring Draupnir - sämtliche Gegenstände sind Lokis Wirken zu verdanken.

*Rudolf Simek weist in diesem Zusammenhang einmal mehr auf Lokis ursprüngliche Rolle eines Kulturbringers hin, der erst im Laufe der Zeit mehr und mehr zum Antagonisten der Götterwelt regredierte.

Die menschliche Eigenart, dankbar in Empfang zu nehmen, was einem offensichtlich zusteht, über dessen Herkunft oder Zustandekommen aber großzügig hinwegzusehen, sobald dies die eigene Gesinnung in Frage stellen könnte, scheint auch den Göttern satt zu eigen. Überhaupt ist ja die List und das hiermit verbundene Ränkeschmieden eine vornehmlich (natürlich nicht ausschließlich) weibliche Eigenart, da sie zumeist versteckt, also im Dunkeln, und niemals direkt sichtbar zu Tage tritt. Dinge, Situationen und Menschen werden im Verborgenen manipuliert, um an gewünschte Ziele zu gelangen. Nicht Ehre, sondern Effizienz sind angesagt, das Ergebnis ist entscheidend, und der Zweck heiligt die Mittel! Die klar ersichtlichen Vorteile dieser „weibischen" Strategien lassen sich hingegen auch beim Göttervater Odin finden, der sich nicht zu scha(n)de dafür ist, von Freyja, der wanischen Königin der Hexen, in die Kunst der schamanischen Seid(r)-Magie einführen zu lassen. Diese Vermischung geschlechtsspezifischer Kräfte und Neigungen findet sich bis heute in fast allen Hochreligionen, deren Ämter und Tempeldienste gewöhnlich von Männern in Frauentracht verrichtet werden. Eine sehr alte, und auf ihre Wurzeln hin befragt, nur ungern erwähnte Tradition, wodurch sich die männliche Priesterschaft eine Erweiterung ihrer magischen und transzendentalen Fähigkeiten erhofft(e), die in tiefer Vergangenheit anstandslos dem weiblichen Geschlecht zugesprochen wurden. Auch von den Goden, Druiden und Priesterschamanen unserer heidnischen Vorfahren ist bekannt, dass sie es vorzogen, sich in Frauentracht zu kleiden und diese Gesinnung durch entsprechendes Verhalten sowie ihre Haartracht zusätzlich zu steigern wussten. In vielen Stammeskulturen wurden und werden noch heute Männer, die offensichtlich weibliche Merkmale aufweisen, nicht ausgegrenzt oder verspottet, sondern sie gelten als gleichwertig und werden mitunter für bestimmte Tätigkeiten sogar als besonders begabte Menschen angesehen. Aus Lokis zwitterhaftem Wesen lassen sich somit mögliche Rückschlüsse auf dessen innere Zerrissenheit ziehen, mit der sich Menschen des gleichen Typus gleichfalls konfrontiert sehen. Beständig tingelt Loki zwischen den Gegensätzen der Welt der Asen und jener der Riesen hin und her. Die Edda berichtet von prächtigen Hallen, die den zentralsten Gottheiten zu eigen sind, von Loki findet sich dort nichts dergleichen. Erst gegen Ende, als er auf der Flucht vor seinen Häschern ist, baut er sich selbst eine kleine Hütte, ausgestattet mit einem Fenster in jede Richtung hin, um seine Verfolger schon von Weitem herannahen zu sehen. Von einer Gesellschaft nur unvollkommen aufgenommen und als unspezifisches Novum geächtet, bleibt Loki schließlich nichts anderes übrig, als sich von ihr abzuwenden und eine neue und hoffnungsvollere Welt anzustreben, in der Gleichwertigkeit und Humanismus zumindest möglich werden könnten.

Doch zurück zu Lokis Un-Taten, die bei genauerer Untersuchung auch andere Betrachtungsweisen erlauben und zulassen. Wenn Loki beispielsweise Thors Gattin Sif aus reiner Boshaftigkeit die goldenen Haare abschneidet, ist der etymologische Vergleich, hierin einen sommerlichen Flächenbrand auszumachen, der innerhalb kürzester Zeit den ganzen Ertrag eines reifen Kornfeldes vernichtet, sicherlich nicht der schlechteste. Suchen wir nun aber nach einer alternativen Auslegung dieses Tatbestandes, liefert möglicherweise eine Strophe seiner Zankreden einen Hinweis. Dort, vor den in Ägirs Halle versammelten Göttern, brüstet sich Loki unter anderem damit, allen weiblichen Asinnen beigewohnt zu haben. Nachdem die Reihe nun an die Göttin Sif kommt, hofft diese durch das Einschenken eines Trinkhornes, welches sie Loki zur Versöhnung reicht, von dessen schmählichen Anschuldigungen (oder eben doch Eröffnungen) verschont zu bleiben. Loki aber, nun erst richtig warmgelaufen, enttäuscht uns nicht und berichtet unverblümt, wie er auch ihr einst an die Wäsche gekommen sei und ihren Gatten Thor damit zum Hahnrei gemacht habe. Bedenkt man nun, dass es in früheren Zeiten keine Seltenheit war, einer beim Ehebruch ertappten Frau zum Zeichen ihres Vergehens die Haare abzuschneiden (was nach dem 2. Weltkrieg selbst in Holland und Italien noch praktiziert wurde, wo man auf diese Weise mit jungen Frauen verfuhr, die sich mit deutschen Besatzern eingelassen hatten), bekäme Lokis Tat einen anderen Stellenwert. Dann nämlich läge die Vermutung nahe, dass Thor, der seiner Frau mit dem Hausfreund auf die Schliche gekommen, diese gut sichtbare Züchtigung seines untreuen Weibes als gehörnter Ehegatte selbst vorgenommen hätte, hernach aber den Nebenbuhler unter Gewaltandrohung zur Bereinigung dieser Schmach zwingt. Ein Vierzeiler des Harbardliedes, wo Odin als verkleideter Fährmann dem Thor die Überfahrt verwehrt, könnte diese These stützen. Dort heißt es in Strophe 46:

Einen Buhlen beherbergt Sif im Hause,
ertappe du den bei seinem Geständel;
deine Tapferkeit findet da tüchtiger zu tun.
Weit schuldiger dir bist du dieses Geschäft.
(ergänze: ...als mit mir hier dumm rumzustreiten!)

Loki wäre zwar noch immer der Verursacher des erfolgten Haarverlusts, doch die Schuldfrage wäre ihm somit nicht mehr (wie gewöhnlich) gänzlich alleine anzulasten, sondern müsste zumindest auf Thors vermeintlich untreue Gattin ausgeweitet werden, die sich in Ägirs Halle auffallend darum bemüht, von Loki nicht denunziert zu werden. Genau mit diesen „ehrbaren Tugenden" aber rechnen seine Zankreden ab und lassen uns die Götter und Göttinnen in einem nicht mehr unfehlbaren, sondern all zu menschlichen Licht erscheinen.

Lokis fröhliche Seite als Schelm und Schabernack (lokka = reizen, locken) zeigt sich im Lied vom Raub der Göttin Iduna. Nach deren Rückkehr nach Asgard zieht Skadi, die Tochter eines von den Göttern erschlagenen Riesen Namens Thjazi, bewaffnet vor die Mauern von Asgard und verlangt Rache für ihren getöteten Vater. Die Riesin soll darauf durch Vermählung mit einem Gott entschädigt werden, worauf sie zustimmt. Zuvor aber stellt Skadi noch die Bedingung, man müsse sie erst zum Lachen bringen. Die gesamte Göttersippe müht sich darauf vergeblich ab, der frostigen Riesin ein Lächeln zu entlocken, doch einzig Loki ist durch einen derben Spaß dazu in der Lage. Er bindet sich einen Strick um sein bestes Stück und knotet das andere Ende an den Bart eines Ziegenbockes, mit dem er sich darauf laut schreiend eine Art Tauziehen liefert. Als Loki sich der Riesin in den Schoß fallen lässt, kann auch diese ihr Lachen nicht länger unterdrücken, und der frostige Bann ist gebrochen. Naturmythologisch findet sich hier das Bild der kalten Jahreszeit, die vom aufkommenden Frühlingswind durch Heiterkeit zur Aufgabe bzw. zum Fortgang bewogen werden soll. Ein Ritual, das sich bis heute im Brauchtum des Winteraustreibens bzw. dem Karneval wiederfindet.

Verschiedentlich wurden auch Versuche unternommen, Lokis Identität mit Logi, einem Feuerriesen, mit dem er sich einmal in einem Wettkampf misst, nachzuweisen. Einige alte skandinavische Redensarten und Vorstellungen geben noch Auskunft über diese dem Gott zugedachten Charaktereigenschaften, die ganz im Sinne des Feuerelements von wohltätig und wohlig warm, bis hin zu einer unkontrollierbaren, alles zerstörenden Feuersbrunst reichen können (siehe Volksweisen). Lokis Verbundenheit zum Feuer, seine Eigenschaft als Schöpfer und Verbündeter der lebensbedrohenden, dämonischen Kräfte ließen ihn im immer stärker aufkommenden Christentum schließlich zur klassischen Figur des Teufels herabsinken, der für alle Untaten herhalten musste. Schon sein Name zeigte unmissverständlich, dass hier nur Luzifer (früher „Lukifer" gesprochen) am Werke sein konnte. Diese Behauptung nicht etwa zu entkräften, sondern im Gegenteil in Lokis Wirken das „satanische Prinzip" nachzuweisen, möchte der letzte Abschnitt dieses Textes nun versuchen:

Loki als nordisch-satanisches Prinzip?

Die mythische Beziehung zwischen dem beständig nach Wissen Ausschau haltenden Göttervater Odin und seinem dunkleren und durchtriebenen Blutsbruder Loki wurde auch von Goethe schon aufgegriffen, der seinen „Faust" für mehr Erkenntnisse und die damit einhergehende Macht dem Mephisto sogar die eigene Seele versprechen ließ. Und dass der „germanische Geist" in seinem wahnwitzigen Forschungsdrange bisher seinesgleichen suchte, wissen wir nicht erst, seit es unseren Wissenschaftlern gelang, Atome zu spalten und damit die Tore zu jenem (plutonisch-satanischen) Reich aufzustoßen, das zu kontrollieren es einer allerhöchster Wachsamkeit bedarf.

„Satan", wie wir ihn vor allem aus dem Hebräischen und der römisch-katholischen Mystik kennen, begegnet uns dort als Gottes größter Feind, Widersacher und Versucher der Menschen. Im Himmel tritt er als Ankläger des sündigen Menschen vor Gottes letztem Strafgericht auf und versucht diese auch nachhaltig noch zu verführen. Ebenso erfahren wir, dass ihn Jahwes trennende Abspaltung von der Ewigkeit, gleich einem aus dem Himmel herabfahrenden Blitze, für seine Anmaßungen hinunter in die Leere stürzte, wo er fortan der niederen Materie ihre Gestalten schmieden muss. Eine Aufgabe, der er seitdem mit seinen dämonischen Helfern im brodelnden Höllenschlund seiner unterirdischen Wohnstätte nachgeht. In der antiken Mythologie wird dieses Prinzip durch Vulcan bzw. Hephaistos, den missgestalteten Feuer- und Schmiedegott verkörpert, der mit seinen Gehilfen im Inneren eines Vulkans die Blitze und Donnerkeile des Zeus anfertigt. Die aus den Kratern hervorsprudelnde Lava, aus der sich nach dem Erkalten stets neue Materie bildet, galt schon früh als das Blut der Erde. Diesen Vorgang führte die mittelalterliche Alchemie noch unter dem Begriff „vulcanus", versinnbildlichte er doch jenes geheime Feuer im Innersten der Natur, welches den göttlichen Geistesfunken in die Materie herabsinken läßt, um ihm darauf die dementsprechende Form zu verleihen.

Diese Aufgabe fällt im germanischen Mythos den Zwergen zu - jene unter der Erde hausenden Elementarwesen, welche Loki aufsucht, sobald neue bedeutsame Werke vollbracht werden müssen. Auf gewisse Weise versinnbildlicht Loki somit selbst die brodelnde Lava im Erdinneren, die alles Alte zerstört, damit aber gleichzeitig erst die Voraussetzung und den Humus für etwas Neues schafft. Denn neben Tod und Verderben ist das Feuer ebenso das befruchtende Leben, Zauberformel aller Schöpfung und immerwährende Verwandlung. Gerade in diesem Zusammenhang sei darauf hingewiesen, dass die durch Loki eingeleiteten Ragnarök im Gegensatz zur christlichen Apokalypse keinen endgültigen Weltuntergang, sondern die zyklische Wiedergeburt einer neu ergrünten Welt nach sich ziehen. Es erfolgt kein Strafgericht im Sinne von Gut und Böse bzw. Schuld und Sühne, sondern die nächste Göttergeneration tritt an die freigewordene Stelle der abgedankten Eltern und nimmt eine Neuordnung der Verhältnisse vor, wodurch das Ende auf natürliche Weise zum Neuanfang wird.

Lokis satanisches (Prometheus-)Feuer tritt am deutlichsten in dem oben schon angeführten Lied seiner „Zankreden" zutage, wo er als zuvor Ausgestoßener nun als Ankläger vor die Göttergemeinschaft tritt und dieser mit seinem intelligenten Lästermaul den eigenen Lügenspiegel vorhält. Mit beißendem Zynismus verhöhnt er alle Anwesenden, entlarvt deren Heucheleien und wirft ihnen die eigenen Verfehlungen vor. Ohne Angst vor den Konsequenzen seiner Rede leuchtet Lokis erhellende (Bewusstseins-)Fackel in die verdrängten und ungeliebten (seelischen) Räume der Versammelten und rückt damit die Götter für uns in ein weniger erhabenes und nicht mehr unfehlbares Licht. Wie Luzifer (der Lichtbringer) begehrt er auf gegen die göttliche Obrigkeit und wird dafür von dieser ausgestoßen, verdammt und schließlich in Ketten gelegt (mundtot gemacht). Diese Fesselung erfolgt auf sein Eingeständnis, er selbst, Loki, trage Schuld daran, dass Frigg, die Göttermutter, ihren geliebten Sohn Balder fortan nicht mehr in die Arme schließen könne*.

Im geschilderten Drama der Edda erfahren wir, dass Frigg den ihr prophezeiten Tod ihres Sohnes schon im Vorfeld zu verhindern sucht, indem sie allen Pflanzen und Lebewesen ein Versprechen abverlangt, ihrem Sohn keinen Schaden zuzufügen. Dieser Umstand wiederum missfällt nun Loki, der wenig begeistert darüber ist, wenn bestimmten Personen eine Sonderbehandlung zuteil wird. So gibt er keine Ruhe, bis er Frigg schließlich das Geheimnis um die Unverwundbarkeit ihres Sohnes entlockt hat. Darauf ist er gewieft genug, sich nicht die eigenen Hände schmutzig zu machen, sondern legt einem Bruders Balders, dem blinden Hödur, das tödliche Wurfgeschoss in die Hand, mit dem der seinen eigenen Bruder darauf ahnungslos niederstreckt. Nachdem Balder nun verschieden und wie alle Gestorbenen ins Totenreich hinabgefahren ist, sendet Frigg einen Boten zur Todesgöttin Hel, um bei dieser die Freilassung bzw. Rückkehr ihres Sohnes zu erbitten. Da die Todesgöttin Hel dem dunklen Aspekt von Frigg selbst entspricht, ist es kaum verwunderlich, dass Hel (immerhin ja Lokis Tochter) für die erbetene Freigabe Balders eine Bedingung stellt, die umgekehrt genau jener Forderung entspricht, die zuvor Frigg sich ersonnen hat, um ihren Sohn zu schützen. Hel verlangt im Gegenzug, dass alle ihrer Trauer um Balder dadurch Ausdruck verleihen müssen, indem sie Tränen um ihn vergießen. An dieser brisanten Stelle tritt nun Loki wieder auf den Plan. Er verkleidet sich als altes, verbittertes Weib (einer weiteren Emanation der dunklen und lebensverneinenden Mutter-Natur) und weigert sich, den Verstorbenen auch nur mit einer einzigen Träne zu beweinen. So geschieht es, dass Balder bis zu seiner natürlichen Rückkehr (in der neuen Welt) im Todesreich verweilen

---

*Allgemein akzeptiert gilt heute, dass Balders Tod und Wiederauferstehung als Umschreibung der natürlichen Naturzyklen angesehen werden kann. Die Sonne, zur Sommersonnenwende im höchsten Zenit stehend, muss „sterben", worauf die Tage wieder kürzer werden. Das Christentum ersetzte Balders Gestalt später durch den heiligen Johannes, nach dem auch der Begriff „Johannisfeuer" geprägt wurde.

muss und Loki sich in seiner Paraderolle ein weiteres Mal behauptet. Durch seine Tat übernimmt er zum zweiten Male die Aufgabe des Vollstreckers und bestimmt so, dass selbst Götter dem Tod nicht trotzen und ihre eigens aufgestellten Gesetze umgehen können.

Nachvollziehbar, dass dieser Umstand den Göttern wenig schmeckt, und so könnte ihre Rache an dem vermeintlichen Urheber allen Übels kaum grausamer sein. Mit vereinten Kräften lauert man dem Täter auf, verwandelt einen von Lokis beiden Söhnen in einen Wolf, worauf der den anderen Bruder vor den Augen des Vaters zerreißt. Mit den Gedärmen des eigenen Sohnes gefesselt, kettet man Loki an einen schroffkantigen Felsen. Doch der Strafe nicht genug, befestigt die unversöhnliche Skadi (jene frostige Riesentochter, die er mit seinem wippenden Gemächt einst noch zum Frohsinn gebracht) eine giftige Natter über Lokis Haupt, auf dass ihm deren ätzender Geifer fortan ins Gesicht triefe. Lediglich Sigyn, Lokis spät auftauchende Gattin, harrt treu an seiner Seite aus, um das herabfallende Gift in einer Schüssel aufzufangen. Dort, im tiefsten Jammertal ewiger Pein, muss der Übeltäter fortan schmachten, um sich seiner Untaten zu besinnen.

Allerdings ist ein Ende der Marter abzusehen, denn schon bald darauf entbrennen die Ragnarök, und Lokis Kinder Hel, der Riesenwolf Fenrir und die Midgardschlange, erzürnt über die Folterung des Vaters, verlassen die Unterwelt, sprengen ihre Ketten und erheben sich vom Meeresboden (allesamt Symbole für das Verdrängte bzw. unterdrückte Triebinstinkte) und machen sich auf, die sich durch ihr selbstgerechtes Verhalten demaskierte Götterrasse endlich Mores zu lehren. Auch Loki, der an jenem Ort, wo er gebunden liegt, vulkanisch wirkt, kann darauf seine Fesseln sprengen und zieht an der Spitze einer gewaltigen Riesenschar gen Asgard, um Rache zu nehmen und die alte, verkommene Welt ihrem Untergang entgegenzuführen. Am Ende töten sich Loki und der Ase Heimdall gegenseitig. Heimdall ist jener himmlische Wächtergott an der Pforte zu Asgard (ähnlich dem am Eingang zum Paradies wachenden Erzengel Michael), was Loki zum dritten und endgültigen Male zum Zerstörer, Beendiger und Beschließer (luka = schließen) der alten Welt werden lässt.

Wir fassen zusammen: Loki, der durchaus als dunkler Teil von Odin angesehen werden kann, wirkt und arbeitet als trügerischer und boshafter Repräsentant der „anderen Seite" einerseits dem Untergang, andererseits aber der damit einhergehenden Transformation der Götter/Menschen entgegen. Lokis wechselhaftes, androgynes Wesen, verbunden mit seinem spitzfindigen, zersetzenden und alles vergiftenden Geist, prädestinieren ihn als den göttlichen Widersacher, einen der wichtigsten Archetypen, der aus den Mythen der Völker ebenso wenig wegzudenken ist, wie die Existenz des Göttlichen als solches. In heidnisch, polytheistischer Weltanschauung war und ist der Widersacher immer ein Mitglied der Gemeinschaft und in das Gesamtspektrum der göttlich wirkenden Kräfte stets mit einbezogen. Seine Figur verkörpert auf anschauliche Weise die unbewältigten und triebhaften Aspekte der menschlichen Natur, die mit einer Hälfte immer auch dem eigenen Untergang (Erlösung) entgegenstrebt. In einer monotheistischen Weltanschauung erhält Gott hingegen automatisch die gefallene Gestalt des Teufels/Satans an seiner Seite, der fortan versucht, die (Gut-)Gläubigen zu verderben und die Massen unbewusst zu halten. Diese beiden Pole bekämpfen sich nun seit Anbeginn der Zeit und machen deutlich, wohin diese Aufspaltung die Menschheit bis heute gebracht hat - denn die Sehnsucht nach geläuterter Unsterblichkeit im erhofften Paradies hat ihren Preis; nämlich jenen, dass Tod, Verlust und Widerstand, welche die Grundvoraussetzung für jegliche Schöpfung stellen und einander erst bedingen, einst als lebensbedrohliche und verhindernde Kräfte abgespalten wurden. Dies hatte zur Folge, dass eine Götter- bzw. Menschengemeinschaft, die nach Erfolg, Leistung, Macht und Vergeistigung strebt, diese Kräfte geradezu dämonisieren musste.

Durch das Säen von Zwietracht (griech.: diabolos = Zwietrachtstifter) und die Demaskierung der über alles erhabenen Götter schafft Loki die eigentlichen Voraussetzungen für die bewusste Individualisierung des Menschen. Er stiehlt ihnen das Feuer vom Himmel und verweist auf ihre menschlichen Schwächen, wie Sinneslust und Sterblichkeit, denen sie ohne die Einnahme verjüngender Äpfel gleichfalls unterworfen sind. Erst hierdurch nähert sich der Mensch seiner eigenen Göttlichkeit, fängt an, sich seiner selbst bewusst zu werden und ICH zu sagen. Der Preis jedoch ist der Fall aus der vermeintlichen Unschuld (Paradies), der Verlust der naiven Anbetung und Verehrung seiner Götzen im Außen und der Erkenntnis, dass das sogenannte Böse ebenso wie das Göttliche nicht nur außerhalb von ihm, sondern als ein Teil von sich selbst begriffen werden müssen. Damit erfolgt zwangsläufig die schmerzhafte Gewahrwerdung der Trennung vom All-Göttlichen und eine Distanzierung der nun einzelnen Individuen untereinander. Aus der alles umfassenden Einheit spaltet sich die Polarität auf, deren Teil der nun erkennende **ein-same** Mensch ist. Ab jetzt sind wir ständig gezwungen, uns für die eine Seite oder Sache des Ganzen zu entscheiden. Aber gleich welchen Weg wir nach bestem Gewissen auch anvisieren, solange wir einseitig leben, denken, fühlen und entscheiden, bleiben wir gespalten und damit diabolisch. Erst am Ende seiner langen Suche nach sich selbst, mag der Mensch seinen reinen, kristallinen Blick auf das kosmische Ganze wieder zurückgewinnen. Doch wie sprach schon einst der Advocatus diaboli: „Nur wer sich der Dunkelheit aussetzt, öffnet sich irgendwann auch dem Licht!"

Nach diesem etwas ausführlich geratenen Versuch, das vielschichtige Wesen Lokis in einem verständlicheren Lichte erscheinen zu lassen, möchten die nun folgenden Geschichten den Kunstgriff wagen, Teile des Vernommenen zusammenzufassen und zu einem nachvollziehbaren Ganzen neu zusammenzuschmieden. Wünsche viel Vergnügen beim Lesen und Betrachten der Bilder...

[Unterschrift] im Lenzing 2004

VORSPIEL

ärmend stoben Scharen aufgeschreckter Vögel aus dem Unterholz, als sich der dröhnende Hufschlag eines herangaloppierenden Pferdes näherte. Offensichtlich befand sich sein Reiter in großer Eile, denn er trieb das Tier mit solcher Hast durch den nächtlichen Tann, dass abbrechende Zweige und zurückschnellende Äste ein unüberhörbares Spektakel veranstalteten. Doch so schnell der Reiter aufgetaucht war, so rasch war er auch wieder verschwunden und die nächtliche Geräuschkulisse des Waldes fand bald zu ihrer gewohnten Ruhe zurück.

Die Erscheinung aber hatte ihr Ziel noch nicht erreicht. Kaum hatte sie die letzten großen Tannen hinter sich gelassen, hielt sie auf die Ausläufer eines hohen Berges zu, dessen massive Kanten sich im fahlen Schein des Mondes scharf gegen den Nachthimmel abhoben. Als das Gelände immer steiniger wurde und die Gefahr eines Fehltritts bestand, stieg der Reiter aus dem Sattel und führte sein nass gerittenes Tier am Zügel hinter sich her. Vor einer hohen Felswand kamen beide zum Stehen, und die Gestalt zog ein kleines Rufhorn aus ihrer Satteltasche hervor. Dreimal stieß sie kurz hinein und ließ dann einen langgezogenen Ton erschallen, der an das Signal eines Nebelhorns erinnerte.

Nach einer Weile trat aus einem Gestrüpp ein alter Dachs hervor, der dem Reiter andeutete, ihm zu folgen. Der band den Riemen seines Pferdes um einen großen Stein und folgte dem Tier, das geschwind durch eine Öffnung in der Felswand huschte. Gebückt zwängte sich der Reiter ebenfalls hindurch und betrat einen unterirdischen Felsengang, in dem völlige Finsternis herrschte. Nach nur wenigen Schritten aber war in der Ferne ein schwaches Leuchten auszumachen, und bald konnte der nächtliche Besucher auf einer Treppe Fuß fassen, die man mit Hammer und Meißel in den Berg getrieben hatte. Die schmalen Stufen führten steil in die Tiefe hinab, aus der das typisch metallische Dröhnen nach oben stieg, das ein Hammer verursacht, sobald sein massiver Kopf auf einen Amboss trifft. Am Ende der Treppe ange-

langt, stieß der Dachs einen schrillen Pfeifton aus, und bald darauf erschien ein Zwerg mit rußverschmiertem Gesicht, der den unerwarteten Besucher höflich willkommen hieß. Gemeinsam ging es weiter in das Innere des Berges, bis sie in eine große Schmiede gelangten, in der ein gutes Dutzend weitere Zwerge emsig bei der Arbeit waren. Zwei von ihnen hingen schwitzend an langen Seilen, die an den breiten hölzernen Streben eines gewaltigen Blasebalgs befestigt waren. Dank ihrer Zugkraft hob und senkte sich das lederne Ungetüm, um seinen Inhalt im steten Rhythmus in die auflodernde Glut einer großen Esse zu schnauben. Diese befand sich inmitten des Felsgesteins, aus dem sie dem Besucher als glühendes Loch entgegengähnte; gleichzeitig bildete sie das Maul eines rußgeschwärzten Drachenkopfes, den die Zwerge oberhalb aus dem Stein gemeißelt hatten.

Als die Ankunft des Besuchers bemerkt wurde, löste sich aus der Gruppe ein bereits weißbärtiger Zwerg, der, auf einen knorrigen Stab gestützt, den beiden leicht humpelnd entgegenkam.

„Seid mir gegrüßt, edler Skirnir", hob der Alte freundlich an und verbeugte sich leicht: „Diener und Freund unseres geliebten Herrn Freyr. Ihr seht recht abgehetzt aus, möcht ich meinen. Dringliches scheint es zu geben, dass ihr zu dieser späten Stunde bei uns auftaucht. Was also können wir für euch und euren Herrn tun? Ich will nicht hoffen, dass es wieder die Liebe ist, die ihm erneut den Kopf verdreht hat?"

Der Angesprochene machte ebenfalls eine Verbeugung: „Edler Iwaldi, Dringliches gibt es in der Tat. Doch nicht um meinen Herren geht es heute, sondern steht diesmal möglicherweise das Heil ganz Asgards auf dem Spiel!"

Der alte Zwerg machte ein erschrockenes Gesicht: „Das Heil von ganz Asgard? Gute Güte. Erzählt, mein bester Skirnir! Was ist geschehen in euren immergrünen Gefilden, dass ihr mich und meine Sippe um unsere bescheidene Hilfe ersucht?"

„Schlimmes gibt es zu vermelden vom Richtstuhl der hohen Rater. Der Wolf ist los in Odins heiligen Gemarkungen!"

„Ihr meint doch nicht etwa den tapsigen Wolfswelpen, den der Herr Loki vor einiger Zeit mit in Odins Hallen brachte und als seinen Sohn ausgab?" hakte der Zwerg nach, der offensichtlich Bescheid wusste.

„Genau den!" bestätigte Skirnir überrascht und nickte: „Aber klein, das war einmal. Das Biest, das auf den Namen Fenrir hört, ist mittler-

weile zu solch einem gewaltigen Monstrum herangewachsen, dass es in ganz Asgard nur noch Angst und Schrecken verbreitet. Niemand wagt sich mittlerweile mehr in die Nähe dieses Ungeheuers, dessen Zähne inzwischen an lange Dolche erinnern. Einzig der Kriegsgott Tyr, der von Odin mit Fenrirs Aufzucht beauftragt worden ist, hat noch den Mut, der Bestie unter die Augen zu treten und ihr das Futter vorzusetzen. Als ich fortritt, zerrten sie gerade wieder drei ausgewachsene Ochsen heran, um den Heißhunger dieses Tieres zu stillen..."

„Das ist in der Tat besorgniserregende Kunde, mein Bester, aber habt ihr denn nicht versucht, den Wolf an eine Kette zu legen, als ihr sein Anwachsen bemerktet?"

Skirnirs erschöpftes Gesicht rang sich ein gequältes Lächeln ab: „Das haben wir, edler Iwaldi, wahrlich, das haben wir. Doch genau dies ist der Grund meiner Reise zu euch. Zwei Ketten haben unsere besten Schmiede bereits für Fenrir angefertigt. Die erste, Läding geheißen, war aus härtestem Stahl, und selbst der starke Thor vermochte sie nicht zu zerreißen. Doch der Wolf sprengte ihre Glieder so mühelos, dass die Splitter nur so herumflogen. Mit der zweiten Fessel, die wir Dromi nannten und deren Glieder im Feuer noch viele Male mehr gefaltet wurden als die der ersten, verfuhr das Ungeheuer auf die gleiche Weise. Kein Stahl in ganz Asgard scheint der Urkraft dieser Trollbrut gewachsen. Deshalb ersucht Odin euch nun in meinem Namen, eine Kette für Fenrir anzufertigen, welche für diesen unzerstörbar ist!"

Der alte Zwerg kratzte sich nachdenklich am Kopf und machte ein säuerliches Gesicht, so dass nun auch die anderen Zwerge herbeigelaufen kamen und ihren Meister mit neugierigen und besorgten Mienen umstanden. Einer der Gesellen wollte wissen, ob man denn überhaupt über ein Erz verfüge, dessen es für eine solch schwierige Aufgabe bedürfe?

Als Iwaldi seinem Gesellen keine Antwort gab, fügte Skirnir hoffnungsvoll an: „Odin setzt sein vollstes Vertrauen in euch. Wenn jemand eine Fessel für diesen Wolf zu schmieden vermag, so sprach der Göttervater, dann der ehrwürdige Iwaldi, dessen schwarze Kunst im Albenreich ihresgleichen sucht!"

Die Stirn des Schmiedemeisters warf darauf so starke Falten, dass seine weißbuschigen Brauen die Augen in tiefe Schatten legten. Doch schließlich entspannte sich sein runzliges Gesicht wieder und nahm einen entschlossenen Ausdruck an: „Reitet zurück und kündet Odin, dass Iwaldis Sippe nicht gewillt ist, sein Vertrauen zu enttäuschen!"

Wie zur Untermauerung schwenkten die versammelten Zwerge darauf ihre Mützen und ließen ihren Meister mit einem lautstark „JOOOHEEEE" hochleben.

Skirnirs Miene hellte sich auf: „Er wird hocherfreut sein, dies zu erfahren! Nun bleibt mir nur noch die eine Frage zu stellen, wann wir mit dieser so dringlich benötigten Kette rechnen dürfen?"

Iwaldis Finger wies in die Höhe: „Wenn des fahlen Zeitmessers Schein sich ein weiteres Mal erneuert hat, könnt ihr sie abholen!"

„In dreißig Tagen, gut. Wie viele Männer und Lastentiere werde ich mitbringen müssen, um diese Fessel fortschleppen zu können?"

„Keine", antwortete der alte Zwerg geheimnisvoll, „ihr werdet sie ganz alleine nach Hause tragen können!"

Skirnirs ungläubiges Staunen verriet, dass er auf diese Antwort nicht vorbereitet war, trotzdem verbeugte er sich ergeben, dankte dem Zwergenführer noch einmal ausgiebig und versprach, ihn in dreißig Tagen wieder aufzusuchen. Iwaldi gab Skirnir noch einen herzlichen Gruß für seine jüngste Tochter Iduna mit auf den Weg, die seit einiger Zeit in Asgards Gärten weilte, wo sie mit der Pflege eines heiligen Apfelhaines betraut war. Dann war der Bote endgültig verschwunden.

Zurück blieben eine Schar wild durcheinander schwatzender Zwerge, die bereits darüber zu rätseln begannen, wie eine solch unmögliche Aufgabe überhaupt zu bewerkstelligen sei.

„Hört mich an", hob Iwaldi beschwichtigend seine ausgemergelten Arme, um sich Ruhe auszubedingen, „eine schwere Aufgabe von höchster Dringlichkeit liegt vor uns, für die ich lediglich vier von euch Gesellen benötige. Da diese Arbeit aber erst beginnen kann, sobald sämtliche Utensilien beisammengeschafft sind, kann der Rest von euch seiner normalen Tätigkeit nachgehen. Sicherlich werdet ihr verstehen, dass ich diese besondere Aufgabe meinen vier erfahrenen Söhnen anvertrauen möchte. Nordri, Ostri, Südri und Westri, tretet hervor!"

Mit stolzgeschwellter Brust kamen die vier Angesprochenen mit den seltsamen Namen der Aufforderung ihres Vaters nach und steckten sich gegenseitig selbstgefällige Blicke zu. Dies wurde allerdings gleich bemerkt.

„Euren Hochmut könnt ihr euch sparen", ermahnte Iwaldi die Seinen streng, „denn ein jeder von euch erhält nun den Auftrag, mir eine der benötigten Zutaten zu verschaffen, die für dieses Werk vonnöten sind. Da hierbei die herkömmlichen Mittel der Schmiedekunst an ihre

Grenzen stoßen und zauberisches Geschick gefragt sein wird, handelt es sich bei den benötigten Zutaten demzufolge um recht ungewöhnliche Stoffe." Alle Augen richteten sich gespannt auf ihren Meister, der nun der Reihe nach vor seine Söhne hintrat und sprach: „Du, Grerr, wirst deiner Wesensart entsprechend nach Norden gehen und mir von dort die Sehnen eines Bären bringen. Du, Dvalinn, wirst nach Osten fahren, um mir den Lärm von Katzengang zu verschaffen. Du, Alfrigg, wirst nach Westen gehen, um mir den Atem eines Fisches einzufangen, und du, Berling, wirst nach Süden marschieren, um mir das Barthaar einer Frau zu besorgen. Ich selbst werde mich um die Wurzel eines Berges und den Speichel eines Vogels kümmern. Und denkt daran, wir können erst mit der Arbeit beginnen, wenn alle Zutaten beisammen sind. Uns bleibt also nur wenig Zeit. Fehlt am Ende auch nur eines dieser Dinge, wird diese Fessel nicht den gewünschten Erfolg haben, und was das bedeuten mag, könnt ihr euch ja wohl selbst zusammenreimen. Nun gehet hin und sputet euch. Ich erwarte eure Rückkehr in spätestens einundzwanzig Tagen!"

Eiligst begannen die Vier darauf, ihre Behausungen aufzusuchen, um sich für die kommende Fahrt zu rüsten. Der alte Iwaldi ließ sich indes ächzend auf einen Schemel fallen und sann darüber nach, wie es in Asgard zu dieser Katastrophe hatte kommen können – ohne Zweifel steckte mal wieder Loki hinter all dieser Aufregung, der augenscheinlich nie müde wurde, die Welt der Götter durcheinander zu wirbeln und in Aufruhr zu versetzen. Mit düsterer Miene erinnerte Iwaldi sich seiner letzten Begegnung mit dem feurigen Riesensohn, die nur wenige Monde zurücklag.

Wie eben noch Skirnir, war auch Loki damals verzweifelt bei ihnen in der Schmiede aufgetaucht, um Iwaldis Sippe an eine alte Schuld zu erinnern, die er nun einzufordern gewillt war. Also hatten sie ihm in kürzester Zeit einen Haarersatz aus feinstem Golde gewirkt, den Loki äußerst dringlich für Thors Gattin Sif benötigt hatte, die ihrer blonden Haarpracht aus irgendeinem ungenannten Grunde verlustig gegangen war. Um Loki und den Göttern ihren guten Willen zu beweisen, hatten Iwaldi und die Seinen darüber hinaus noch einen Speer und ein Schiff gefertigt, die beide über besondere zauberische Eigenarten verfügten und als Geschenk für Odin und Freyr, den Herrn der Elben, gedacht waren. Mit diesen drei herrlichen Schätzen ausgestattet, war Loki darauf fröhlich wieder von dannen gezogen, schien es dann aber plötzlich nicht mehr so eilig gehabt zu haben, da er sich kurz danach auf eine Wette mit den beiden Zwergenbrüdern Sindri und Brokk ein-

gelassen hatte. Eine Wette, bei der man leichtsinnigerweise gleich den eigenen Kopf aufs Spiel zu setzen bereit gewesen war. Nachvollziehbar, dass Sindri und Brokk, die beide zu den kunstfertigsten Schmieden der gesamten Zunft gehörten, alles daran gesetzt hatten, um diese Wette nicht zu verlieren. So waren also auch unter ihren Händen drei Kostbarkeiten entstanden; ein goldener Ring Namens Draupnir, der nun am Finger des Göttervaters prangte, ein goldborstiger Kampfeber Namens Gullinbursti, auf welchem der Gott Freyr fortan dahinfuhr und zuletzt ein gewaltiger Hammer mit Namen Mjölnir. Den trug seitdem Thor, der erste Sohn Odins, der mit dieser alles zermalmenden Waffe die Zahl der feindlichen Riesen schon um manchen dezimiert hatte.

Loki und der Zwerg Brokk waren darauf mit ihren Erzeugnissen vor die Götter getreten, damit diese den Gewinner ihrer gemeinsamen Wette bestimmen konnten. Diese hatten schließlich Sindri und Brokk zu Siegern erklärt, da der Hammer sie als wertvollste Waffe gegen die Riesen dünkte. Darauf war es Loki nur mit größter Mühe und unter Aufbringung all seiner Überredungskünste gelungen, sich seiner anstehenden Enthauptung zu entziehen. Allerdings war ihm zur Strafe vom enttäuschten Brokk sein vorlautes Lügenmaul mit einem Lederpfriem zugenäht worden. Leider aber hatte dieser Faden nicht allzu lange gehalten, denn kurz darauf war Loki erneut bei ihnen aufgetaucht, um Iwaldi und die gesamte Brisingensippe zu tadeln und als Versager zu verhöhnen. Loki hatte ihnen seine noch frischen Narben gezeigt, die Brokks Faden an seinen Lippen hinterlassen hatte, und während er seinem Unmut über Iwaldis Versagen Luft gemacht hatte, war dann jener verhängnisvolle Satz gefallen, dem sie alle damals nur wenig Bedeutung beigemessen hatten. „Alle werden sich noch wundern", hatte Loki damals wütend verkündet, vor allem die Asen, die würden noch viel Freude an seinem Söhnchen bekommen. Mit diesen prophetischen Worten war er schließlich hohnlachend von dannen gezogen, und Iwaldi hatte sich seitdem zum wiederholten Male gefragt, ob jene Geschichte, die er von Loki und einer Riesin Namens Angrboda vernommen hatte, wohl wahr sein könnte. Offensichtlich war sie das, denn der von Loki nach Asgard mitgebrachte Wolfswelpen, hatte sich tatsächlich als Kuckucksei erwiesen!

„Verzeiht Meister", wurden seine Gedanken von einem jüngeren Zwerg unterbrochen, „ihr erwähntet vorhin den Herrn Loki als Überbringer dieses gefährlichen Wolfes. Da ihr mehr über diese Zusammenhänge zu wissen scheint, äh...", er kam ins Stottern und drehte

sich hilfesuchend zu seinen Gefährten um: „...ähem, wollten wir..., also..., wollten wir euch ersuchen, ob ihr von der verbleibenden Zeit, die vergehen mag, bis eure vier Söhne mit den benötigten Werkstoffen zurückkehren, nicht vielleicht etwas dafür abzwacken wollt, uns ... äh, ... etwas über diesen Herrn Loki zu berichten. Ich meine..., da ihr doch über einen solch reichhaltigen Erfahrungsschatz verfügt, den ihr über so viele Jahrhunderte hinweg zusammengetragen habt. Denn offensichtlich handelt es sich bei diesem Herrn Loki doch um jemanden, den nicht zu kennen einem großen Versäumnis gleichkommt...?"

Iwaldi sah dem kleinem Zwerg in sein pausbäckiges Gesicht und seufzte schwer: „Da magst du Recht haben, mein junger Freund, obgleich ich schon manches Mal den Tag bitter reute, als ich das erste Mal auf Loki traf. Dennoch muss sich die Große Mutter wohl auch bei seiner Schöpfung etwas gedacht haben, denn seine Existenz scheint von nicht weniger tragender Bedeutung zu sein, wie die all der anderen Götter, mit welchen Loki auf recht sonderbare Weise verbunden scheint. Deshalb kann es sicherlich nicht schaden, wenn ich euch jungem Suppengemüse etwas über diesen unsteten Zeitgenossen mitteile..., und sei es nur, um euch vorzuwarnen, falls einer von euch das zweifelhafte Glück besitzen sollte, einmal seinen Weg zu kreuzen..." Der alte Zwerg machte eine kurze Pause: „Was nicht weiter ungewöhnlich wäre, sollte sich der ein oder andere von euch entschließen, weiterhin bei mir und meinen Söhnen seine Arbeit zu verrichten..."

„Fein", freuten sich nun auch die anderen Gesellen und begannen sich sogleich mit gespannten Mienen um ihren alten Meister zu scharen, indem sie sich ein paar Decken und Felle herbeischleiften und sich auf diesen niederließen.

„Also...", begann Iwaldi seinen Bericht, „...zunächst etwas Grundsätzliches, was wahrlich jedermann bekannt sein sollte. Loki wird zwar gewöhnlich zur Göttersippe der Asen hinzugezählt, doch ist er mit keinem von ihnen auf irgendeine Weise durch Sippschaft oder Abstammung verbunden. Obwohl er keine sonderlich beeindruckende Größe besitzt, geht seine Herkunft eindeutig auf zwei sehr alte Riesen zurück, die ihn vor langer Zeit gemeinsam hervorbrachten. Denn anders wie die meisten Riesen, ist Loki von ebenmäßig gewachsener Gestalt und sehr schönem Äußeren. Es gibt Leute, die tragen ihre Seele mitten im Gesicht, in dem die Boshaftigkeit ihrer niederen Gesinnung wie eingemeißelt erscheint. Nicht aber bei Loki, der von solch hübschem Aussehen ist, dass alleine sein Anblick genügt, viele auf die schamlo-

sesten Gedanken hinzuführen; Frauen wie Männer gleichermaßen – also zumindest jene, die vom anderen Ufer sind – na, ihr wisst schon, von welchen Leuten ich rede!? Und da Loki selbst weder Scham noch Schuldempfinden besitzt, lässt sich auch die Anzahl jener weiblichen Wesen, denen er auf all seinen Fahrten und Abenteuern schon beigewohnt hat, längst nicht mehr bestimmen. Aber, und darüber besteht wenig Zweifel, es sollen weit mehr gewesen sein, als der weit umhergereiste Odin und sein umtriebiger Sohn Thor jemals gemeinsam besessen haben."

„Diese Zahl muss wahrlich Ehrfurcht gebietend sein", meldete sich ein anderer Zwerg und schob sichtlich beeindruckt seine lederne Kappe nach hinten.

„Fürwahr, das ist sie", fuhr Iwaldi fort, „und sie lässt einen erahnen, welch heißes Feuer in diesem zweigeschlechtlichen Schönling lodert, dessen Schöpfungs- und Zerstörungsdrang keine Grenzen auferlegt scheinen. Unseligerweise ist dieser hübsche Bursche obendrein mit solch einem reichhaltigen Geisteswitz ausgestattet, dass schon mancher, der sich mit ihm einließ, dies später bitter reute."

„Weshalb denn?" konnte ein anderer die Antwort nicht abwarten.

„Weil er ein windiger Tunichtgut und Possenreißer ist, ein Lotterbube übelster Gesinnung, der keinerlei Ehre im Herzen trägt und nicht einen Funken von Würde besitzt. Nie dient Loki einem längere Zeit mit frohem Herzen noch bis zum Ende. Er ist erfinderisch und findig, doch überblickt er nur selten die Folgen seines Tuns. Wird er von diesen überrascht, versucht er sie nicht selten rückgängig zu machen, indem er sich bedenkenlos auf die Gegenseite schlägt. Wenn es sein eigenes Überleben sichert, ist er ohne Skrupel und viel Federlesens bereit, seine besten Freunde, sofern sich überhaupt einer finden mag, der diesen Titel als Auszeichnung zu führen gewillt ist, an den Feind auszuliefern. Noch lieber aber führt er ein böses Maul, sät Zwietracht, Hader und Neid unter Versammelten und lügt, dass sich die Balken biegen. Seine Worte vergiften die Rebe bereits am Stock, oft einfach nur so, ihm zum purem Vergnügen. Keinem bösen Streich kann er längerfristig widerstehen, weshalb sich bis heute manches Schurkenstück auf seinem Kerbholz findet...!"

„Klingt nach einem wirklich interessanten Burschen", geriet ein anderer Zuhörer ob dieser Worte ins Schwärmen: „Vor allem seine körperliche Unversehrtheit spricht eine deutliche Sprache. Es scheint, dieser windige Loki versteht sich vor allem aufs geschickte Taktieren, wenn es darum geht, sich den Folgen seines Tuns zu entziehen...!?"

„Das ist ja der Jammer", seufzte Iwaldi, „ich kenne keinen, der es bisher vollbracht hätte, diesen Lumpen an den Galgen zu bringen, geschweige denn, ihn auch nur für eine seiner unzähligen Boshaftigkeiten zur Rechenschaft zu ziehen."

Nachdenklich bemerkte ein anderer Zwerg: „Es mutet schon etwas sonderbar an, dass nicht einer der Asen ihm Einhalt zu gebieten vermag. Wie steht es mit den beiden eben Genannten, dem Allvater Odin und seinem bärenstarken Sohn, dem Herrn Thor?"

Iwaldi winkte ab: „Der Göttervater war einst unachtsam genug, sich mit Loki im Blutseid zu verbinden, und ihr könnt euch denken, dass dieser nicht müde wird, den alten Herren ausgiebig daran zu erinnern, sobald ihm der Boden mal wieder zu heiß unter den Füßen wird. Und der Herr Thor hat sein Herz zwar auf dem rechten Flecken sitzen, ist dem Herrn Loki in geistiger Hinsicht aber kaum gewachsen, wenn es darum geht, Vorteile für sich herauszufischen. Zwar hatte der Donnergott ihn schon mehrere Male am Kragen und war kurz davor, Loki alle Knochen zu zerschlagen, doch fand der jedes Mal einen Ausweg, seinem Zorn zu entkommen."

„Sicher kommt er auch viel herum," bemerkte ein weiterer Geselle, „denn um all diese hohen Herren an der Nase herumzuführen, bedarf es doch manch umfassender Wesenskenntnis, will ich meinen."

„Oh ja, das tut er", pflichtete der Alte ihm bei, „Loki kommt weiter und leichter herum als all die übrigen Asen. Seine Neugier ist unstillbar, und ständig ist er mit dem Ausfragen von Leuten und dem Ausspähen irgendwelcher Dinge zu Gange. Dabei geht er oft nicht einmal versteckt zu Werke, nein, er tut dies auf die offenste und freundlichste Weise. Er lacht dir entgegen, plaudert mit dir übers Wetter, und eh du dichs versiehst, hat er dir deine Geheimnisse wie Regenwürmer aus der Nase gezogen. Bemerkst du dann deine naive Offenheit, ist es meist schon zu spät und der Halunke mit dem Vernommenen bereits wieder über alle Berge. Denn flink ist Loki wie kein Zweiter, das muss man ihm lassen, und da er wie Odin über die Gabe der körperlichen Verwandlung verfügt, erschwert dies zusätzlich ein Ergreifen seiner Person. Oft taucht er ebenso unvermutet auf wie er darauf wieder verschwindet, so dass mancher im Nachhinein schon glaubte, Opfer der eigenen Einbildungskraft geworden zu sein. Doch nun genug der vorgeschobenen Reden. Mögt ihr eure Meinung euch nun selber bilden, denn ich will nun dort beginnen, wo alles seinen Anfang nahm:

Urzeit war es, Gebirge wuchsen,
Schären erhoben sich aus salz'ger See,
als ein blitzgewaltg'er Riese,
tosend spaltend ins Gehölz einfuhr.

Funken flogen, Späne glimmten,
empor stieg schwelend Rauchgewirk.
Ein Kindlein wohlgestaltet saß inmitten,
sich staunend reibend beide Äuglein.

Lokis Geburt
und seine ersten Jahre bei den Wanen

m Anfang allen Seins, als im ewigen Ginnungagap noch völlige Finsternis herrschte, schieden sich voneinander einst Feuer und Wasser. Nifelheim, die Welt des ewigen Eises und der lebensfeindlichen Kälte, kristallisierte sich hervor, während sich ihr gegenüber Muspellheim, die Welt des Feuers und der alles hinfort brennenden Lava, verdichtete. Muspells Hitze brachte die Gletscher zum Schmelzen, und daraus entstanden die ersten Eisströme, die man noch heute die Elivagar heißt. Als diese breiten Eisflüsse endlich auf Muspellheims glühende Lavaströme trafen, kam es zu einer Vielzahl gewaltiger Explosionen, sodass leuchtende Funkenflüge wie Fontänen ans ewige Firmament hinaufgeschleudert wurden. Jene Funken, die nicht verglühten, stehen dort noch heute, und man sagt, dass sie von oben als leuchtende Sterne zu uns herabblicken.

Ein besonders heller Funkenspan aber schien sich diesem kosmischen Spektakel widersetzen zu wollen, denn in weitem Bogen raste er unaufhörlich über die noch unfertige Welt, die erst in ihrer Entstehung begriffen war. Alle weiteren Funken, welche seine Bahn kreuzten, wurden von ihm im Fluge aufgenommen. Energien verschmolzen miteinander und wuchsen stetig zu etwas eigenständigem Größeren heran. Irgendwann hatte dieser einzelne Funken so viel Hitze und Energie angesammelt, dass er mit seinem feurigen Schweif als leuchtende Kugel kometengleich über den schwarzen Nachthimmel raste.

In der Zwischenzeit hatte sich Niflheims Eis wieder festgesetzt, und aus seinem Reif schälten sich beständig weitere gebirgsartige Formationen hervor. Der Ur-Riese Ymir war im Begriff sich zu verdichten und in die Raum-Zeit hineinzugebären. Genährt wurde sein unstillbarer Hunger von der Urkuh Audhumla, aus deren labenden Zitzen die Milchstraße hervorsprudelte. Erst viele Zeitalter später sollte Audhumla den ersten menschenähnlichen Riesen Namens Buri aus dem Eis lecken, dessen göttliche Nachkommen Ymirs Grund anhoben, seine Gebeine zerteilten und daraus schließlich die Welt der Menschen formten.

Als all die Wolken, die aus der großen Fusion zwischen den beiden Urelementen entstanden waren, sich endlich abgeregnet und ausgeschüttet hatten, war daraus die tiefe See entstanden. Doch unaufhörlich pumpten Muspells unterseeische Vulkane das Blut der Erde hervor, das sich zischend und gurgelnd seinen Weg an die salzige Wasseroberfläche bahnte, wo es mit seiner erkalteten Kruste eine Vielzahl kleinerer Schären formte. Das erste Festland entstand, so dass jene besagte Feuerkugel ihre scheinbar ziellose Flugbahn immer näher zur Erdoberfläche hin lenkte, von deren Masse sie unaufhörlich angezogen wurde. Doch es sollte noch ein weiteres Zeitalter vergehen, an dessen Ende die Kugel so dicht und funkensprühend über den Meeresspiegel raste, bis sie schließlich auf ein kleines Eiland traf, auf dem sich bereits die ersten Baumriesinnen angesiedelt hatten. Groß wie Türme waren diese Bäume, aus den Haaren des Urriesen Ymir gemacht, ihre kräftigen Wurzeln dabei tief ins Erdreich bohrend. Inmitten dieser Insel also schlug der einstige Funken nun als tosender Kugelblitz ein, ließ das ganze Eiland erbeben und sprengte durch seinen Aufprall einen breiten Krater daraus hervor. Das Heulen des aufkommenden Sturmwindes, der das durch die Explosion heruntergerissene Laub in die Höhe wirbelte, schien die gesamte Insel wie nach einer schwer erfolgten Geburt erleichtert aufseufzen zu lassen.

Als der dichte Qualm sich endlich verzogen hatte, sah man auf dem Grund der Grube zwei seltsame kleine Wesen sitzen, die eine gewisse Ähnlichkeit mit menschlichen Säuglingen besaßen, sich untereinander aber etwas in Größe und Aussehen unterschieden. Nur unweit von diesen beiden entfernt, war der Kugelblitz weiter in einen der großen Bäume eingefahren, dessen Stamm er von der Krone bis zur Erde hin entzweigespalten hatte. Inmitten all dieser sich glühend nach oben hin kräuselnden Holzspäne saß nun ein drittes Wesen, das selbst noch von Innen heraus zu leuchten schien. Da der Sturmwind, der selbst ein gewaltiger Luftgeist und Riese ist, sich von der Laubinsel, die Nal oder Laufey geheißen ward, als Treumund eingeladen sah, bedachte er die drei kleinen Geschöpfe darauf mit Namen. Da die beiden Geschwister in der Grube männlichen Geschlechts waren, gab der Wind dem ersten den Namen Byleist, den Blitzenden, da der Kleine weiß aufleuchtete, sobald eine Böe ihn erfasste. Der zweite ward von ihm Helblindi, der Totenblinde, genannt, denn er schien ob all der gleißenden Helligkeit um ihn herum schon zu Beginn erblindet und begann sich sogleich krabbelnd in einem dunklen Kaninchenbau zu verkriechen. Der dritte aber, der noch immer am Wurzelgrund des gespaltenen Baumes hockte, besaß eine Mischung aus beiden Geschlechtern und war von schönstem Wuchse. Seine Ohren liefen oben leicht spitz zusammen, wie es sonst nur bei den Elben und Luftgeistern üblich ist. Da der Kleine dem Sturmwind aus seinen wachen Äuglein fröhlich entgegenlachte und mit seinen Händchen das wild herumwirbelnde Laub sogleich neugierig zu erhaschen suchte, nannte er diesen Lopt, den Luftigen.

In den folgenden Jahren wuchsen diese drei Geschwister nun gedeihlich heran, da sie auf dem Eiland alles an Nahrung vorfanden, was sie für die erste Entwicklung ihres Daseins benötigten. Der Sturmwind trieb ihrer Mutter Laufey den Samen und die Pollen nützlicher Pflanzen zu, die rasch auf ihr keimten und den drei Sprösslingen die herrlichsten Früchte bescherten. Dass Lopt sich von den beiden anderen jedoch nicht nur in seiner Doppelgeschlechtlichkeit unterschied, sollten seine Brüder schon früh zu spüren bekommen, denn jener begann sich auf der längst erschlossenen Insel schon bald ganz schrecklich zu langweilen. Wann immer er Gelegenheit dazu hatte, neckte Lopt die beiden anderen mit seinem Schabernack und spielte ihnen Streiche. Dass führte soweit, dass sich die beiden geplagten Brüder bei ihrem Treumund über den garstigen Luftikus beklagten, der ihnen ihr sonst recht beschauliches Leben auf der kleinen Insel arg verleidete. Der Sturmgeist beschloss darauf, den jungen Lopt mit sich zu nehmen und kurzerhand an anderen Gestaden abzusetzen. Schließlich war die Welt inzwischen groß geworden, und was sollten Lebewesen sich auf die Füße treten und gegenseitig das Leben schwer machen, wo doch soviel Platz für alle war?

Dieser Beschluss gefiel dem neugierigen Lopt natürlich sehr, und früh fühlte er sich darin bestätigt, dass man es nur gar bunt und allzu lustig treiben muss, wenn man im Leben weiterkommen will. Bevor er aber seinen Abschied von der Insel nahm, trat der kleine Lopt noch einmal vor jene Dreiergruppe alter Baumriesinnen, die ihn für eine letzte Unterweisung zu sich gerufen hatten. Der Sturmwind fuhr raschelnd in ihre gewaltigen Baumkronen und knarrend teilten sie ihrem Zögling mit, dass, sofern es ihm gelänge, seine ihm mitgegebenen Gaben und Talente in die Dienste anderer zu stellen, er zu Höherem berufen sei. Zuvor aber müsse er lernen, seinen Stolz zu bändigen und Nachsicht mit anderen zu üben, denn vieles von dem, was ihn auf seinen Wegen erwarte, sei nichts anderes, als die Auswüchse seiner eigenen Taten, mit denen er glaube, diese Welt beeindrucken zu müssen. Der kleine Lopt freilich, der noch nicht ermessen konnte, was er in diesen gutgemeinten Ratschlägen und Orakelsprüchen finden sollte, hatte die zu eng gewordene Insel gedanklich schon längst verlassen und harrte ungeduldig der Dinge, die dort draußen auf ihn warten mochten.

So trug der Sturmwind Lopt über das weite Meer, bis er ihn endlich an einem üppig bewachsenen Festland absetzte. Diese Gegend nannte sich Wanaheim und war über und über mit saftig grünen Wiesen und dicht belaubten Wäldern bedeckt, in denen sich eine unerschöpfliche Vielfalt der verschiedensten Tiergattungen und Waldwesen tummelte. An dieser Küste sowie weiter im Landesinneren hatte sich das Volk der Wanen angesiedelt; große menschenähnliche Wesen, die wie Loki von den ersten Riesen abstammten, sich im Laufe der Zeit aber zu einem eigenständigen Zweig entwickelt hatten. Die meisten von ihnen hatten eine helle Haut, blonde Haare und besaßen wasserblaue Augen. Die Wanen ernährten sich von dem, was die Wälder und das Meer ihnen an Nahrung bescherten und hatten bereits damit begonnen, die Erde urbar zu machen und Felder zu bestellen.

Als der kleine Lopt nun bei ihnen auftauchte, nahmen die Wanen das fremde Kind mit dem ungewöhnlichen Namen freundlich in ihrer Mitte auf. Hier gewann der lebensfrohe Riesensprössling sich rasch manchen Freund, da das Auge eines jeden Betrachters gerne auf seiner schön gewachsenen Gestalt ruhte. Seine glatte Haut schimmerte bronzen und war weit weniger behaart wie die seiner übrigen Altersgenossen. Und da Lopt eine ungewöhnlich rasche Auffassungsgabe besaß, lernte er schnell, sich den Sitten und Gepflogenheiten dieses Volkes anzupassen. Wie bei allen Naturvölkern, die in warmen Gefilden beheimatet sind, liefen auch die Wanen fast immer nackt umher. Ein Umstand, den auch der kleine Lopt nie in Frage gestellt hatte, allerdings nur bis zu jenem Zeitpunkt, als er erkennen musste, dass viele seiner Altersgenossen mit seiner Zweigeschlechtlichkeit nicht klarzukommen schienen. Vielfach wurde er ausgelacht und als einer gehänselt, der sich später selbst befruchten könne, um seine Kinder auszutragen. Das veranlasste ihn schon früh dazu, sich abzusondern und seinen männlicheren Eigenschaften den Vorzug zu geben; alleine schon deshalb, um sich unter Seinesgleichen besser behaupten zu können. Zumindest nach außen hin, innerlich aber begann er, die Männer für ihr rohes und balzendes Gehabe schon bald zu verachten, hinter dem sich zumeist nur die blanke Angst vor Versagen verbarg.

Doch gab es auch Wanen, die in Lopts Eigenart und Zweigeschlechtlichkeit eine Gabe sahen, die zu fördern sie als Wert befanden. Zu ihnen gehörte ein schon hochbetagter Mann, der mit anderen Frauen innerhalb des Stammes den Rang eines Goden und Opferpriesters bekleidete. Jener versuchte, Lopts Vertrauen zu gewinnen, indem er sich diesem als Gleichgesinnter zu erkennen gab und ihm den Vorschlag unterbreitete, ihn später in seine eigenen Fußstapfen treten lassen zu wollen. Sobald er sich für den Weg eines Priesters entschieden habe, so meinte der Gode, würde ihn fortan niemand mehr ob seiner Gesinnung zu tadeln oder zu verspotten wagen. Lopt, stets aufgeschlossen für alles Neue, gefiel dieser Vorschlag, und er nahm das Angebot dankend an. Zum ersten Male kleidete er sich in Frauentracht, trug seine langen Haare zu einem Kranz geflochten und folgte gelehrig den Anweisungen seines neuen Lehrers, der sich mühte, ihm alles Wissenswerte beizubringen. Zwar fand der neue Schüler die Vorstellung, andere Kräfte als die eigenen anzubeten und zu verehren, etwas sonderbar und albern, war gleichzeitig aber dankbar, endlich zu jemandem aufblicken zu können, der sich darüber hinaus um ihn kümmerte und auf ihn einging. Als eine erste kleine Einweihung anstand, erhielt Lopt die Aufgabe, sich einen eigenen neuen Namen zu geben, worauf dieser sich fortan Loki nannte.

Unglücklicherweise beschränkten sich die Unterweisungen seines Lehrers nicht nur auf die geistigen Bereiche, denn Lokis noch unschuldige Anmut hatten bei dem alten Mann ein Bedürfnis geweckt, welches jener bei sich selbst schon unlängst abgelegt zu haben glaubte. So kam es schließlich wie es kommen musste. Als Loki sich von dem Alten einmal auf einen Baum heraufhelfen ließ, um von oben ein paar Misteln herunterzuwerfen, glitt des Goden helfende Hand so eindeutig in Lokis Schritt, dass der entrüstet einen Satz nach vorne tat und sich fortan weigerte, auch nur noch einen Fuß in die priesterliche Hütte seines Lehrers zu setzen. Das war dann das Ende von Lokis Laufbahn als künftiger Gode, die so kurz war, dass sie bis heute eigentlich nirgendwo Erwähnung findet.

Bei den Wanen lernte Loki auch den jungen Njörd kennen, der war der Sohn eines mächtigen Meeresriesen. Dieser Njörd war es, der sich später mit der großen Wanin Fjörgyn vermählte, die manche auch Nerthus oder Jörd rufen. Fjörgyn gebar dem Njörd ein Zwillingspaar, einen Jungen und ein Mädchen, welche auf die Namen Freyr und Freyja hören. Beide sah der Sohn der Laufey in ihren ersten Kinderjahren noch mit aufwachsen, doch bevor die Zwillingsgeschwister für Loki hätten interessant werden können, musste er Wanaheim wieder verlassen. Und das kam so:

Die gescheiterte Ausbildung zum Goden lag inzwischen in weiter Ferne, trotzdem schien es mit ihm und den Wanen eine ganze Weile recht gut zu gehen. Dieser Abschnitt seines noch jungen Lebens, den wir respektvoll als „Lokis Schonzeit" bezeichnen wollen, endete zu jenem Zeitpunkt, als der lebenslustige Riesensprössling sich wieder schrecklich zu langweilen begann. Dies allein wäre nun freilich noch kein Grund zur Besorgnis gewesen, denn Kinder und Jugendliche, die nicht viel mit sich und ihrer freien Zeit anzufangen wissen, wird es wohl zeitlebens immer geben. Doch wie wir schon erfahren haben, war bei Loki das große Übel, dass er diese Leerräume mit einer nahezu unerklärbaren Zwanghaftigkeit durch Streiche auszufüllen trachtete. Was anfänglich noch recht harmlos begonnen und schadenfroh belächelt werden konnte, entwickelte sich rasch zu einer Plage, die sich mit jedem weiteren gelungenen Streich verschärfte. „Übermut sucht seine Grenzen" wäre wohl der passende Titel für all jene Taten, die Lokis unerschöpflichem Einfallsreichtum zu jener Zeit entsprangen.

Als er einmal einem Mann, der ein Feuer entzündet hatte, um darin Abfälle zu verbrennen, heimlich Öl in dessen Wassertrog hineingoss, wurde jedoch selbst Loki von den Auswirkungen seines Tuns überrascht. Beim löschen des Feuers gab es eine solch gewaltige Stichflamme, dass seinem Opfer auf einen Streich sämtliche Körperhaare versengt wurden. Mit qualmendem Haupthaar rannte der erschrockene Mann darauf schreiend zum nächsten Fluss, aus dem ihn seine zusammengelaufenen Nachbarn aber sogleich wieder herausriefen, denn das Feuer hatte inzwischen auf seine Hütte übergegriffen. Natürlich kam jede Hilfe zu spät, und dem Gepeinigten blieb nichts anderes übrig, als auf die schwelenden Überreste seines einstigen Zuhauses starren zu müssen. Es bedurfte der Kraft von fünf ausgewachsenen Männern, den Geschädigten davon abzuhalten, Loki nicht das Fell über die Ohren zu ziehen, der bei seinem Streich von einem Zeugen beobachtet worden war. Täter und Opfer landeten darauf vor dem Stammesrat, wo über die Böswilligkeit des Vorgehens befunden werden sollte. Auf die Frage hin, was den Angeklagten zu dieser schändlichen Tat bewegt haben könnte, antwortete dieser arglos, er hätte sich lediglich am Tanze der auflodernden Flammen erfreuen wollen, weshalb er diesen zu etwas mehr Größe verholfen habe. Der Rat brauchte nicht lange, um sich darüber einig zu werden, dass solch jugendlichem Übereifer am besten mit harter Arbeit zu begegnen sei. Nur wer keine ausfüllenden Aufgaben besitze, dem verbleibe überhaupt die Zeit, um derartige Ideen auszuhecken. Zunächst wurde Loki auferlegt, die Hütte seines Opfers wieder mit aufzubauen. Hernach würde er dem Geschädigten für ein ganzes Jahr zur Seite stehen müssen, um diesem sklavengleich und ohne zu murren die niedrigsten Dienste zu tun. Und von denen sollten nicht wenige auf den Verurteilten warten, denn sein Kläger zeigte sich ausgesprochen nachtragend. So kam es also, dass Lokis bis dahin unbeschwerter Kindheit durch sein eigenes Verschulden ein jähes Ende bereitet wurde.

Nun muss man wissen, dass es sich bei den Wanen um eine große Stammesgemeinschaft handelt, die sich wiederum aus mehreren Sippen zusammensetzt, von denen keine unter vierzig Kopf stark ist. Jedes Mitglied hat für den Erhalt des Ganzen einen entsprechenden Beitrag zu leisten, lediglich Kinder sind bis zum Erreichen ihres fünften Lebensalters davon im Großen und Ganzen ausgenommen. Allerdings sollte sich hierbei schnell herausstellen, dass der kleine Lopt für handwerkliche und alltägliche Aufgaben kaum zu gebrauchen war. Die ihm übertragenen Dienste führte er nur selten ganz, und wenn doch einmal, nur äußerst unzufriedenstellend aus. Überhaupt stellte er sich dabei so ungeschickt an, dass jene, denen man ihn zum Hilfsdienst einteilte, meist froh darüber waren, wenn sie ihm zum abendlichen Abschied wieder auf den Rücken blicken konnten. Zwar verstand Loki es immer wieder, auf geschickte Weise andere für seine Zwecke einzuspannen, so dass sich jene vielfach noch geehrt darüber fühlten, dem Schönling zur Hand gehen zu dürfen, doch führte dies dazu, dass er bei den meisten Stammesmitgliedern bald den Ruf eines faulen Nutznießers und Tunichtgut genoss. Manche riefen ihn nur noch Loinn mit Namen, was soviel wie ‚der Faule' bedeutet.

Loki selbst schien sich daran allerdings nicht im Geringsten zu stören. Im Gegenteil! Er genoss seine Sonderstellung als Außenseiter, die ihn somit immerhin von manch unliebsamer Fronarbeit befreite, die man sich ihm zu geben scheute. Viel lieber streifte er den ganzen Tag über durch die dichten Urwälder Wanaheims, brachte sich selbst bei, was er als lernenswert erachtete, und lebte frei nach dem Motto – tu nur das, was dir gefällt. Alles, was nicht in diesen Bereich fällt, versuche um jeden Preis zu meiden! – Schließlich, so beteuerte er immer wieder, wolle er vor lauter Arbeit nicht alt werden, bevor er überhaupt jung gewesen sei...

So vergingen die Jahre, und nach und nach entwickelte der jugendliche Loki eine immer größere Abneigung gegen das geregelte Leben der Wanen, dessen beschaulicher Ablauf mit all seinen festbestimmten Ritualen und Gesetzen ihn an ein knarrendes Wagenrad erinnerte, das sich träge um die eigene Achse drehend nur noch im Kreis seiner selbst gefahrenen Rinne bewegte. Und selbst einmal eine dieser unbeweglichen Radspeichen zu werden – nein, das war es wirklich nicht, was er anstrebte. Wie ihm einst von den Baumriesinnen prophezeit, fühlte Loki sich zu Höherem berufen.

Wie gesagt, Loki war damals noch jung an Jahren, und nur selten ist die heranwachsende Jugend von dem begeistert, was die vorherige Generation ihnen an Pflichten und Regeln vor die Nase setzt. Als er älter wurde, trat allerdings immer deutlicher zutage, was es mit seinem Namen, Loki, ‚dem Lockenden', auf sich haben sollte. Immer wieder gelang es ihm nahezu spielerisch, einige Wanen Dinge vollbringen zu lassen, die sie zuvor niemals für möglich gehalten, geschweige denn sich selbst zugetraut hätten. Nach wie vor liebte er es, seine Stammesgenossen zu necken und den fleißigsten und rechtschaffensten unter ihnen ihre eigenen Fehler aufzulisten, sobald diese sich wieder einmal über sein unstetes Wesen ausließen oder ihm seine Faulheit vorwarfen. Da Loki scharfe Augen besaß, denen ständig wachend selbst die kleinsten Eigenarten seiner Umwelt nicht entgingen, verfügte er nach und nach über eine ganze Ansammlung von Schwächen und schlechten Angewohnheiten eines jeden Einzelnen. Diese unliebsamen Wahrheiten im richtigen Moment ans Tageslicht zu zerren, vollführte seine spitze Zunge stets mit solchem Geschick, dass irgendwann selbst die klügsten und redegewandtesten Wanen ihn zu schelten sich nicht mehr getrauten, aus Angst, selbst zur Zielscheibe seines beißenden Spottes werden zu können.

Allerdings gab es auch einzelne Wanen, bei denen Lokis fragwürdige Kunst an ihre Grenzen stieß. Diese zumeist etwas schlichteren Gemüter waren nicht gewillt, sich erschöpfenden Reden hinzugeben oder sich von seinen Reden einlullen zu lassen und schlugen stattdessen lieber zu. Einmal musste Loki seinen Aufenthaltsort mitten in der Nacht fluchtartig verlassen, weil ihm ein wütender Krieger ans Leder wollte, der am Lagerfeuer hatte erfahren müssen, dass seine Hämorrhoiden ein längst ausgeplaudertes Geheimnis waren. Dieses nächtliche Fluchtspektakel sollte sich in den kommenden Jahren noch so manches Mal wiederholen; indes ist festzuhalten, dass es keinem von Lokis Häschern jemals gelang, seiner habhaft zu werden. Diese Eigenschaft, sich jeglichem Zugriff in Windeseile zu entziehen, brachte ihm zusätzlich den Beinamen ‚Flinkfuß' ein. Da der Laufey Sohn jedoch besonnen genug war, sein Glück nicht im Übermaße zu erproben, zog er es schließlich vor, sich und sein Wirken innerhalb der Gemeinschaft auf das kleinstmögliche Mindestmaß zu beschränken.

Eines Tages, als ihn einer seiner Streifzüge wieder einmal tief in Wanaheims dichte Wälder hineingeführt hatte, erblickte Loki einen sehr hohen und weitverzweigten Baum, dessen ausladende Form sich glücklich für die Errichtung eines Baumhauses anbot. Mit der Hilfe einiger befreundeter Waldelfen, Gnomen und Moosleute wurde dieser Plan in nur wenigen Wochen in die Tat umgesetzt. Von der Gewissheit getragen, fortan nicht länger unter der Vormundschaft irgendwelcher Stammesältester leben zu müssen, freute sich Loki über seine neu gefundene Freiheit und genoss es ausgiebig, knapp dreißig Ellen über dem immerfeuchten Waldboden in luftiger Höhe zu thronen. Auch die meisten Wanen waren nicht sonderlich traurig darüber, den unleidigen Tunichtgut auf diese Weise wieder losgeworden zu sein.

Eine Zeitlang also schien wirkliche Ruhe zwischen beiden Parteien eingekehrt, doch Loki wäre nicht Loki, hätte er sich nicht irgendwann wieder erneut ins Gerede gebracht; denn unser Herr Flinkfuß, niemals auf der faulen Haut liegend, wenn es darum geht, sich den Tag mit wilden Späßen zu versüßen, begann damit, eine große Menge an Waldvolk um sich zu scharen, das, wie ja weithin bekannt ist, nächtlichen Gelagen, auf denen fürderhin ausgelassen gefeiert, getanzt und geliebt wird, nur äußerst selten abgeneigt ist. Gerade dem letzt genannten kam hierbei eine immer gewichtigere Rolle zu, denn Loki, der inzwischen als Mann geschlechtsreif ge-

worden und somit die holde Weiblichkeit für sich entdeckt hatte, geizte nicht damit, seine ihm angeborenen Vorzüge schamlos zur Schau zu stellen. Frei und unbeschwert lebte er fortan nach dem Motto:
„Reize zeigen gar zu offen,
lassen Lüsternheit und Frechheit hoffen!"

Und leisten konnte er sich diese Zurschaustellung, oh ja! An seinem geschmeidigen Körper traten neuerdings Muskeln und Sehnen hervor, dass ein Steinmetz, der von ihm hätte ein Abbild schaffen müssen, seine helle Freude daran gehabt hätte. Dies wiederum hatte zur Folge, dass auf den nächtlichen Versammlungen in Kürze ein augenfälliges Übermaß an weiblichen Wesen zu beobachten war, die allesamt – man möge mir meinen offensichtlichen Neid nachsehen – gänzlich darum bemüht waren, sich die Gunst dieses ansehnlichen Jünglings zu erwerben. Manche mit solch einem Eifer, dass sie sich darüber gar wie bissige Wildkatzen in die Haare gerieten. Solcherlei Rang- und Hackordnungen ließ Loki das Weibsvolk jedoch lieber unter sich austragen und feierte die Feste weiterhin wie sie fielen.

Besondere Wertschätzung brachte er aber den kleinwüchsigen Gnomenweiblein entgegen, die sich nach alter Tradition darauf verstanden, den allseits beliebten Honigwein mit ausgewählten Kräutern und Zauberpilzen zu versehen. Dem Met schon in kleinsten Mengen hinzugesetzt, verfehlten diese Pflanzen niemals ihre berauschende Wirkung, um darauf in rauen Mengen durch die Kehlen der fröhlichen Zecher zu fließen.

Auch der Frühling hatte inzwischen Einzug gehalten, und der bis dahin vielfach geschmähte Loki nahm die Huldigungen seiner zahlreichen Verehrerinnen mit der eitlen Genugtuung eines frisch befiederten Hahnes entgegen und ließ sich gebührlich feiern. All diesen maßlosen Schmeicheleien, die mitunter schon einer Vergötterung gleichkamen, hat Loki wohl auch sein unerschütterliches Selbstvertrauen zu verdanken, dessen Grundsteinlegung zu einer Zeit erfolgte, die für die spätere Entwicklung junger Männer von bedeutsamer Wichtigkeit ist. Und da sich keines der Mädchen auf kurz oder lang seinem Bann zu entziehen vermochte, genoss er in vollen Zügen, was ihm die Große Mutter in ihrer unendlichen Vielfalt an sinnlichen Freuden und Eindrücken bescherte.

Da gab es eine stattliche Anzahl von wunderschönen Elfenmädchen, Nymphen und Flussnixen, die federleicht dahinzugleiten schienen. Dann langgliedrige Baumdryaden und dralle Zwergenmaiden, die sich trunken vom Genuss berauschender Pilzgetränke sanft in den Hüften wiegten oder ihren geliebten Waldprinzen in einem wildem Stampfreigen umtanzten. Loki selbst setzte wie ein toll gewordener Waldgeist splitternackt über funkensprühende Feuerstöße und vollführte jauchzend solch riesige Bocksprünge, dass seine langen dunklen Locken gleich einem sprühenden Kometenschweif durch die prasselnde Glut flogen. Seine entfesselten Glieder zuckten zu dem Gedröhn der Baumstammtrommeln, auf welche die Moosleute mit starken Ästen das rhythmische Stakkato des Lebens hämmerten. Er packte die schönsten Mädchen bei den Hüften, wirbelte sie herum, küsste sie mitten auf den Mund und rieb seinen schweißnassen Körper nach Herzenslust an den ihrigen. Seit der lodernde Feuerdrachen des Begehrens in ihm erwacht war, träumte Loki von goldenen Begattungen und sehnte sich danach, seinen feurigen Samen in die Welt zu säen. Gelegenheit dazu hatte er reichlich, denn wohin er sein Auge auch schweifen ließ, überall drängten und schmiegten sich ihm willige Körper entgegen. Verzückt wanden sich die Tänzerinnen im Stoßtakt seines pulsierenden Feuerbohrers, der seine ekstatische Arbeit mit der Unermüdlichkeit eines vor Kraft strotzenden Bockes verrichtete, dessen ganzes Sein nur noch von dem brennenden Verlangen zu zeugen durchglüht wurde.

So stolz und ungehemmt trug Loki die Eichenkrone des Waldes, dass man in den Siedlungen der Wanen schon bald von den absonderlichsten Praktiken munkelte, die bei diesen rauschenden Festlichkeiten stattfinden sollten. Nicht etwa, dass nicht auch die Wanen ordentlich zu feiern gewusst hätten, beileibe nein! Doch hieß es, dass Loki Flinkfuß seinem Namen neuerdings alle Ehre mache und heuer kein weibliches Wesen in seiner Nähe mehr sicher vor ihm sei. Dass es sich bei diesem bunten Treiben meist umgekehrt zutrug, wollte ohnehin niemand hören. Als dann aber sogar verheiratete Frauen damit begannen, sich nächtens heimlich zu dem hübschen Lockenkopf hinzuschleichen, um sich erst spät am darauffolgenden Mittag wieder völlig erschöpft und zerschunden bei ihren Sippen einzufinden, war dies natürlich Öl auf die erhitzen Gemüter seiner Feinde, deren gereizte Stimmung ohnehin schon einem brodelnden Kessel glich.

Wieder einmal war also Loki der Grund dafür, warum die Wanen eine Ratsversammlung einberiefen, die rasch zu einer Krisensitzung ausuferte, denn etwas Vergleichbares hatte es bis dahin nicht gegeben. Einige der betroffenen Mädchen und Frauen wurden als Zeuginnen vorgeführt und aufgefordert, dem Rat über das Vorgefallene zu berichten. Man kann sich gut denken, dass die männlichen Wanen nicht gerade gewillt waren, den Frohsinn ihrer Frauen zu teilen, die, zornig über die genötigten Aussagen, aus ihrer Begeisterung für den paarungswilligen Waldprinzen keinen Hehl machten. Leider trugen ihre dem Rat trotzig entegegengeschleuderten Ausführungen nicht gerade dazu bei, den Beschuldigten in ein besseres Licht zu rücken. Zwar bestand die Hälfte des Rates aus Frauen, bei denen Lokis Verhalten vereinzelnd noch auf Verständnis, bei zweien sogar auf Wohlwollen stieß, als aber bei den Verhören herauskam, dass sich bereits drei der befragten Mädchen in anderen Umständen befanden, die der unbekümmerte Angeklagte in nur einer einzigen Nacht allesamt geschwängert haben musste, vermochte auch die Fürsprache der weisen Mütter gegen den Beschluss der aufgebrachten Männlichkeit nichts mehr auszurichten.

Die jungen Burschen und betroffenen Väter der entehrten Mädchen griffen ergrimmt zu den Waffen und verkündeten lautstark, dem zügellosen Treiben dieses weibstollen Bockes ein für allemal ein Ende setzen zu wollen. Wenn der solch eine Freude am Spiel mit dem Feuer zeige, dann wolle man mit ihm jetzt gleichfalls ein feuriges Tänzchen wagen. Mit Speeren, Äxten und Fackeln gerüstet, machte man sich sogleich auf den Weg, während andere Sippenangehörige sich mühten, die laut kreischenden Mädchen im Zaume zu halten, die für ihren enttarnten Beglücker zeternd und heulend um Gnade flehten.

Nun begab es sich aber, dass auch der junge Njörd an besagter Ratsversammlung teilgenommen hatte. Njörd, als Sohn eines mächtigen Seekönigs, lebte an der Küste und war Loki damals wohlgesonnen, da dessen ungezwungene und aufrührerische Art ihm selbst gut gefielen. Zumindest in Njörds eigener Jugend. Später tat sich der Wane, wie wohl die meisten Männer, wenn sie selbst erst einmal Verantwortung tragender Führer und Vater einer Tochter geworden sind, sichtlich schwerer damit.

Damals aber hatte Njörd selbst an einigen von Lokis ausgelassenen Waldfeiern teilgenommen, und da er dort bereits manch wonnigliches Erlebnis zu verzeichnen hatte, fühlte er sich hierdurch seinem Veranstalter auf gewisse Weise zum Dank verpflichtet. Njörd sandte Loki also einen großen weißen Pelikan, der eine Botschaft in seinem Schnabel trug. Diese Nachricht bestand aus einem angebrochenen Ast, an dessen einem Ende etwas Zunder und an das andere ein Wolfshaar geknotet waren. Glücklicherweise war Loki, der ohnehin gelernt hatte, immer auf dem Sprung zu bleiben, klug genug, diese Warnung nicht weiter anzuzweifeln. Offensichtlich hatte man über ihn die Ächtung ausgesprochen, wodurch er nun endgültig zum ausgestoßenen Wolf geworden war. Der Zunder verriet ihm die zu erwartende Strafe, die er nicht vorhatte anzutreten. Einmal mehr klaubte er in Windeseile seine wenigen Habseligkeiten zusammen und verließ so schnell er konnte seine liebgewonnene Wipfellaube.

Dass Loki gut daran getan hatte, konnte er schon kurz darauf aus dem sicheren Versteck eines anderen Baumes heraus beobachten. Aufgeschreckte Vögel, gefolgt von einer Schar verängstigter Kleintiere, suchten sich ebenfalls in Sicherheit zu bringen, als die blutgierige Meute auch schon grölend durchs Dickicht brach. Da die wanischen Krieger das Nest des zum Tode Verurteilten ausgeflogen vorfanden, fällten sie den gesamten Baum, um darauf Lokis ohnehin schon zusammengefallene Hütte in Brand zu stecken. So groß war die Enttäuschung der Männer über die abermals geglückte Flucht ihres verhassten Nebenbuhlers, dass sie ihre Wut sogar an den angrenzenden Bäumen ausließen. Die gesamte Umgebung wurde kurzerhand brandgerodet und dem Erdboden gleichgemacht. Nichts sollte fortan mehr an all die verbotenen Ausschweifungen erinnern, die sich vor kurzem noch auf diesem unseligen Flecken Erde zugetragen hatten.

Groß hingegen war das Gejammer und Weheklagen beim Wald- und Frauenvolk, als dieses von der brutalen nächtlichen Strafaktion erfuhr. Doch wenngleich sich am nächsten Morgen auch mehrere kleine Frauengruppen aufmachten, um den Friedlosen ihrer weiteren Wertschätzung zu versichern, blieb alles Suchen vergebens.

Selbst die Flut aller vergossenen Tränen mochte daran nichts mehr ändern; der feurige und lustfrohe Waldbock war und blieb verschwunden, und es sollte ein ganzes weiteres Zeitalter vergehen, bis er wieder einen Fuß nach Wanaheim setzen würde.

So kam es, dass Loki seine Wanderung durch die Welt unfreiwillig wieder aufnahm, die er, hätte er sie aus eigenem Antrieb heraus antreten müssen, möglicherweise erst zu einem viel späteren Zeitpunkt in Angriff genommen hätte; denn hat sich das Fleisch erst einmal an die Geselligkeit anderer gewöhnt, wird es mitunter bequem und träge. Der Zufall wollte es, dass Loki bei seinem Fortgang aus Wanaheim jenen Weg durchs Unterholz nahm, den einige Jahre darauf auch die wanische Liebesgöttin Freyja wählte, als diese ihrem Stamm gleichfalls den Rücken kehren musste, wenngleich auch der Anlass ein anderer war.* Seltsame Übereinstimmung gibt es zuweilen im Leben derer, die nicht bereit sind, sich den Regeln und Gesetzen der Gemeinschaft zu unterwerfen, und selten bleibt ihnen dabei anderes zu tun, als ihr Säckchen zu schnüren und ihr Glück in anderen Landstrichen zu versuchen.

Als Loki ein hohes Felsenplateau erklommen hatte, von dem aus man einen weiten Blick über Wanaheims blättergrünen Waldteppich besaß, seufzte er schwer auf. Beständigkeit gehörte wohl nicht zu den Eigenarten, die ihm die Nornen mit in die Wiege gelegt hatten. Er war eben ein Grenzgänger, dem es anscheinend nicht vergönnt war, für längere Zeit an ein und demselben Ort zu verweilen.

Zunächst aber waren ihm die Wetterdisen hold, denn die warme Jahreszeit führte einen heißen Wind mit sich, dessen Liebkosungen auf Haut und in den Haaren er nicht minder liebte wie im Rauschen der ihn so zahlreich umgebenden Baumkronen. Mit der Neugier und Zuversicht eines nun endlich flügge gewordenen Falken, durchstreifte er die ihm unbekannten Waldgebiete und ernährte sich von dem, was die Natur ihm gewährte und vor die Füße stellte. Erst wenn die Sonne längst untergegangen war und er alleine

* siehe „Im Liebeshain der Freyja", S. 31

mit trübsinniger Miene in die Flammen seines prasselnden Lagerfeuers starrte, überfiel ihn gelegentlich die Einsamkeit. Dann vermisste er sein zurückgelassenes Waldvolk, dessen Nähe und muntere Geselligkeit ihm für kurze Zeit das Gefühl einer richtigen Familie vermittelt hatten und in deren Mitte er weitaus mehr als nur ein geduldetes Mitglied gewesen war. Das Lachen im Walde, die glückseligen Jauchzer seiner zahlreichen und hingebungsvollen Gespielinnen, deren wonnetrunkene Gesichter ihn in seiner Erinnerung noch immer umtanzten; all das war der harten, kalten Fratze der Gewalt gewichen, mit der die eifersüchtigen Krieger der Wanen seinem ausschweifenden Lebenswandel ein Ende gesetzt hatten. Bitter schmeckt das Salz des Lebens für all jene, die zuvor die Freuden der Sinneslust im Übermaße genießen durften und sich nun auf einen Schlag mit der Entbehrung all dieser wunderbaren Dinge konfrontiert sehen.

Darüber, dass sein lustfrohes Treiben aus männlicher Sicht einem bösen Tritt in das Gemächt eines jeden alteingesessenen Platzhirsches gleichkam, verschwendete er keinen weiteren Gedanken. Zu sehr war er von sich und der Richtigkeit seines vergangenen

Tuns überzeugt, womit er das Frauenvolk auf so nachhaltige Weise für sich eingenommen hatte. – Man hatte ihn wie einen lästigen Nebenbuhler vertrieben und aus dem Revier verjagt, gut – doch hierbei zu verlieren, sah er nicht als Schande an, das passierte tagtäglich zuhauf auf dieser Welt. Der wesentliche Unterschied dabei war, dass er zuvor reichlich aus dem Vollen geschöpft hatte und dabei mehr Rahm hatte abschmecken dürfen, wie wohl den meisten jemals in ihrem Leben zuteil wird. Und Hand aufs Herz, vermochte diese kleine Niederlage sein Selbstbewusstsein nachhaltig zu trüben, wo ihm zuvor eine solche Vielzahl glücklicher Frauen ihr strahlendstes Lächeln geschenkt hatten? –

Diese lieblichen Eindrücke waren jedoch das Einzige, was Loki aus Wanaheim mitzunehmen gedachte ... und natürlich seinen Namen, der ihm besser gefiel als der alte und den er stolz bis heute führt.

er alte Zwerg blickte wieder in die Runde und fand die Augenpaare sämtlicher Gesellen auf sich gerichtet. „Hrmh...", brummelte er, „ich wünschte mir nur einmal etwas von dieser Aufmerksamkeit, wenn es gilt, euch unkonzentrierter Bande ein neues Härteverfahren beizubringen..."

„Was wurde aus Lokis beiden Brüdern?" überging einer der Zwerge rasch die Mahnung ihres Meisters.

„Ich habe keine Ahnung", erwiderte Iwaldi wahrheitsgemäß, „bis zum heutigen Tage ist mir keine Geschichte oder Begebenheit bekannt, die von den beiden kündet..., ganz im Gegensatz zu Loki, über den es mehr Abenteuer und Taten zu berichten gibt, als über sonst irgendeinen Asen." Der alte Zwerg holte tief Luft, denn es war offensichtlich, dass diese Geschichte bei einigen Zuhörern noch ganz andere Fragen aufgeworfen hatte: „Mancher von euch mag sich nun die berechtigte Frage stellen, was denn wohl das Geheimnis hinter Lokis Erfolg bei den Frauen ist, hinter dessen Schilderungen man schon maßlose Übertreibung zu vermuten geneigt ist?"

Ein Blick in die erwartungsvollen Gesichter seiner kleinen Runde bestätigten dem alten Schmiedemeister seine Ahnung, so dass er diesen Moment der Stille noch ein wenig dehnte: „Die Antwort darauf", fuhr er fort, „ist weit einfacher, als viele von euch dies möglicherweise hinzunehmen bereit sind. Lokis stattlicher Wuchs vermag sicherlich die eine Hälfte seines sonderbar gearteten Zaubers auszumachen, der ihn für das andere Geschlecht so unwiderstehlich macht und wohl auch nicht von ihm weichen wird, solange ihm weiterhin der Genuss der verjüngenden Goldäpfel eurer Schwester vergönnt sein wird. Doch die andere Hälfte, die eine nicht ungewichtigere Rolle spielt, ist wohl jener Umstand, dass Loki das weibliche Geschlecht mit jeder Faser seines Wesens liebt und ehrt. Dies mag mit seiner Doppelgeschlechtlichkeit und dem damit einhergehenden Verständnis zusammenhängen, auf das ich später noch etwas ausführlicher eingehen möchte. Die Frauen aller Rassen und Völker scheinen dies jedenfalls zu spüren, denn niemals würde Loki sein Herz an eine Einzelne verschenken, um damit all die anderen begehrenswerten Wesen auszugrenzen, die Zeit seines Lebens zu beglücken er sich verpflichtet fühlt. ‚Feuer muss brennen', hörte ich ihn einst sagen. Ein Rat, der bei uns Zwergen auf offene

Ohren stößt, bei Loki jedoch vor allem auf die Kraft der sinnlichen Ekstase verweist, die zu entzünden und zu schüren ihm oberstes Gebot sein will..."

Der alte Schmiedemeister schmunzelte vergnügt in die Runde und musste lachen: „Ha, ha, ich sehe schon, meine tapferen Gesellen, solcherart Geschichten vermögen eure Phantasie zu beflügeln, weshalb ich nun an einer Stelle fortfahren möchte, die euren erhitzten Gemütern wohl etwas Abkühlung verschaffen wird:

In fernen Tagen es fand seinen Weg
Farbautis Spross tief hinab in den Stein.
Traf unterm Berg den betriebsamen Alben,
der ihn unterwies in feuriger Kunst.

MOTSOGNIR

W enig ist überliefert über Lokis frühe Fahrten ins Riesenland und wohin sein nächster Weg ihn führte. Nur soviel ist bekannt, dass er mancherlei Beziehungen zum riesischen Geschlecht unterhielt, dem weiblichen wie dem männlichen. Zwar sprühten die meisten Vertreter ihrer Art nicht gerade vor Geisteswitz und Scharfsinn, doch Loki gefiel ihre direkte und unverstellte Art, mit der sie einander stets begegneten. Dass bei diesen Begegnungen zuweilen auch Blut floss, lag vor allem an der ewigen Streitsucht der Riesen, der gewöhnlich ein gegenseitiges Kräftemessen folgte, das nicht selten einer der Herausforderer mit seinem Leben bezahlen musste. Allerdings regelten sich auf diese Weise viele Dinge ganz von alleine, was einem wie Loki sehr entgegenkam, der ja weiß, wie man Worte lenkt, um Hader mit diesen ungeschlachteten Gesellen schon im Vorfeld aus dem Wege zu gehen.

Seine weit unterlegene Körperkraft wusste der gerissene Feuergott bestens auszugleichen, indem er die Riesen bei ihren Schwächen packte, denn zu ihrer bereits erwähnten geistigen Trägheit und Streitsucht gesellten sich noch ihre Eitelkeit, Prahlerei und ewige Trunksucht hinzu. Nichts liebten die Riesen mehr, als ihrem Rauschtrank zuzusprechen, der ihnen die stets durstigen Kehlen feucht hielt und ihre schwerfälligen Zungen löste, was damit unweigerlich wieder die beiden erstgenannten Eigenarten nach sich zog. Zwar gibt es vereinzelte Hinweise darauf, dass Loki einige Riesen aufgestachelt und gegeneinander aufgehetzt haben soll, aber dies mag wohl getrost seinem drängendem Geschlechtstrieb zugesprochen werden, der auch bei den lustfrohen Riesinnen stets willkommen war; verständlicherweise zum Unmut deren Gatten, von denen Loki wahrlich nicht wenige zum Hahnrei machte.

Gewöhnlich war der stärkste Riese auch der Anführer eines Stammes, doch gab es immer wieder auch vereinzelte Spießgesellen, die, statt sich auf ihre Körperkraft zu verlassen, lieber mit List zu Werke schritten und sich mit Ränken und Trug einen höheren Rang innerhalb der Sippe sicherten. Von einem solchen Riesen, der zauberkundig war und sich Hraudnir, der Vernichter, nannte, lernte

Loki manches. Dieser Riese mochte den gewitzten Feuergott, da sie nach gleicher Gemütsart schlugen und sich von Anfang an in aller Offenheit ihr gegenseitiges Nicht-Vertrauen aussprachen. Da die zu dieser Zeit noch sehr mächtigen Reifriesen ihre Gletscher und Eismassen weit ins Landesinnere vorschoben, überwinterten Loki und Hraudnir drei Jahre lang in des Riesen dunkler Felsbehausung, wo sie gemeinsam manch böswilligen Zauber ersonnen und diesen auch sogleich auf ihren umsetzbaren Nutzen hin erprobten.

Von diesem Hraudnir soll Loki übrigens auch die hohe Kunst des Gestaltenwechselns erlernt haben, die es ihm bis heute ermöglicht, seinen Geist in nur wenigen Augenblicken in ein Tier fahren zu lassen, dessen Formen anzunehmen er seinen Körper sogleich folgen lässt. Nichts Genaueres von all diesen Dingen drang jemals aus Hraudnirs geheimnisvoller Zauberküche, aber man munkelt, Loki habe während einem dieser Versuche das verkohlte Herz einer argen Sumpfriesin verspeist, wodurch das Verderbliche in ihn eingedrungen und die Saat des Bösen endgültig in ihm aufgegangen sei. Doch wer vermag solches schon mit Gewissheit zu behaupten? Eher dünkt mich, dass er sein eigenes Herz einst an besagte Sumpfriesin verlor, von der ich euch später gerne mehr berichten will. Jedenfalls soll Loki nicht mehr derselbe gewesen sein, als er nach dieser langen Zeit Hraudnirs Höhle wieder verließ und sich darauf entschloss, weiter bis nach Schwarzalbenheim zu wandern. Dort, bei den Ahnherren unseres Geschlechtes, hoffte er seine dunklen Kenntnisse noch weiter zu vertiefen, weshalb ich hier ein wenig weiter ausholen möchte, da die nun folgenden Ereignisse mir wieder ein wenig besser vertraut sind.

Mjöklitudr, ein Sohnessohn des Schmiedemeisters Motsognir, um den es bei dieser Geschichte geht, hat mir diese Begebenheit in meiner eigenen Jugend noch persönlich anvertraut, und ich will anmerken, dass er dies tat, ohne sie mit überflüssiger Fabelei zum Vorteil seines Großvaters zu beschönigen. Motsognir und Dvalinn also, die ersten Vertreter unserer Ahnenlinie, welche die göttliche Triade in ihrer unermesslichen Weisheit einst aus dem schwarzen Lehm dieser Erde hervorbrachte, hatten zu dieser Zeit schon entdeckt, dass sie manches Talent bei dem Abbau und der Verfeinerung von Erzen besaßen. Daher hatten sie fortan beschlossen, sich gänzlich dieser Aufgabe zu widmen. Als Loki auf Motsognir traf, lebte dieser schon seit vielen Jahren von Dvalinn getrennt, der sein Glück an anderer Stelle zu erproben suchte, um dort ein eigenes

Geschlecht zu gründen. Motsognir führte damals die erste unterirdische Schmiede überhaupt, weshalb er mit Fug und Recht als Urheber aller zwergischen Schmiedekunst betrachtet werden darf.

So waren es wohl auch die dröhnenden Schläge seines Hammers, die Loki neugierig anlockten, als er zufällig gerade ein weitverzweigtes Labyrinth aus Höhlen durchstreifte, in dessen von einstigen Vulkanen geschaffenen Gängen er sich eine Bleibe für den kommenden Winter anzulegen gedachte, die, wie bereits schon erwähnt, zu jener Zeit von sehr langer Dauer waren. Der Sohn der Laufey ging also schnurstracks in Motsognirs Höhle hinein, stellte sich diesem vor und fragte höflich, ob er jenem nicht eine Weile über dessen Schultern schauen dürfe. Der hatte nichts dagegen, und nachdem Loki ein paar Nächte bei ihm verbracht hatte, ersuchte er den Zwerg, ob der ihn nicht in die Geheimnisse der Schmiedekunst einweihen wolle. Mit prüfendem Blick erwiderte Motsognir dem neugierigen Jüngling, dass er in letzter Zeit schon manchen Gesellen ausgebildet habe, doch ein jeder von ihnen irgendwann auf mysteriöse Weise verschwunden geblieben wäre. Er selbst habe sich deshalb schon gefragt, ob vielleicht ein Fluch auf seiner Schmiede oder über diesem Berg hinge, in dem er seine Werkstätte aufgeschlagen habe. Zum Einen wolle er deshalb niemanden mehr in Gefahr bringen und zum Anderen hege er wenig Hoffnung darauf, dass das von ihm Angelernte auch jemals noch nutzbringend weitergegeben werden könne. Lachend sprach Loki darauf, dass er sehr wohl auf sich aufzupassen verstünde und ihn solche Schauermärchen nicht davon abhalten könnten, eine Lehre bei dem alten Zwerg anzutreten.

Obwohl Motsognir ein rechter Griesgram und Eigenbrötler war, müssen ihn Lokis Worte wohl so nachhaltig beeindruckt haben, dass er sich von dessen Zuversicht anstecken ließ. Andere behaupten freilich, Loki habe Motsognir lediglich bei seiner Eitelkeit packen können, weil er nicht damit gegeizt hätte, dessen kunstfertiges Können mit Bewunderung und Lobesreden zu bedenken. Sei es wie es sei, jedenfalls stimmte unser Ahnherr zu seiner eigenen Überraschung zu. Allerdings machte er zur Bedingung, dass Loki ihm in dieser neunjährigen Lehrzeit als Diener und williger Handlanger zur Seite stehen müsse. Für den Feuergott die kleinste Hürde, über dessen Lippen eine flüchtige Zusage ja bekanntlich schneller kommt, als ein Haufen Kuhdung benötigt, um ins Gras zu klatschen.

Nachdem er also bedenkenlos zugesagt hatte, lernte Loki in den darauffolgenden Jahren nun alles Wesentliche, dessen es eines angehenden Schmiedes bedarf. Sich von den Warnungen seines neuen Meisters nicht abschrecken lassend, durchstreifte er in seiner freien Zeit auch weiterhin die zahlreichen Höhlen und Gänge; und da er von seinen Erkundungen stets unbeschadet zurückkehrte, keimte sogar in Motsognir seit langem wieder einmal die Hoffnung, dass endlich einer seiner Schüler die angefangene Lehre zu Ende bringen würde.

Da aber die Geduld, wie sie dem feurigen Elemente ja ohnehin nur schwerlich zugesprochen werden kann, nicht gerade zu Lokis Stärken zählt, stand auch dieser Werdegang unter keinem allzu guten Stern. Fast nebenbei erklärte Loki dem verdutzten Zwerg eines schönen Morgens, dass er dies Handwerk zwar sehr bewundere und schätze, dessen Ausführung aber dennoch lieber anderen überlassen wolle. Seine Talente hingegen gelte es an anderer Stelle nutzbringender einzusetzen. Unserem Urahnen, der damals schon auf mehrere hundert Jahre als Schmiedemeister zurückblicken konnte, war dies natürlich ein Unding, denn dass einer seiner Schüler die Lehre abbrach, bevor er selbst ihm dies gestattete, war ihm bisher noch nicht untergekommen. Kurzum, Motsognir war über diese Eröffnung nicht gerade begeistert und gemahnte Loki zunächst an dessen geleisteten Schwur. Als dieser Appell jedoch keinerlei Wirkung zeigte, suchte der schwer in seinem Stolz Gekränkte seinen undankbaren Schüler mit einem Bannspruch an dessen Fortgang zu hindern. Doch jener, in der Magie nicht weniger bewandert, entkräftete Motsognirs Bann sogleich mit einem schnell gesprochenen Gegenzauber und amüsierte sich über seines Meisters unbeholfenes Unterfangen – der solle doch lieber bei seinen Ambossen und Zangen bleiben, spottete Loki und warf sich seine wenigen Habseligkeiten in einem Sack über die Schulter. Dann bedankte er sich noch einmal für das Erlernte und empfahl sich einstweilen. Ohne sich noch einmal umzublicken, schritt er zügig aus, den langen Gang zur Öffnung des Berges emporsteigend, dabei auf seinen Lippen ein lustig Liedlein pfeifend.

Darüber wurde der alte Motsognir aber so furchtbar wütend, dass er nach einem großen Bären rief, der sollte ihm beistehen die Flucht des unverfrorenen Lehrlings zu vereiteln, bis dieser ihm alles schuldig Gebliebene zurückerstattet hatte. Dieser ebenfalls schon recht betagte Bär bewohnte seit vielen Jahren eine Höhle über Motsognirs Schmiede, die er der wohligen Wärme der Esse wegen nur selten und im Winter überhaupt nicht verließ. Als der Zwerg ihn nun wachrüttelte und aufforderte, für ihn aufzukommen, war der schlaftrunkene Bär darüber natürlich wenig erfreut. Gleichzeitig aber war er auch froh, dem Nachbarn dessen Großmut für sein warmes Plätzchen endlich einmal entgelten zu können. Weil der Bär seine Sache besonders gut machen wollte, nahm er eine geheime Abkürzung durch den Berg, um dem Flüchtenden den Weg noch abschneiden zu können.

Vor dem Ausgang des Berges angelangt, stellte er sich auf die Hinterbeine und versperrte dem Ankommenden bedrohlich brummend den Weg. Loki, dem beim Anblick des Bären sogleich die Warnung seines Meisters wieder in den Sinn kam, ließ sich seine Furcht jedoch nicht anmerken und trat mutig vor das große Tier hin, dessen beeindruckende Größe er lobte. Als nächstes erkundigte Loki sich bei dem Bären, warum denn gerade ein so kräftiger Bursche wie er, der seine Freiheit doch ebenso als höchstes Gut erachte, gerade ihn, einen Sohn des Windes und des Feuers, daran hindern wolle, nach draußen ins Freie zu gelangen? Der Bär antwortete brummend, das könne er selber nicht sagen, aber der Zwerg habe ihn darum gebeten, und da der ihm seit vielen Jahren warme Unterkunft gewähre, hätte er nun die Pflicht, dessen Wunsch Folge zu leisten. Wenn Loki also an ihm vorbeizukommen und zu fliehen versuche, müsse er ihn auffressen. Das sah Loki ein und beglückwünschte den Bären zu seiner treuen Gefolgschaft dem Zwerg gegenüber, gab aber zu bedenken, dass, wenn er hier bleiben solle, der Bär seine Höhle nächstens räumen müsse, da Loki als künftiger Schmiedegeselle fortan mehr Raum für seine Arbeit benötige. Dem Bären, der sich ohnehin an seinen warmen Schlafplatz zurücksehnte, gefiel diese Aussicht nun herzlich wenig, und er überlegte angestrengt, wie dieser Konflikt, in den er unversehens geraten war, wohl am besten zu bewältigen sei. Da ihm lange keine Lösung einfallen wollte, schlug Loki ihm vor, selbst noch einmal mit dem Zwerg über alles reden zu wollen, was der Bär dankbar guthieß.

Als Motsognir seinen aufsässigen Lehrling kurz darauf in die Schmiede zurückkommen sah, wähnte er sich natürlich schon seines Sieges gewiss, staunte dann aber nicht schlecht, als Loki ihm furchtlos verkündete, der Bär lasse über ihn ausrichten, wenn

Motsognir ihn aus der Höhle jage, so werde er ihn auffressen. Der überraschte Schmiedemeister glaubte zunächst natürlich kein Wort von dem Vernommenen, dennoch hatten Lokis listig gewählte Worte sein altes Misstrauen gegen den Bären geweckt. Deshalb rüstete sich Motsognir mit einem Panzerhemd, setzte einen Helm auf und nahm Schild und einen schweren Kriegshammer zur Hand. Dann befahl er Loki, ihn zu begleiten; in seinem Beisein solle der Bär noch einmal wiederholen, was Loki ihm eben berichtet habe.

Wie sie also gemeinsam zum Ausgang des Berges kamen, stand da noch immer der fröstelnde Bär und wunderte sich, weshalb der Zwerg ihm plötzlich in voller Rüstung entgegentrat. Motsognir hingegen wünschte von seinem Obermieter zu erfahren, ob es wirklich der Wahrheit entspreche, dass er ihn fressen wolle, wenn er Loki aus der Höhle jage. Der Bär, der plötzlich ein schlechtes Gewissen bekam, erwiderte verwirrt, dass er, der Zwerg, ihm dies doch selbst befohlen habe und fügte missmutig brummend hinzu, dass er selbst es aber sehr unschön fände, wenn man ihn dafür aus seiner Höhle jagen müsse. Der ohnehin schon gereizte Motsognir dachte nun, das ewig träge Tier würde sich darüber beschweren, dass man ihn aus seiner Mittagsruhe geholt habe und wurde darüber noch zorniger. Mit lauter Stimme schalt er den Bären, dass es ja wohl nicht zuviel verlangt sei, ihm nach all diesen Jahren einen solch kleinen Gefallen zu tun und schimpfte ihn einen faulen Klotz. Der alte Bär, der nun gar nichts mehr verstand, meinte seinerseits, der überemsige Zwerg wolle ihn jetzt aus seinem Zuhause vertreiben, weil er seiner Faulheit überdrüssig geworden sei und erwiderte bedrohlich knurrend, dass das ewige Gedröhn von der Hämmerei der Zwerge auch nicht gerade das sei, was er sich unter einem geruhsamen Plätzchen vorstelle. Dies sei nun einmal eine Schmiede und kein Schlafsaal, gab der Zwerg darauf zerknirscht zurück, während die Adern an seinen Schläfen immer dicker wurden. Der Bär fauchte zornig, dass es wohl an der Zeit sei, sich nach einer neuen Bleibe umzusehen und hob schon die Pranken zum Schlag. Da gab es auch für Motsognir kein Halten mehr und so drangen die beiden schließlich grimmig aufeinander ein. Das Tier versuchte, seinen Gegner mit seinen scharfen Krallen zu erwischen, während Motsognir hoffte, einen entscheidenden Hieb mit seinem Hammer landen zu können.

Ganz in Vergessenheit geraten, hatte Loki sich indes leise in eine sichere Nische zurückgezogen und wartete gespannt darauf, wer aus diesem Duell wohl als Sieger hervortreten würde. Beide Gegner waren inzwischen aufs heftigste entflammt und blieben sich weder mit Hieben noch mit Beschimpfungen etwas schuldig. Endlich gestand der Bär brüllend, dass Motsognir in seinem Rachen ein ebenso jähes Ende finden würde, wie all die anderen Schmiedegesellen und Lehrlinge, die ihn all die Jahre mit ihrer lauten Hämmerei belästigt hätten. Lediglich Motsognir habe er in seinem Großmut am Leben gelassen, damit der ihm weiterhin die Esse heize. Dieses Schuldbekenntnis machte unseren Ahnherren so rasend, dass er seine eigene Deckung außer Acht ließ. Ein Hieb des Bären fetzte Motsognir erst den Schild aus der Hand und ein weiterer den eisernen Helm vom Kopf.

Als der unter den mächtigen Pranken des Bären in arge Bedrängnis geratene Zwerg jedoch zu unterliegen drohte, gedachte Loki der lehrreichen Zeit an der Seite seines alten Meisters. Beherzt griff er sich eine Fackel von der Wand, sprang hervor und setzte diese dem Bären zischend auf den Pelz. Das Tier heulte erschrocken auf, stürmte fluchtartig aus der Höhle und ward fortan nicht mehr gesehen.

Da hatte Motsognir seinem einstigen Schüler auch noch sein Leben zu verdanken. Die Schuld war beglichen und er musste diesen, wenn auch zähneknirschend, ziehen lassen. Loki aber hatte wieder einmal triumphiert, da er es listig verstanden hatte, Missgunst und Zwietracht zwischen zwei Nachbarn zu schüren, die viele Jahre lang in augenscheinlicher Friedfertigkeit nebeneinander gewohnt hatten.

a hat er unserem Ahnherren wahrhaftig eine schöne Nase drehen können", meldete sich ein Geselle, nachdem Iwaldi seine Erzählung beendet hatte.

„Oh ja, das hat er", gab der alte Zwerg seinem Schüler Recht, „aber man darf nicht übersehen, dass Lokis Auftauchen letztendlich bewirkte, dass die seltsam makabere Beziehung, die zwischen Motsognir und dem alten Bären bestand, endlich ans Licht gezerrt wurde und so ihr abruptes Ende fand. Erst einige Zeit später erkannte der gekränkte Motsognir, dass mit Lokis Fortgang auch der vermeintliche Fluch von ihm gewichen war und fortan keiner seiner künftigen Gesellen mehr spurlos verschwand oder sich vor etwas zu fürchten brauchte."

„Ein Dummkopf ist der Herr Loki nicht, führwahr!" nahm ein anderer Zwerg das Wort, „Ich wünschte, ich besäße auch etwas mehr Grips unter meiner Mütze. Vor allem dann, wenn ich selbst mal wieder keine Lust verspüre, den Hammer zu schwingen, aber nicht weiß, wie ich es anstellen soll, um mich vor der Arbeit zu drücken..."

Diese Offenbarung sorgte in der unterirdischen Schmiede allenthalben für ein fröhliches Gelächter, und da man inzwischen großen Gefallen an diesem Geschichtenabend gefunden hatte, gedachte man sich diesen mit zwei Fässern Kräuterbier zu versüßen. Nachdem die

schweren Behälter aus einem dunklen Verlies hervorgeholt und von ein paar kräftigen Zwergen herangetragen worden waren, schlug man in diese den Zapfhahn ein und prostete sich mit randgefülltem Humpen alsbald vergnüglich zu.

„Wie kam der Herr Loki eigentlich zu den Asen?" begehrte schließlich ein besonders ungeduldiger Zwerg zu erfahren, dessen Wangen vom Älgenuss bereits zufrieden leuchteten.

„Wie und wann Loki zu den Asen gelangte, entzieht sich leider meiner Kenntnis", gestand der alte Schmiedemeister ein, „ich weiß nur, dass er irgendwann bei ihnen aufgetaucht ist und schon in Asgard weilte, noch bevor ich selbst das Licht dieser Welt erblicken durfte. Sie müssen also schon aufeinander getroffen sein, lange bevor die Asen oberhalb von Wanaheim einwanderten und dort ihre erste große Halle errichteten. Vielleicht hat Loki sie ja sogar selbst dorthin geführt, um mit ihrer Hilfe späte Rache an den Wanen zu üben, weil diese ihn damals mit Schimpf und Schande vertrieben haben. Ihm dies zuzutrauen, wäre nicht allzu abwegig, denn Loki vergisst keine Kränkung, die ihm jemals zugefügt worden ist. Noch viele, viele Jahre später, wenn er einem einstigen Feind wiederbegegnet, kann er diesem grollen. Zunächst wird er so tun, als habe er das Ganze vergessen und sich mit ihm scheinheilig zu versöhnen trachten. Doch irgendwann, in einem unaufmerksamen Augenblick, wird er mit seinem Giftstachel zuschlagen und sein Opfer auf schmerzliche Weise den altgehegten Groll spüren lassen. Allerdings vergisst Loki auch keinen, der ihm Gutes angedeihen ließ und verwendet sich für jene, welche andere schon längst haben fallen lassen. Ich erzähle euch dies, weil es auf gewisse Weise im Zusammenhang mit der noch im Raume hängenden Frage steht. Du wolltest wissen, wann Loki und die Asen zum ersten Male aufeinander trafen, was ich leider nicht zu beantworten vermag. Allerdings weiß ich von einer Begebenheit, an der ich hier gerne anknüpfen will, denn sie beginnt in jenen alten Tagen, als Loki und Odin gemeinsam durch die damals noch weitgehend unbedarfte Welt streiften und sich besahen, was sie selbst dereinst geschöpft hatten..."

„Ist das die Geschichte, in der die Götter das Menschengeschlecht formten?" hakte ein Zwerg neugierig nach.

Iwaldi nickte: „So ist es. Also schweigt stille und lauschet andächtig jener Begebenheit, bei der auch Loki eine bedeutsame Rolle spielte:

Bis drei Asen aus dieser Schar,
stark und gnädig, zum Strand hin kamen:
sie fanden am Land, ledig der Kraft,
Ask und Embla, noch ohne Schicksal.

Nicht hatten sie Seele, nicht hatten sie Sinn,
nicht Lebenswärme, noch lichte Farbe;
Seele gab Odin, Sinn gab Hönir,
Leben gab Lodur und lichte Farbe.
Völuspa

VON DEN MENSCHEN-SÖHNEN UND -TÖCHTERN

s geschah, dass Loki für eine Zeitlang mit den beiden Göttern Hönir und Odin durch die Welt zog. Als diese drei einmal auf Midgard umherwanderten und gerade am Meer entlangschritten, fanden sie dort zwei stattliche Stücke Treibholz im Sande liegen, die auf ungewöhnliche Weise ineinander verkeilt waren. Weiter war sonderbar, dass es sich bei dem einen Holz um eine Eberesche und bei dem anderen um eine Ulme handelte. Hönir ergriff das Wort und sprach, dass es an der Zeit wäre, ein Feuer für die Nacht zu entfachen. Er nahm sein Messer heraus und schnitt von der Ulme einen breiten Streifen ab, den er vor sich in den Sand legte. Von der Esche, die ja um einiges härter in ihrer Beschaffenheit ist, nahm Hönir einen rundlichen Ast und trieb diesen, mit beiden Händen reibend, solange in das weichere Ulmenholz, bis erste Funken daraus hervorsprangen und den zuvor bereitgelegten Zunder in Brand setzten. Loki, der Hönir wegen dessen Einfältigkeit nicht sonderlich mochte, sah keinen Grund dafür, diesen darüber in Kenntnis zu setzen, dass das Entzünden eines Feuers für ihn selbst ein leichtes war; lieber verfolgte er Hönirs schweißtreibende Bemühungen in stillem Vergnügen.

Als das Feuer schließlich brannte, schritt Hönir auf die beiden Hölzer zu, um diese mit seiner Axt zu trennen und zu zerteilen. Da bemerkte Loki beiläufig, dass die beiden Stämme einem Liebespaare glichen, das sich in wollüstiger Umarmung umschlungen halte, weshalb Hönir doch lieber anderes Holz nehmen solle. Odin, der sich das Gebilde nun ebenfalls näher besah, pflichtete Loki bei und meinte, ein solch schön gewachsenes und vom Wasser geformtes Holz dürfe man nicht verfeuern. Das verärgerte nun den Hönir, der an diesem Abend mit Feuermachen an der Reihe war, und da ihm bisher keiner der beiden anderen zur Hand gegangen war, entgegnete er trotzig, ob man denn nicht gleich belebte Wesen aus den beiden Hölzern machen wolle, dann könne man diese ja zum Holz einsammeln losschicken. Um Hönir weiter zu ärgern, ging Loki auf den spöttischen Vorschlag ein und schlug Odin vor, ihre gemeinsamen Fähigkeiten doch zusammenzulegen, um aus den beiden Bäumen eine neue Rasse zu erschaffen, die man sich, ganz im Sinne Hönirs, hernach gut als Knechte und Mägde halten könne. Odin überlegte eine Weile, strich sich mehrere Male bedächtig über den Bart, bis er schließlich nickte und sich einverstanden erklärte.

Hönirs unfreiwilliger Vorschlag fand also Zustimmung. Zunächst zogen die drei Götter ihre Messer heraus, setzten sie sich an die Innenseite ihrer Unterarme und fügten sich dort alle einen feinen Schnitt zu. Dann nahmen sie eine saubere große Muschel, in die sie jeder einen feinen Strahl ihres eigenen Lebenssaftes rinnen ließen. Da das Mischen von Blut schon in fernen Tagen großes Gewicht besaß, gelobten sie einander feierlich, dass von nun an ein jeder von ihnen dem anderen ein leibhaftiger Bruder sei und keiner sich fortan einzeln am Biere laben wolle, sofern dieses nicht auch dem anderen dargereicht werde. Zur Besiegelung spuckte ein jeder seinen Speichel hinzu, das Ganze wurde vermengt und die Muschel später über der schwachen Glut des Feuers die Nacht hindurch gesiedet. Sie wechselten einander im Wachdienst ab, und ein jeder achtete sorgfältig darauf, dass Feuer und Glut in steter Gleichmäßigkeit bis zum Morgen hin weiterbrannten.

Als sich im Osten die Sonne über dem Meer wieder erhob, weckte Odin seine beiden Begleiter, um das große Werk zu beginnen. Gemeinsam kauerten sie sich um das angeschwemmte Treibholz und strichen auf beide Stämme eine gleichgroße Menge der klebrigen Mischung, genau an jene Stelle, wo beim Menschen das Herz schlägt. Dann brachte ein jeder der drei Götter seine Lippen ganz dicht heran, um seinen Lebensodem darüber zu hauchen.

Als erstes begann Odin, die beiden Hölzer mit seinem Geist zu beseelen. Loki, der den Göttervater genau beobachtete, entging dabei nicht, dass dieser sich dabei nur unmerklich länger über die Esche beugte. Die Wirkung ließ nicht lange auf sich warten, denn die beiden Hölzer begannen sich wie von unsichtbarer Hand weiter zu verformen. Aus Ästen wurden Arme und Beine und aus Zweigen gingen Finger und Zehen hervor, bis schließlich die blanken Gestalten eines jungen Mannes und einer jungen Frau vor ihnen lagen. Gleichzeitig öffneten beide Wesen ihre Augen, doch blickten sie noch tot und leer gen Himmel. Da erhob sich der Allvater wieder, betrachtete zufrieden das Ergebnis seines Wirkens und überließ nun Hönir den kommenden Schritt. Der meinte, die beiden Körper mit Vernunft und emsigem Streben versehen zu müssen, ganz so wie es einer gehorsamen Knechtschaft anstehe; doch auch Emotionen und Verstandeskraft gab er ihnen mit. Loki frotzelte, ob man die beiden Hölzer nicht noch mit ein paar langen Ohren versehen solle, gleich wie einfältige Steinesel sie auf dem Haupte trügen, deren Tragkraft man sich ja zunutze machen wolle. Doch Hönir entgegnete nur, dies alles sei nicht seine Idee gewesen und wenn er, Loki, daran etwas auszusetzen habe, solle er nur seine eigenen Fähigkeiten darauf verwenden, die beiden Figuren entsprechend auszustatten und nach seinem Gutdünken zu vervollkommnen.

Das tat Loki denn auch, und um seine beiden Begleiter zu beeindrucken, wand er manche seiner bei dem Riesen Hraudnir erworbenen Zauberkräfte an und verlieh den beiden Hölzern Fleisch und Farbe. An der Esche, ohnehin schon größer in ihrem Wuchs, bildeten sich darauf straffe Muskeln und Sehnen, während die weichere Ulme mit rundlicheren und fließenden Formen bedacht wurde. Seegras und Algentang wanden sich zum Haupte des Paares hin und wuchsen ihnen auf wundersame Weise an, wodurch sie Haarwuchs, Wimpern und Schambehaarung erhielten. Es dauert noch etwas, bis Loki mit dem Ergebnis seines Wirkens zufrieden war, dann erhob er sich stolz, um seinen beiden Begleitern den Blick auf seine vollendete Arbeit freizugeben.

Die verwunderten sich über Lokis kreative und formvollendete Schöpferkraft, so dass Odin auf Loki zutrat und diesen ob seiner gelungenen Künste beglückwünschte. Was der Göttervater jedoch nicht wusste, war, dass Loki sich ebenfalls einen Deut länger über die Esche gebeugt hatte. Doch nicht etwa, um dieser einen weiteren kleinen Vorteil zu verschaffen, sondern um den von Odin ungerecht gewirkten Vorteil etwas auszugleichen. Loki hatte der Esche nämlich zusätzlich etwas mehr von seinem inneren Feuer mitgegeben, das sich beim Menschen unter anderem dadurch offenbart, dass es die Lust und das Begehren nach dem anderen Geschlecht hin entfacht, von dem es einstmals getrennt wurde. Manche sind der Ansicht, Loki habe es damals etwas zu gut damit gemeint, da der Mann seitdem von seinem beständigen Verlangen beherrscht wird, sich mit dem Weiblichen vereinigen zu müssen; denn der ewige Drang im geschlechtsreifen Manne, das Weib schwängern zu wollen, scheint nur dann befriedigt, wenn er sich im kühleren Schoße der Frau verströmt und dort seinem Übermaß an Hitze etwas Linderung hat verschaffen dürfen. Allerdings immer nur für relativ kurze Zeit – weshalb Loki hierbei wohl ganze Arbeit geleistet hat...

Da Loki seine innere weibliche Seite zu diesem Zeitpunkt schon um einiges weiter entwickelt hatte, fand er dies wohl gelungen, wusste er doch aus eigener Erfahrung, dass jener durch Odin gewirkte gefühlskalte Geist gerade dort seine größte Trübung erfährt, wo die lodernde Glut des Begehrens den Körper erwachen lässt und ihn direkt wieder in die Arme der Großen Göttin zurücktreibt. Gleichzeitig sucht die erdnahe Weiblichkeit in der Vereinigung mit dem Manne etwas mehr von jenem befruchtenden Geist zu erlangen, der die Menschen zu Höherem hin streben lässt, bis sie irgendwann wieder zu jener unergründlichen Quelle zurückkehren dürfen, aus welcher sie einst noch ungeformt hervorgetreten sind. Seitdem streben diese beiden Hälften zueinander und verschmelzen in Lust und sinnlicher Freude zu einem dritten Wesen, welches sie gemeinsam aus sich selbst heraus erschaffen. Und jeder ihrer Nachkommen trägt ebenfalls einen Teil dieser Götterdreiheit in sich, doch keiner unter ihnen gleicht dem anderen, da sich bei jedem Einzelnen das mitgegebene Maß in einem anderen Verhältnis offenbart, selbst bei jenen, die als Zwillinge oder mehrfach geboren werden.

So ward also an diesem Tage das aus der Tiefe des Ozeans hervorgebrachte Menschengeschlecht gestaltet, dessen Urform zum Anbeginn der Welt von der großen Urkuh Audhumla freigeleckt worden war. Die drei Götter aber hatten an diesem Morgen Odem und Lebenssaft gemischt, und seitdem heißt es, dass Loki und Odin von einem Blute sind.

un wissen wir also endlich, warum sich das Menschengeschlecht auf solch rasante Weise vermehrt und ausbreitet", feixte ein Zwerg, „sie rammeln ständig wie die Steinesel."

„Wohl eher wie die Karnickel", bemerkte ein anderer grinsend und formte mit den Händen zwei lange Ohren über dem Kopf.

„In der Tat...", sprach Iwaldi gedehnt und warf die Stirn in nachdenkliche Falten, „zwar sind die Menschen nicht sonderlich robust und werden, gemessen an der unsrigen Lebensspanne, nicht einmal so alt wie ein Dachs, dennoch vermehren sie sich mit einer Raschheit, die einen Angst und Bange werden lässt. Im Gegensatz zu den Tieren, die nur zu bestimmten Zeiten den Drang zur geschlechtlichen Vereinigung verspüren, scheinen die meisten Menschen hingegen Lokis Gesinnung geerbt zu haben, der zur Begattung ebenfalls jederzeit bereit steht ... und das im wahrsten Sinne des Wortes. Allerdings verhält es sich auch so, dass, je mehr Nachkommen es von ihrer Art gibt, auch mehr Meinungen und Uneinigkeit zwischen ihnen entstehen. Und da sie keine besonders friedliebende Rasse zu sein scheinen, werden sie auch nicht müde, ohne Unterlass zu streiten, sich gegenseitig zu unterdrücken und zu befehden, womit sich das Problem einer drohenden Überbevölkerung immer wieder auf ganz natürliche Weise von alleine lösen wird."

Doch ein anderer Zwerg gab sich mit dieser Aussicht nicht zufrieden: „Die Menschen lernen und begreifen schnell, und auch wenn sie ihre Fehler im Umgang miteinander stets aufs Neue wiederholen, so scheint sich ihr Wissen, ihre Begabung und ihr handwerkliches Geschick beinahe von Generation zu Generation zu erweitern und zu verfeinern, wenn oft auch nur unmerklich und bei einzelnen. Ihr Umgang mit dem Feuer und ihre Fertigkeit bei der Verarbeitung von Eisen haben im letzten Zeitalter jedenfalls gewaltige Fortschritte gemacht."

„Das war nicht immer so", entgegnete Iwaldi und augenblicklich wurde es wieder still in der Schmiede.

Nur der eine Geselle, der selbst nie lange still sitzen konnte und die Entstehungsgeschichte der Menschen eine äußerst spannende Sache fand, erwiderte: „Ja, Meister, erzählt uns, was mit den Menschen geschah, nachdem die drei Götter ihr Werk vollendet hatten!"

„Oh, eine Weile geschah erst einmal gar nichts", fuhr der Alte fort, „zumindest nichts Wesentliches. Odin, Hönir und Loki hatten Midgard inzwischen wieder verlassen, und da es für sie vieles zu tun gab, sollten noch mehrere Zeitalter vergehen, bis sie sich ihrer, fast könnte man sagen, so nebenbei erschaffenen Schöpfung wieder widmeten. Natürlich pflanzten sich die Menschen weiter fort, allerdings lange nicht so zahlreich wie es die eben erwähnten Karnickel tun, denn man darf nicht vergessen, dass sich das Land damals noch gänzlich in der Hand der Riesen befand. Tag für Tag galt es für die ersten Menschen, den lebensfeindlichen Elementen zu trotzen und der Wildnis die benötigte Nahrung mit ihren Händen abzuringen. Anfänglich beachteten die Riesen die Menschen kaum, zumal diese ihre zerklüfteten und unzugänglichen Gemarkungen für gewöhnlich mieden. Erst als die Menschen immer zahlreicher wurden und begannen, beständig größere Flächen für ihre Siedlungen zu roden und urbar zu machen, sahen sich einige Riesen davon bedrängt. Riesen hassen die Gebilde von Menschenhand, weil diese nie etwas belassen können, wie es ist. Ständig meinen die Menschen, etwas verändern, verbessern oder selber schöpfen zu müssen, und so kam es, dass die Riesen ihre Kräfte viele Male entfesselten und binnen weniger Augenblicke dem Erdboden gleichmachten, was die Menschen sich zuvor mühselig errichtet hatten. Ja, das Leben war für die ersten Bewohner Midgards eine raue und mühselige Angelegenheit; ein Überlebenskampf, den nur die Kräftigsten von ihrem Geschlecht überstanden. Doch nun weiter in unserer Geschichte:

oki war der erste, der sich der Menschen wieder erinnerte und darauf in Midgard einfand. Wie immer von seiner Neugier getrieben, sich die nützlichsten Entwicklungen und Gepflogenheiten anderer Rassen anzueignen, durchstreifte er die von Menschen noch spärlich besiedelten Gebiete und ließ sich bald hier, bald dort eine Weile unter ihnen nieder. Die meisten Bewohner Midgards lebten noch in Höhlen, und anfänglich fand er einen fast kindlichen Gefallen daran, sie mit den einfach-

sten seiner Fähigkeiten in Staunen zu versetzen oder Schabernack mit ihren Ängsten vor allem Übernatürlichen zu treiben. Doch lehrte er Einzelne von ihnen auch nützliche Dinge wie zum Beispiel den Gebrauch des Feuers und wie es zu jedem Zeitpunkt aus eigener Kraft zu entfachen ist. Bei all diesen Spielereien, denn mehr waren sie für Loki nicht, stellte er sich stets das Gesicht Odins vor, der gleichfalls irgendwann nach Midgard zurückkehren würde, um sich selbst ein Bild über den Verbleib und Fortgang ihres gemeinsamen Werkes zu machen.

Da die Menschen im Großen und Ganzen aber noch recht einfältige Wesen waren, verlor Loki schon bald wieder sein Interesse an ihnen und kehrte Midgard erneut den Rücken. Zurück ließ er ein paar versprengte Sippen, die damit begannen, um das durch ihn überbrachte Feuer erste Glaubenskulte zu entwickeln und seine Gabe als etwas Heiliges zu verehren. Vermutlich war Loki sogar der erste überhaupt, dem hierdurch eine göttliche Verehrung zuteil wurde, denn man begann damit, ihm im Feuer rituelle Brandopfer darzubringen. Zunächst nur Kräuter, Tiere und Knochen, später aber, als die Menschen begannen, einander zu bekriegen, wurden auch besiegte Feinde dem Flammentod übergeben, um sich weiterhin der Kraft und Wärme des Feuers zu versichern.

Erst viele Menschengenerationen später begab sich auch der Göttervater wieder auf jene Welt zurück, um nachzusehen, was inzwischen aus den von ihnen beseelten Baumstümpfen geworden war. Verwundert stellte Odin fest, mit welcher Geschwindigkeit sich die Menschen vermehrt und ausgebreitet hatten und welch große Unterschiede in Wuchs und Gesinnung zwischen ihnen bestanden. Bei jeder neuen Generation gab es welche darunter, die sich mühten das Erlernte ihrer Eltern fortzuführen und weiterzuentwickeln, andere hingegen verbrachten den lieben langen Tag damit, auf der faulen Haut herumzuliegen, ließen andere für sich schuften und mühten sich wenig, ihrem Dasein etwas über die Befriedigung ihrer körperlichen Belange hinaus abzugewinnen. Als der Allvater dies sah, beschloss er, diese natürliche Entwicklung etwas voranzutreiben, indem er eine Art Ausleseplan aufstellte. Er wählte unter ihnen drei sehr unterschiedliche Menschenpaare aus, die er für seine Zwecke als geeignet erachtete. Dann nahm er die Gestalt eines einfachen Wandermannes an und machte sich unter dem Decknamen Rig auf den Weg.

Es gibt zwar einige Leute, die behaupten, dass es sich bei diesem Rig nicht um Odin, sondern vielmehr um den Gott Heimdall gehandelt habe, aber dies scheint mir äußerst abwegig. Ist doch allgemeinhin bekannt, dass Heimdall seinen ihm angewiesenen Platz an Asgards Gemarkungen nicht verlassen darf; obgleich ich Kenntnis davon trage, dass er dies zumindest einmal doch getan hat. Aber auch dazu später mehr.

Zunächst also kehrte Rig bei einem schon weißhaarigen Ehepaar ein, dem er die Namen Ai, Urgroßvater, und Edda, Urgroßmutter, gab. Die Haut der beiden war bereits ledrig und verbraucht und von den harten Anforderungen des Lebens gezeichnet. Sie lebten unter den erbärmlichsten Bedingungen im Schutze einer hervorstehenden Felsenklippe und waren so arm, dass sie sich gleich Riesen und Trollen in Tierfelle kleiden mussten. Nicht ein Möbelstück konnten sie ihr eigen nennen, und als Nachtlager diente ihnen lediglich ein Bett aus Blasentang, den sie sich aus dem Meer gefischt und trocken gelegt hatten. Auch Lokis Vermächtnis des Feuermachens war noch nicht bis zu den beiden vorgedrungen, und so hatten sie sich ihr Leben lang von Schnecken, Muscheln und rohem Fisch ernährt. Trotz ihrer Armut aber hießen Ai und Edda den Fremden willkommen und boten ihm ihre karge Gastfreundschaft an. Am Abend luden sie ihren Besucher nackt und ohne Arg in ihr bescheidenes Bett ein, und Rig, gerührt von dieser selbstlosen Freundlichkeit, blieb drei Tage und Nächte bei diesem Pärchen.

Am Tag seines Abschieds lehrte er die beiden die Kunst des Feuermachens und prophezeite ihnen, dass Edda in neun Monaten mit einem Sohn niederkommen werde, den sollten sie Thrall nennen und mit einem ihm ebenbürtigen Weibe verehelichen. So geschah es auch, und später sollte aus dieser Zusammenkunft der Stand der Mägde und Knechte hervortreten.

Darauf lenkte Rig seine Schritte ins Hochland, wo er bei dem zweiten von ihm erwählten Ehepaar einkehrte. Diese lebten in einem ansehnlichen Hause und verfügten bereits über manch handwerkliche Fähigkeiten. Sie trugen selbstgenähte, saubere Kleidung, und am Abend bekam Rig gegrilltes Schweinefleisch und Skyrmilch vorgesetzt. Seine Gastgeber nannten sich Ätti, Großvater, und Amma, Großmutter. Da es in ihrem Haus nur eine Schlafstätte gab, fand sich Rig in der Nacht abermals zwischen zwei nackten Bettgenossen wieder. Am nächsten Morgen bot der Gast den beiden seine Hilfe rund ums Haus an, die dankbar angenommen wurde. Mit Ätti hieb er Holz, um einen Webstuhl für Amma zu fertigen, lehrte beide die Kunst des Bierbrauens und aus Milch Käse zu gewinnen. Zu Rigs Freude erwiesen Amma und Ätti sich als sehr wissbegierig und geschickt bei der nachfolgenden Umsetzung des Erlernten, weshalb er sie in den drei Tagen seines Aufenthaltes manch Nützliches lehren konnte. Am Morgen des vierten Tages verabschiedete er sich wieder und zog abermals seines Weges. Neun Monate später gebar Amma einen Sohn, den seine glücklichen Eltern Karl nannten. Dieser Sohn war ein tüchtiger Mann, der sein Land bestellte, Vieh auf die Weiden trieb und Ställe wie Scheunen baute. Seine ebenso fleißige Gattin, Schnur ward sie gerufen, trug stolz die Schlüssel des Hauses am Gürtel. Von diesen beiden stammt das Geschlecht der freien Bauern ab.

Schließlich kam der wandernde Rig auf einen großen Hof, der gehörte einem reichen Ehepaar, das über eine große Anzahl von Gesinde verfügte, welches ihnen die Arbeit besorgte. Vor seiner Halle saß der hochgewachsene Hausherr und spannte den Bogen, um damit zum vergnüglichen Waidwerk auszufahren. Die Frau trug Schmuck im sauber gekämmten Haar und war am Leibe in feinstes Tuch gewandet. Die beiden nannten sich Var, Vater, und Mor, Mutter. Sie hießen Rig freundlich willkommen und luden ihn ein, mit ihnen gemeinsam an ihrer großen Tafel zu speisen. Man ließ silbernes Geschirr auftragen, das mit erlesenen Speisen und frischem Wildbret gespickt war. Wein gab es reichlich und so verstrich der Tag beim geselligen Plausche. Spät in der Nacht, die Stimmung war heiter und ausgelassen, lud das Paar den Gast ein, mit ihnen das eheliche Bett zu teilen. Das war sauber und so groß, dass alle drei bequem Platz darin fanden. Auch dort verweilte Rig drei Nächte zwischen den Eheleuten und verfuhr mit der Gattin des Hauses auf gleiche Weise wie bei den beiden Paaren zuvor. Am Tage gab er ihnen manch klugen Rat für die weitsichtige Führung von Volk und Gesinde sowie Anleitung für das Lehren und Sprechen von Recht.

Als nach Rigs Abschied neun Monde verstrichen waren, gebar die Herrin des Hauses einen Sohn, der hatte wache Augen und ward von diesen Jarl, der Fürst, gerufen. Dieser wuchs zu einem kräftigen und verständigen Burschen heran, schwamm wie ein Fisch durch den Sund und erlernte früh das Waidwerk sowie die Kriegskunst. Noch im Jünglingsalter suchte Rig den Jarl im Wald auf, wo er ihn die Runen und deren Gebrauch in vielen Lebenslagen lehrte.

Später wusste Jarl Speere zu werfen und Schiffe zu lenken, Mannen zu befehlen und im Sattel zu glänzen. Er ritt zur Jagd aus und erstritt sich Land und Schätze auf dem Schlachtfeld. Eine schöne Braut erwarb er sich vor vielen anderen Recken ebenfalls im Kampfe. So groß war sein Ruhm, dass Odin beschloss den Jarl nach seinem Tode als Streiter in seine Walhall zu holen, wo er sich seitdem mit seinesgleichen im Kriegsspiel, Schmausen und Trinkgelage messen kann.

Somit ward Odin unter dem Namen Rig zum Begründer der drei Stände geworden, die sich aus Knechten, freien Bauern und Fürsten zusammensetzen. Freilich auch diesmal nicht frei von Eigennutz, denn aus diesem letzten Stand, den Jarlen und Häuptlingen, erhofft sich Allvater zukünftige Unterstützung im Kampfe gegen die starken Riesen und Hels dämonische Heerscharen, welche eine beständige Gefahr für die Grenzen von Asgard und Midgard darstellen.

Soweit also zu der bekannten Version. Der vierte Stand jedoch, den man aufzuzählen allgemeinhin gerne vergisst, weil man ihn zu erwähnen wohl als unwürdig erachtet, geht natürlich auf keinen anderen als Loki zurück. Dieser hellhörige Tunichtgut hatte irgendwie von Odins Plänen Wind bekommen und war diesem nach Midgard gefolgt. Aus sicherer Ferne beobachtete er, wie der Göttervater unter seiner Verkleidung die Geschicke und Aufzucht der Menschen vorantrieb, um sich aus ihnen hernach seine Günstlinge herauszufischen.

Loki gefiel diese geplante Vorgehensweise, denn da man sich die Menschen ursprünglich ja als Sklaven gedacht hatte, benötigten diese Zucht und Anleitung. Bis ... ja, bis auf den einen Umstand, dass Menschen sich im Laufe der Zeit ebenfalls zu denkenden und fühlenden Wesen weiterentwickeln, von denen der eine oder andere mit Eigenarten ausgestattet auf die Welt kommt, die sich nur ungern in ein starres und vorgefertigtes Gefüge pressen lassen. Und für eben jene hegte Loki aus uns inzwischen gut bekannten Gründen ein besonderes Interesse.

Man mag nun annehmen, dass auch Loki sich mit einer Menschenfrau zusammengetan hätte, um es Odin als Rig gleichzutun, aber dem war nicht so! Etwas in ähnlicher Art holte er zwar einige Zeit darauf mit einer argen Riesin Namens Angrboda nach, aber auf Midgard brauchte er zunächst nichts weiter zu tun, als all jene

Unglücklichen einzusammeln, die von den Menschen verurteilt, ausgestoßen, geächtet oder sonst wie nicht länger erwünscht waren. Und deren gab es reichlich - denn immer dort, wo Gemeinschaften entstehen, werden zwangsläufig Regeln und Gesetze erforderlich, deren Einhaltung den Fortbestand der Sippe schützen und ihr gleichzeitig dienen sollen. Da ihm Vergleichbares ja bereits in Wanaheim widerfahren war, begann Loki also damit, all die Friedlosen, Betrüger, Halunken und Abtrünnigen um sich zu scharen, die mit sich und den aufgestellten Regeln gebrochen hatten und fortan ruhelos durch die Lande streiften. Diese Menschen zeichneten sich vielfach dadurch aus, dass sie nicht gewillt waren, ihre angeborenen Triebe und Instinkte zu unterdrücken. Diese Menschen erinnerten Loki an sein eigenes Geschlecht, den Riesen, dessen Wildheit er der gezähmten und gesitteten Lebensweise der Asen allemal vorzog. Zu seinem Bedauern wiesen diese Ausgestoßenen aber oftmals auch die gleichen dumpfsinnigen Merkmale auf, wie sie den Riesen zu eigen waren. Dieser Abschaum der Gesellschaft verfügte zwar über weit weniger Körperkraft, war aber deshalb nicht weniger gefährlich, da fehlende Moral zumeist durch eine raubtierhafte Gier ersetzt wurde, die zu entfachen, zu lenken und für seine Dienste einzuspannen es Loki keiner allzu großen Mühen bedurfte.

So kam es, dass eine eigene Zunft ins Leben gerufen wurde, die sich fortan mit der Aufgabe betraut sah, ihr fragwürdiges Handwerk zu einer regelrechten Kunst zu erheben und Erlerntes beständig weiter auszubauen. Seitdem, so sagt man, wimmele es auf Midgard nur so von Dieben, Halsabschneidern und gefallenen Mädchen, denen zumindest eines gemeinsam ist, dass sie allesamt das älteste Gewerbe dieser Welt betreiben.

un, seid ihr alle ein klein wenig klüger geworden?" beendete Iwaldi seine Rede und blickte fragend in die Runde.

„Mich dünkt", hob einer der Zwerge an, „dass einer wie Loki eigens dafür erschaffen worden ist, um sich um all jene Belange zu kümmern, welche die Asen gerne vergessen oder sonstwie unbeachtet lassen. Gäbe es ihn nicht, müsste man ihn wohl erfinden...!?"

„Wohl gesprochen, Herr Zwerg Naseweis", entgegnete der Greis, „was unweigerlich zu der Frage führen mag, wie eine Welt wohl aussehen würde, die nicht mit einem wie Loki gesegnet wäre? Doch erscheint mir diese Frage eigentlich als müßig, da unser Geschlecht sein Anrecht auf Existenz ja ebenfalls darauf begründet sieht, dass die Götter uns einst hervorbrachten, damit wir ihnen fortan zu Diensten seien. Und keinem von uns steht es an, darüber zu befinden, die Anliegen und Vielfalt dieser Herren und Damen, die wir Götter zu nennen pflegen, anzuzweifeln. Weilten sie doch schon lange Zeit vor uns in dieser Welt und werden mit Bestimmtheit noch da sein, wenn wir Zwerge bereits alle wieder in den ewig ruhenden Schoß von Mutter Erde zurückgekehrt sind."

„Außerdem", bemerkte ein junger Zwerg spitzfindig, „gäbe es keinen wie Loki, gäbe es auch keine handfesten Kämpfe und Auseinandersetzungen mehr. Dann bräuchten wir keine Schwerter mehr schmieden, sondern müssten nur noch langweiliges Handwerksgerät und Geschmeide fertigen."

„Dir schnarcht wohl der Verstand,", bemerkte nun ein anderer, der schon einige Jahre mehr auf seinem verrußten Buckel hatte, „genau solch geistreichen Dummbacken wie dir haben wir es doch zu verdanken, dass der Streit zwischen Völkern, Rassen und Geschlechtern immer weiter gehen kann...!"

Darüber brach nun ein heftiges Wortgefecht unter den Anwesenden aus, und bald ergriff man Partei für den einen, bald für den anderen.

Als es sogar zu handgreiflichem Gemenge zu kommen drohte, übertönte Iwaldis Stimme den Tumult. Diesmal jedoch ein wenig schriller. „Haltet ein, ihr Narren", versuchte er die erhitzten Gemüter wieder zu beruhigen, „wenn meine Erzählungen über diesen Zwietrachtsäher nur dazu führen, dass ihr euch streitet, werdet ihr fortan kein Wort *mehr von mir vernehmen. Aber bitte, nur zu! Wenn ihr weiter so verfahren wollt, wird Lokis Hohngelächter unser aller Lohn sein. Der würde sich fürwahr geschmeichelt fühlen, könnte er mit ansehen, wie ihr euch um seinetwegen in die Haare geratet..."*

Schuldbetreten sanken die Blicke der gescholtenen Zwerge zu Boden und keiner wagte mehr ein Wort des Widerspruchs.

„Ich werde mit meiner Rede erst fortfahren, wenn ihr gelobt, euch friedlich zu verhalten und euch alle wieder mucksmäuschenstill auf euren Hosenboden setzt."

„Ihr..., ihr sprachet eben gegen Ende der Erzählung von einer argen Riesin Namens Angrboda", ergriff der neugierige Geselle zögerlich wieder das Wort, „mit der Loki so etwas wie einen eigenen Stand hervorgebracht haben soll. Wollt ihr uns nicht davon etwas vortragen? ...Bitte..."

„Nun...", antwortete der alte Schmiedemeister gedehnt und ließ seinen gestrengen Blick wohlwollend über die zusammengestauchte Schar wandern, „es gibt viele Geschichten um Loki, manche davon erheitern das Gemüt, andere sind an düsterer Verkommenheit kaum zu überbieten. Diese, welche du nun ansprichst, gehört zweifelsohne zur letzteren Art. Doch um Lokis Gesinnung und Tun weiter zu erhellen, lasst mich zuvor noch eine andere Begebenheit schildern, deren Ausgang nicht wenig dazu beitrug, ihn geradewegs in die Arme jener besagten Riesin zu treiben, von der ich euch darauf gerne berichten will. Einstweilen aber wollen wir unser Augenmerk nach dem ruhmreichen Asgard richten, gleichwohl wir bei einem Zeitpunkt ansetzen, als der dort allseits herrschende Glanz gerade stumpf geworden und unter einer dicken Schicht Asche und Kriegsschutt begraben lag:

Zu den Ratern
kam gefahren ein Riese,
erbot sich zu bauen
die zerstürzte Burg.

Nur Swadilfari
sollt stehen ihm zur Seite;
so zog Stein um Stein
der Starke,
hinauf zum Berg hin,
dem hohen,
bis Seile rauchten
von des Schlitten Last.

Die Geschichte vom Riesenbaumeister

... und wie Loki mit Odins künftigem Schlachtross niederkam

 s geschah, nachdem der große Krieg zwischen Asen und Wanen endlich ein Ende gefunden hatte. Die langen und schweren Kämpfe hatten auf beiden Seiten hohe Verluste gefordert, und die Asen standen vor den noch schwelenden Trümmern ihrer zerstörten Burg. Sie alle wussten, dass, wenn ihre ärgsten Feinde, die Riesen, von ihrer derzeitigen Schwäche erfuhren, ihrer aller Tage gezählt sein würden. Doch trotz aller Geheimhaltung hatte ein zauberkundiger Reifriese davon vernommen, der nannte sich Smidhr. Wie viele andere Riesen auch träumte Smidhr schon lange davon, die wanische Liebesgöttin Freyja für sich gewinnen und heimführen zu können. Zum Einen, um damit die schönste Frau am Weltenbaume an seiner Seite zu wissen und zum Anderen, um sich damit unter seinesgleichen einen großen Namen zu machen. Böse Zungen behaupten, dass die Kunde von der Asen Not nur durch Loki an Smidhrs Ohren gedrungen sei, was jedoch wenig einleuchten mag, da zu jener Zeit noch keine allzu große Feindschaft zwischen Loki und den Asen bestand.

Jedenfalls reifte in diesem Smidhr ein gewagter Plan, wie er all seine Wünsche in die Tat umsetzen könne. Er begab sich in der Verkleidung eines gewöhnlichen Handwerkers nach Asgard, stellte sich den Göttern als Baumeister und Steinmetz vor und bot ihnen seine Dienste an. Man brachte Smidhr vor Odin, wo er den Asen das Angebot unterbreitete, dass er diesen in drei Halbjahren eine so treffliche Burg erbauen wolle, dass sie darinnen für alle Zeiten sicher wären, selbst wenn die Bergriesen und Reifthursen einmal bis nach Asgard gelangen sollten. Über diese unerwartete Gelegenheit waren die Asen hocherfreut, zumindest solange, bis sie den geforderten Lohn des Handwerkers vernahmen. Der bedang sich als Gegenleistung aus, dass er für seine Dienste die wanische Liebesgöttin Freyja bekommen solle und zudem die beiden Gestirne Sonne und Mond mit sich nehmen wolle.

Da beriefen die Asen ihr Thing ein und traten beratend zusammen. Allerdings nahmen daran weder ihre Frauen, noch irgendwelche Wanengötter teil, vor denen man die Versammlung wohlweislich geheimgehalten hatte, da sie erst seit kurzem als Friedgeiseln in Asgard weilten. Lange wurde geredet, die Für und Wider des Vorschlages abgewogen, bis man endlich den Entschluss fasste, dass Smidhr bekommen solle, was er wünsche. Die Bedingung aber war, dass ihm die Erstellung der Burg in nur einem Winter gelingen müsse. Würde an dem Gemäuer am ersten Sommertage noch irgendetwas unfertig sein, so solle er seines gesamten Anspruches verlustig gehen; zudem dürfe ihm niemand bei seiner Arbeit zur Seite stehen. Als sie dem Baumeister diese zweite Bedingung unterbreiteten, begann der zu jammern und verlangte als kleines Zugeständnis zumindest sein Arbeitstier Swadilfari mit einsetzen zu dürfen, ohne dessen Hilfe er in diesem kurzen vorgegebenen Zeitraum erst gar nicht zu Werke schreiten bräuchte.

Möglicherweise entsprang es nur einer Laune, dass Loki sich in diesem Moment für Smidhr verwand, vielleicht aber lag es auch daran, dass der Laufey Sohn insgeheim ahnte, was dieser gewitzte Riese im Schilde führte und es wohl spannend fand, wie diese Geschichte für die Asen am Ende ausgehen würde. Jedenfalls setzte Loki sich mit überzeugender Rede für den Baumeister ein, dessen Wunsche man doch entsprechen möge - schließlich wolle man ja möglichst rasch wieder in einer neuen Festung sitzen, und auf welche Weise man nun an diese gelange, sei doch einerlei. So also wurde ein Vertrag zwischen beiden Parteien geschlossen, den man sich gegenseitig mit mancherlei Eiden und Schwüren besiegelte.

Am frühen Morgen des nächsten Tages, noch bevor der Hahn die Sonne begrüßte, kam nun Smidhr heran, um in einem ersten Schritt den künftigen Bauplatz abzustecken. Odin, der ebenfalls schon früh auf den Beinen war, da er die Arbeit des Baumeisters zu überprüfen gedachte, trat an den Fenstersims seines Turmes und schaute auf jenen Ort, wo die Arbeit beginnen sollte. Als er jedoch erblickte, was da den Hügel heraufkam, musste er sich sein schläfriges Auge gleich noch einmal reiben, denn das, was dort an Smidhrs Seite brav einhertrabte, war ein Hengst von solch gewaltigen Ausmaßen, dass dessen Risthöhe gut an die vier Ellen maß. Swadilfari war ein schwer gebautes Kaltblut, verfügte offensichtlich über einen starken Knochenbau und war über und über mit kräftigen Muskeln bepackt, die wohl manchen Stein fortzuziehen vermochten. Odins Staunen wurde größer, als der Hengst zum ersten Male ausfuhr und vom Steinbruch zurückkehrte, in dem Smidhr mit Hammer und Meißel die Blöcke aus dem Felsen trieb, die für den Bau von Nöten waren. Ganze acht dieser schweren Mauersteine befanden sich auf einem riesigen Holzschlitten, den der bärenstarke Hengst scheinbar mühelos den Hang zur Baustelle hinaufzog. Und als ob diese Last nicht schon genug gewesen wäre, stand Smidhr noch obenauf und hielt wie ein Feldherr die Zügel.

Odin war so aufgeregt, dass er zurück bis ins Schlafgemach seiner Gattin Frigg eilte, um diese zu wecken. Das müsse sie mit eigenen Augen sehen, stürmte er auf sie ein und zog die schlaftrunkene Frau in ihrem Nachtgewand zum Fenster hin. Auch die Göttermutter befand gähnend, dass sie Ähnliches zuvor nie gesehen habe, verstand aber nicht, warum ihr Gatte darüber in solch helle Aufregung geriet. Er solle sich doch darüber freuen, somit wäre Asgard in schon absehbarer Zeit wieder von einer schützenden Mauer umgeben. Ahnte die treuliche Frau doch nichts von der unlauteren Abmachung, welche ihr Gatte und die anderen Mannen insgeheim getroffen hatten; denn obgleich man Frigg nachsagt, sie wisse um alle Geschicke dieser Welt, so ist es doch verständlich, dass man sein Augenmerk nicht auf allen Dingen gleichzeitig haben kann. Und Odin, der seine Gattin nur allzu gut kannte und wusste, was diese davon halten würde, ein zukünftiges Dasein ohne Sonne und Mond im ewigen Dunkel zu fristen, hütete sich, ihr Augenmerk darauf zu lenken. Also machte Odin gute Miene zum bösen Spiel und winkte dem Baumeister vom Fenster aus freundlich zu. Der erwiderte wohlwollend den Gruß, lud seine Steine in Windeseile ab und machte sich darauf rasch wieder auf den Rückweg, um die nächste Fuhre aufzuladen.

Den Göttervater aber, der dies alles an jenem Morgen gewahrte, beschlichen zum ersten Male Zweifel, ob sie die getroffene Abmachung später nicht noch alle bitter bereuen sollten.

Wie nun der Winter weiter fortschritt, wurde auch Smidhrs Arbeit an der Burganlage immer eifriger. Die Mauer wurde nach und nach so hoch und trutzig, dass eine Erstürmung unmöglich erschien. Doch mit der gleichen Geschwindigkeit, mit der das Bauwerk von statten ging, wuchs auch die Besorgnis unter den Göttern – gut, die Liebesgöttin Freyja, die seit kurzem mit ihrer Sippe in Asgard lebte, erschien ihnen als Opfer gerade noch entbehrlich, gleichwohl eine Auslieferung der schönen Wanin möglicherweise einen erneuten Krieg zwischen ihren beiden Völkern entfachen würde. Allerdings mochte man diesem hinter den dicken Mauern einer solch angriffssicheren Feste sorgloser entgegenblicken. – Viel größeres Unbehagen aber bereitete den Asen die Vorstellung, sich ihr Firmament als ewigen Nachthimmel ausmalen zu müssen, weshalb der ein oder andere schon mit ängstlichem Blick in Richtung Fensalir schielte, der Halle von Odins Gattin Frigg. Denn bei allem heldenhaften Kriegertum war doch nicht einer unter ihnen, der freiwillig bereit gewesen wäre, vor das Angesicht der Göttermutter hinzutreten, um dieser den fälligen Preis der getroffenen Abmachung zu verkünden.

Schließlich fehlten noch ganze drei Tage bis zum Sommeranfang, und die Arbeit war bereits bis nahe an das Burgtor herangeschritten, für das Asgards Tischler schon seit Wochen ein stabiles Tor anfertigten. Da ward den Asen plötzlich angst und bange, und sie sahen sich in ihren größten Befürchtungen bestätigt. Sogleich wurde ein neues Thing einberufen, und alle redeten wild durcheinander. Ein jeder fragte den anderen, wer das denn damals gutgeheißen hätte, Freyja nach Riesenheim hin zu verheiraten und Luft und Himmel derart zu verunstalten, dass Sonne und Mond einfach weggenommen und dem Baumeister mitgegeben würden. Schnell kam man überein, dass man diesen unsinnigen Vorschlag nur deshalb angenommen habe, weil Lokis lose Zunge sich so vehement für den Handwerker eingesetzt habe.

So hatte man also glücklich einen Schuldigen gefunden, den man auch sogleich ergreifen ließ und ihn eines schlimmen und furchtbaren Todes für wert erklärte, falls es ihm nicht gelänge, das zu erwartende Unheil noch einmal abzuwenden. Der geängstigte Loki schwor darauf einen heiligen Eid, er wolle alles in seiner Macht stehende versuchen, damit der Baumeister am Ende doch noch ein Nachsehen habe und seines Anspruchs verlustig ginge. Hierdurch beruhigt, ließen die Asen daraufhin von ihm ab und warteten gespannt darauf, was der Laufey Sohn nun unternehmen würde, um seinem Schwur Taten folgen zu lassen.

Am darauf folgenden Morgen, als Smidhr mit seinem Tier wie gewohnt zur Arbeit ausfuhr, galoppierte aus dem angrenzenden Wald plötzlich eine schlanke Stute heran, wieherte dem Riesenhengst rossig zu und schlug aufreizend ihren Schweif beiseite. Da gab es selbst für das sonst mit einem stoischen Gemüt versehene Kaltblut kein Halten mehr. Zwar mühte sich Smidhr, der das Unglück schon kommen sah, die Zügel des Tieres aus Leibeskräften zu halten, doch der bärenstarke Hengst, vom Lockruf der Natur getrieben, zerrte so wild an seinem Geschirr, dass die Halfter aus dickstem Rindsleder wie welke Binsen zerrissen. Der ganze Lastenschlitten kippte zur Seite und der Baumeister wurde in hohem Bogen ins Gras geschleudert. Er konnte die beiden Pferde gerade noch in rasendem Galopp im dunklen Tann verschwinden sehen, dann blieb dem verärgerten Smidhr nichts anderes übrig, als sich an die Reparatur seines Schlittengeschirrs zu machen, wollte er selbiges am nächsten Tage wieder einsetzen.

„Nun gut", dachte er bei sich, „einen Tag der Kurzweil und Zerstreuung will ich Swadilfari gönnen. Neun Monate lang hat er mir Tag und Nacht treulich den Dienst verrichtet, doch morgen muss er mir unbedingt wieder zur Seite stehen, will ich die Arbeit fristgerecht beenden." Auf diese Weise suchte sich Smidhr selbst zu beruhigen, gleichwohl ihm der verlorene Tag allzu heftig unter den Nägeln brannte. Wie aber Swadilfari am Abend zu seinem Herrn zurückkehrte, da wirkte er matter und ausgelaugter, als wenn er den ganzen Tag den Lastenschlitten gezogen hätte. Darüber war Smidhr nun wenig froh, und in ihm keimte der erste Verdacht, dass die Götter ihn auf diese Weise an der Verrichtung seiner Arbeit zu hindern suchten. Er rieb den schweißnassen Hengst mit Stroh ab, setzte ihm den besten Hafer vor, gab dem Tier reichlich zu trinken und pflegte es liebevoll.

Am nächsten Tag, es war der zweitletzte vor Ablauf der Frist, war Smidhr bei seiner erneuten Ausfahrt vorbereitet und hatte sich eine Peitsche in den Gürtel gesteckt, die er vorhatte auch einzusetzen, sollte die verwünschte Stute ein weiteres Mal auftauchen. Die sollte nicht lange auf sich warten lassen und veranstalte diesmal eine solche Reihe von aufreizenden Sprüngen, dass der Riesenhengst in seinem verstärkten Geschirr abermals aus Leibeskräften zerrte und zog. Wütend schlug Smidhr mit seiner Peitsche auf das arme Tier ein und zog so kräftig an den Zügeln, dass aus Swadilfaris wundgescheuertem Maul das Blut hervorschäumte. Als die Stute sah, wie der Baumeister derart auf den Hengst einprügelte, galoppierte sie mutig heran, um ihrem neuem Liebhaber beizustehen. Darauf begann Smidhr auf die Stute einzuschlagen, so dass der gepeinigte Swadilfari so kräftig nach hinten austrat, dass seine Hufe den untersten Steinblock zertrümmerten, der Baumeister das Gleichgewicht verlor und mit den restlichen Steinen abermals im Gras landete. Wieder gab es für den Hengst kein Halten mehr, der mitsamt dem leeren Schlitten seiner getreuen Eroberung hinterher jagte, bis beide erneut im nahegelegenen Wald verschwunden waren.

Smidhr aber sah, dass seine Arbeit nicht mehr fristgerecht fertig werden würde und geriet darüber in solchen Riesenzorn, dass seine ganze Maskerade von ihm abfiel und seine Gestalt wieder auf ihre eigentliche Größe anwuchs. Wie nun die Asen erkannten, dass sie es die ganze Zeit über mit einem verkleideten Riesen zu tun gehabt hatten, riefen sie sogleich nach Thor, der geschwind herbeieilte. Brüllend erhob der Donnergott seinen furchtbaren Hammer Mjölnir und setzte ihn dem Baumeister mit solcher Wucht an den Schädel, dass dessen zertrümmerte Hirnschalen bis tief hinab nach Nebelheim fuhren.

Da hatten die Asen fortan eine gewaltige Trutzburg in ihrem Besitz, die sie sich mit gebrochenen Eiden erkauft hatten. Die eigentliche Pacht für Asgards neue Festungsanlage aber hatte kein geringerer als Loki abzutragen, dessen gelungenes Ablenkungsmanöver nicht ohne Folgen für ihn geblieben war. Swadilfaris Samen war in seinem Stutenuterus auf eine Eizelle gestoßen und hatte diese befruchtet; und da Loki zuvor seine Gestalt gewechselt hatte, blieb ihm eine Rückverwandlung nun solange versagt, bis er das neue Leben, welches er fortan unter seinem Herzen trug, geboren hatte. Dies war ein magisches und unumstößliches Naturgesetz, dem sich jeder, der diese Gabe ausübte, zu unterwerfen hatte.

Da Loki wusste, wie die Asen über ihn und seine Doppelnatur befanden und er in seiner Lage keine allzu große Lust verspürte, sich zusätzlich noch ihrem Hohngelächter auszusetzen, beschloss er, sein Fohlen in der Einsamkeit der Wildnis zur Welt zu bringen. Ähnlich den laichenden Lachsen gedachte Loki hierfür an die Stätte seiner Geburt zurückzukehren. Viele Tage war er auf seinen Hufen dorthin unterwegs, ließ Steppen hinter sich, setzte über etliche Gräben, durchschwamm manchen Sund und trabte sogar über ein weites Gebirge hin.

Als Loki die Küste endlich erreicht hatte, war sein breiter Leib schon beträchtlich angeschwollen, so dass eine Durchquerung der Fluten nicht ohne Risiko zu bewerkstelligen war. Doch fest entschlossen, sein Vorhaben durchzuführen und dabei lieber jämmerlich ersaufen zu wollen, als sein Füllen in Asgards Gemarkungen zur Welt zu bringen, setzte Loki in die kalte See. Doch siehe, der Sturmwind kam herbei, um seinem Patenkind hilfreich zur Seite zu stehen. Die Wellen schäumten auf, erfassten Lokis gesegneten Leib und trieben ihn mit der vereinten Kraft der Elemente bis an die Gestade seiner einstigen Heimat. Mit kräftigen Zügen durchschwamm Loki die letzten Wellenkämme, bis er seine Hufe nach so langer Zeit wieder ans Ufer jener mütterlichen Laubinsel setzen konnte, die ihm in seiner frühen Kindheit so vertraut geworden war. Auch die umherstehenden Bäume erkannten das zurückkehrende Kind und hießen es willkommen, indem sie knarrend aufächzten und ihre uralte Borke aneinander rieben. Sie schüttelten ihre Kronen im Brausen des Windes, so dass die werdende Mutter sich aus dem herabregnenden Laub ein behagliches Lager zu errichten vermochte. Dort also, in der traulichen Umgebung dieser von tiefster See umgeben Schäre, sollte Loki niederkommen.

Als es soweit war, dass die Wehen einsetzten, meinte Loki, der in Wellen anrollende Schmerz müsse ihm den Unterleib zerreißen. Seine Leibesfrucht schien die gewöhnlichen Ausmaße um ein Vielfaches überschritten zu haben, was bei einem so kräftigen Vater wie Swadilfari aber wohl zu erwarten gewesen war. Als es kein Weiterkommen gab, kamen der Gebärenden abermals die Bäume der Insel zur Hilfe. Nach bestem Vermögen bogen sie ihre Äste und Zweige herab und umfingen damit die zarten Hufe des Füllen, die bereits aus Lokis Unterleib hervorragten. Da das Jungtier aus eigener Kraft nicht weiterkam, zogen die Äste es nun behutsam aber unnachgiebig hervor, solange, bis es schließlich mit einem letzten Ruck in einem Sturzbach aus Schleim und Blut ins Freie glitt.

Endlich sahen der völlig erschöpfte Loki und seine borkigen Hebammen, warum diese Geburt so schwerlich von statten gegangen war, denn statt der gewöhnlichen zwei Paar Hufe besaß das Neugeborne vier Paare davon. Ganze acht Beine ragten aus dem zarten Leibe dieses angehenden Hengstes hervor, der aber sogleich darauf zu stehen kam und seiner Mutter freudig zuwieherte. Da überkam Loki zum ersten Male das, was gemeinhin als Mutterliebe bezeichnet wird. Mit seinen Zähnen zerbiss er vorsichtig die Nabelschnur, die sie beide all die letzten Monde in seinem Leib miteinander verbunden hatte, und dann begann man sich neugierig gegenseitig zu beschnuppern und zu belecken. Die Wöchnerin beschloss darauf, die ihrem Fohlen vertraute Gestalt noch solange beizubehalten, bis die Narben der Geburt wieder verheilt waren und sich Mutter und Kind aneinander gewöhnt hatten.

Das Jungtier, von gräulicher Farbe und außergewöhnlicher Schönheit, gedieh prächtig und wuchs schnell zu einem kräftigen

Schimmel heran, der, wie Loki einst als Kind, auf der ganzen Insel ausgelassen hin und herjagte. Loki gab ihm den Namen Sleipnir, der Dahingleitende, denn kein Pferd auf dieser Welt würde es jemals an Geschwindigkeit mit seinem Sohn aufnehmen können, sobald dieser erst einmal ausgewachsen war, dessen war er gewiss. Von seinen beiden Brüdern fand Loki indes keine Spuren mehr, so sehr er auch danach suchte. Die drei alten Baumriesinnen, die er nach all dieser Zeit gerne noch einmal befragt hätte, waren über die Jahre hin versteinert und ragten nun als stumme Zeugen einstiger Schöpferkraft wachend über die Laubkronen der anderen Bäume hinaus.

Nachdem Loki sich von den Strapazen der Geburt vollständig genesen fühlte, nahm er seine menschlich Gestalt wieder an, die ihm nach diesem langen Abschnitt als Vierbeiner sehr befremdlich vorkam. Anfangs kauerte er sich noch neben seinen Sprössling, um mit diesem wie gewohnt zu grasen, doch schließlich gewann seine eigentliche Natur wieder die Oberhand über ihn.

Als ein ganzes Jahr vergangen war, beschloss die kleine Familie, den geschützten Grund der Insel wieder zu verlassen und sich gemeinsam auf den Weg zum Festland zurückzumachen. Daran, wohin sie sich wenden sollten, verschwendeten sie nicht einen Gedanken. Das Leben befand sich im steten Fluss und würde selbst entscheiden, wohin es sie beide führen würde. Das Schwimmen hatte Loki seinem Sohn inzwischen beigebracht, sodass er sich vertrauensvoll auf dessen schon beachtlich breiten Rücken schwingen konnte. Man sah dem Hengst an, das Riesenblut durch seine Adern strömte, denn problemlos und mit kräftigen Zügen durchmaß er den breiten Sund zur Küste hin.

Nachdem sie glücklich wieder festen Boden unter Füße und Hufen hatten, zogen Loki und sein Sohn eine Zeit lang mit den Tieren der Steppe zu deren Tränken und erfreuten sich an der Weite des Landes in all seiner unberührten und üppigen Vielfalt. Ausgelassen jagten sie gemeinsam über saftige Weiden, dabei nur der willkürlichen Richtung des Windes folgend, von dessen Schwingen sie sich mal hierhin mal dorthin tragen ließen. Selbst Lokis Verbitterung über die Sippe der Asen wich in dieser unvergesslichen Zeit dem seligen Empfinden, dass das eigentliche Glück dieser Welt auf dem Rücken eines rasch dahingleitenden Pferdes zu finden war. Nirgendwo schien die Essenz des Lebens deutlicher spürbar, als sie in der bebenden Kraft zwischen den eigenen Schenkeln erfahren zu dürfen. Einer ungezähmten, wilden und frei fließenden Schöpfungskraft, die sich mit jedem pulsierenden Herzschlag an sich selbst erfreute.

Schließlich trafen sie auf eine große Gruppe frei herumstreunender Wildpferde, deren Witterung von Sleipnir sogleich neugierig aufgenommen wurde. Da kam Loki zu dem Schluss, dass nun die Zeit gekommen war, dass sie beide getrennte Wege gehen sollten. Sein bereits flügge gewordener Sohn machte sich prächtig an der Spitze dieser Herde, deren Führerschaft er dem alten Leithengst in mutigem Einsatz abgekämpft hatte. So verabschiedete sich Loki von seinem Sohn, beglückwünschte ihn zu seinem erstrittenen Rudel und winkte der davon galoppierenden Herde noch eine Weile hinterher. Am Horizont ging derweil die Sonne unter, und der Himmel präsentierte sich in feurig roten Farben. Diese abendliche Stimmung, verbunden mit dem Abschied seines einzigen Kindes, das er nun der Freiheit überantwortet hatte, ließen in Loki die Erinnerungen an seine eigene Jugend aufsteigen. Er dachte an seine kurze aber wilde Zeit in den tiefen Wäldern Wanaheims zurück und sehnte sich mehr denn je danach, sich wieder einmal mit einer richtigen Frau zusammentun zu dürfen.

ann haben die Asen ihre starke Himmelsfeste also einzig Loki zu verdanken?"

„So ist es", bestätigte Iwaldi die Feststellung eines Zuhörers, „allerdings hätte nicht viel gefehlt, und Asgard und Midgard wären ohne Sonne und Mond dagestanden. Die Welt der Menschen wäre folglich dem Untergang geweiht gewesen, denn im Gegensatz zu uns Alben sind die Menschen auf das Licht ihrer Gestirne angewiesen, ohne deren Leuchtkraft und Wärme sie zu fahlen Schatten ihrer selbst verkümmern müssten. Hinzu wäre der untragbare Verlust der Liebesgöttin gekommen, denn was lässt sich auf Dauer schon schwerlicher entbehren, als die alles verbindende und heilende Liebe!?"

„Oh ja...", seufzte ein anderer Zwerg rührselig, „am Schluss eurer Geschichte konnte man mit Herrn Loki richtig mitfühlen. Für einen so feurigen Liebhaber wie ihn muss die lange Einsamkeit unerträglich gewesen sein..."

„Ach was, melancholischer Liebesschnurz!", fiel ihm ein anderer Geselle barsch ins Wort. „Viel lieber wollen wir endlich erfahren, warum man Loki eigentlich den Wolfsvater nennt? Hat er sich nach diesem Riesenhengst etwa auch noch mit einer Wölfin gepaart, oder schlimmer noch, ist selbst zum Warg geworden?

„Gemach, gemach, mein guter Dolgarf", bremste Iwaldi dessen ungestümen Fragefluss, „ein Warg war er ja bereits geworden, der Herr Loki, wenn auch kein leiblicher, sondern ein geächteter. Nachdem ihn in seiner Jugend erst die Wanen davongejagt hatten, fühlte er sich nun auch von den Asen vertrieben, wenngleich er sich dieses harte Los auch selbst erwählt hatte. So mag es wenig verwundern, dass man darüber schon in argen Verdruss geraten kann, zumal es ja selbst alte Einzelgänger unter den Wölfen gelegentlich zu ihresgleichen zieht. Deshalb war es wohl kein Zufall, der Loki seine Schritte in Richtung des finsteren Eisenwaldes, dem Jarnwidr, lenken ließ. Ein furchtbares Gehölz, in dessen undurchdringlichen Tiefen Kreaturen hausen, die selbst ein Zwerg sich in seinen schlimmsten Alpträumen lieber nicht vorzustellen vermag. Und genau dort war es, wo Loki mit einem der übelsten Trollweiber zusammentraf, das diese Erde jemals hervorgebracht hat. Diese zaubermächtige Hexe nennt sich Angrboda, und aus ihrem unseligen Leib sollen die gestaltgewordenen Schrecken der Nacht hervorgekrochen sein. Angrboda befehligt einen Stamm von Mondanbetern, die wie wir tagsüber meist schlafen und nur in der Dunkelheit lebendig werden, weshalb man sie auch das ‚wilde Mond- oder Schattenvolk' ruft. Diese Kreaturen verehren die Kräfte des Chaos und der Nacht, und wie ich gehört habe, sollen sie nicht kleinlich in der Auswahl ihrer Opfer sein. Wann immer der fahle Minderer sich zur Gänze verhüllt, feiern sie den Tod, indem sie ihm zu Ehren reichlich opfern. Zu diesem Zwecke haben sie um ihr sumpfbewehrtes Eiland eine Vielzahl von Fallen errichtet, in denen sich immer etwas einfindet, das sich lohnt geopfert, geschlachtet und verspeist zu werden.

Von Angrboda wird weiter behauptet, dass sie überaus großzügig mit ihrer körperlichen Freundschaft sein soll, in deren Genuss zu kommen sich schon mancher rühmen durfte. Zumindest solange, wie dieses Trollweib Gefallen an ihm findet. Ich erwähnte ja bereits die Opferfreudigkeit ihres Volkes. Mit ihr also beging Loki ein paar der ganz abscheulichsten Praktiken, von deren unrühmlichen Ergebnissen ich euch nun berichten will:

Das Lied der Knochenfrau

icht lange, nachdem Loki und sein Sohn Sleipnir sich getrennt hatten, kam er an einen großen, dunklen Wald. Je tiefer er in diesen hineingelangte, desto höher schien der Wuchs der Bäume, deren Wurzeln so große Ausmaße annahmen, wie er sie bisher nur auf seiner Geburtsinsel Laufey erblickt hatte. Irgendwann gab Loki seine verzweifelten Bemühungen, sich in diesem finsteren Labyrinth noch zurechtzufinden, auf und gestand sich ein, sich hoffnungslos verirrt zu haben. Da ihn zudem Sinnlosigkeit und Lebensüberdruss arg beim Schopfe gepackt hatten, bemerkte er in seiner ziellosen Umherstreiferei lange nicht, wie er immer tiefer in sumpfiges Gebiet geriet. Erst als die Dunkelheit hereinbrach und der feuchte Nebel träge aus allen Ritzen kroch, gewahrte er, dass der Boden unter seinen Füßen schwammig davonwich. Klamm und müde wie er war, blieb ihm schließlich nichts anderes übrig, als auf einen windschief aus dem Moor herausragenden Baumstamm zu klettern, um in dessen knorriger Umarmung die Nacht zu verbringen.

Als Loki aus seinem Dämmerschlaf wieder erwachte, war es ihm unmöglich zu bestimmen, ob der Morgen bereits angebrochen war. Die undurchdringliche, graue Suppe hing bleiern über diesem stinkenden Sumpf, auf dessen schmutziger Oberfläche sich zuweilen Blasen bildeten, die glucksend zerplatzten und ihre fauligen Gase entließen. Loki war hungrig und elend zumute, so dass diese trostlose Umgebung seinem Gemütszustand nicht besser hätte entsprechen können. Angewidert rümpfte er die Nase und spähte von seinem leicht erhöhten Ausguck in alle Richtungen, doch schien eine Orientierung nach wie vor aussichtslos. Da ihm der Magen bereits arg auf den Knien hing und er den Rest seines Lebens nicht auf diesem Baumstrunk zu verbringen gedachte, blieb ihm jedoch nichts anderes übrig, als sich vorsichtig ins brackige Wasser hinabzulassen und seinen beschwerlichen Fußmarsch ins Ungewisse weiter fortzusetzen. Mal reichte ihm das Wasser bis zu den Knien, mal ging es ihm bis an die Hüften. Lange Flechten und Schlingpflanzen hingen von den knorrigen Ästen der Bäume herab, die fast liebevoll über seinen Oberkörper strichen, wenn er sie immer wieder zur Seite streifen musste. Am lästigsten waren jedoch die Schwärme von Stechmücken, die ihn ohne Unterlass umschwirrten und begierig darauf lauerten, ihm das Blut auszusaugen.

„Verfluchtes Geschmeiß", schimpfte er böse und schlug sich ohne Unterlass die Hände auf Nacken und Gesicht. Schließlich aber gab er auch dieses zwecklose Unterfangen auf und stellte entmutigt fest: „Selbst euer Nutzen scheint mir an diesem verfluchten Orte weniger sinnlos, als es der meine ist. Also bedient euch nur redlich und mästet euch, bis ihr fett und feist seit. Ist es doch einerlei, ob ich an euch zu Grunde gehe oder mein Leben in Kürze in irgendeinem dieser erbärmlich stinkenden Tümpel endet, die ihr euch zur Heimat auserkoren habt..."

Das schmatzende Geräusch seiner Schritte im Schlamm lenkte Lokis Aufmerksamkeit jedoch wieder auf die Beschaffenheit der Umgebung. Das Gewässer wurde flacher, und tatsächlich entdeckte er endlich so etwas wie einen Pfad vor sich, der etwas festeren Grund bot. Er schleppte sich ans Ufer, lehnte sich erschöpft an eine alte Weide und blickte angewidert an sich herunter. Er war dreckverschmiert, völlig durchnässt und klamm bis auf die Knochen. Und hungrig. Einen ganzen Ochsen hätte er jetzt verspeisen können. Doch gerade, als er abermals eine der übelsten Verwünschungen auf diesen schrecklichen Ort ausstoßen wollte, gewahrte er nicht weit von sich das Quieken eines verängstigten Tieres. Mühsam erhob Loki sich wieder und ging solange auf das Geräusch zu, bis er schließlich ein Kaninchen entdeckte, dessen Körper in einer Fangschlinge zwei Ellen über dem Boden wild hin und her zappelte. Augenblicklich erwachte in Loki sein alter Hunger nach Fleisch, das er seit seiner Rückverwandlung als Stute nicht mehr angerührt hatte. Er tötete das Tier mit einem Ast, entzündete ein kleines Feuer und briet sich die abgezogene Beute an einem zurechtgeschnitzten Stecken.

Während er den Hasen genussvoll verspeiste, wanderten Lokis Gedanken nach Asgard, wo er das letzte Mal Fleisch zu sich genommen hatte. Ob ihn dort wohl inzwischen überhaupt jemand vermisste? Die unrühmliche Begebenheit mit dem Riesenbaumeister hatte ihm jedenfalls wieder einmal bewiesen, dass auch die Asen gerne zu nehmen gewillt waren, wenn es ihren Interessen diente, den dafür zu bezahlenden Preis aber lieber durch andere entrichten ließen. Mit finsterer Miene gedachte Loki jenes Augenblickes, als er sich dem stürmischen Drängen dieses wildgewordenen Riesenhengstes hingegeben hatte, um sich von dessen forderndem Riesenprügel von hinten aufspießen zu lassen. Trotz dieser Schändung, denn etwas anderes war es nicht gewesen, war er dem Swadilfari am zweiten Tage noch einmal tapfer zur Seite gestanden, als diesen die Peitsche seines Herrn zum Gehorsam zwingen sollte. Hatte seinen eigenen geschundenen Körper ebenfalls dem Zuchtriemen des Riesenbaumeisters ausgesetzt, um dessen Vorhaben endgültig zunichte zu machen. Darauf war er mit Swadilfari ein weiteres Mal im Wald verschwunden, um in der folgenden Nacht einen Sohn von ihm zu empfangen.

– Doch hatte sich einer der Asen und Asinnen am nächsten Tage zu ihm in den Wald bequemt, um ihm für seine Tat zu danken? Ihm Trost zu spenden und seine Wunden zu pflegen, die Peitsche und brünstiges Gebaren des Hengstes an seinem entstellten Körper hinterlassen hatten? Von den Verletzungen, die seine empfindsame Seele an diesen zwei Tagen erlitten hatte, wollte er gar nicht erst anfangen. Nein, diesmal war der Bogen endgültig überspannt. Zwar war ihrem patriarchen Machtgefüge mit all seinen internen Ränken stets noch etwas Kurzweil abzugewinnen, doch je länger Loki über die Asen nachdachte, desto mehr spürte er Ekel und Verachtung für deren Geschlecht in sich aufsteigen. –

Einmal mehr fühlte Loki sich ausgestoßen, verloren und nirgends dazugehörig. Der Sinn seines Daseins schien in weitere Ferne gerückt als jemals zuvor, und verzweifelt fragte er sich, wo diese innere Zerrissenheit wohl herrühren mochte, die ihn Zeit seines Lebens begleitete. Denn während er hier lebensmüde in diesem stinkenden Sumpfloch hockte, sehnte sich ein anderer Teil in ihm doch danach zu lieben und das Leben in all seiner sinnentrunkenen Vielfalt auszukosten. Dieser Teil war es auch, der der Frage nach dem Sinn des Lebens mit den einfachen Worten begegnete – das Leben selbst! – Doch wenn dies die einzige und absolute, weil nicht in Frage zu stellende Antwort darauf war, warum saß er dann hier und sehnte sich gleichzeitig nach dem ihn endlich und für alle Zeiten erlösenden Untergang?

Wie Loki so an seinem Feuer saß und über die Schlechtigkeit dieser Welt grübelte, kam da plötzlich ein lautes Geknacke aus dem Unterholz, als ob ein Bär oder etwas noch Größeres sich seinen Weg zu bahnen suchte. Erschrocken huschte Loki in den Schatten eines großen Baumes, den er behände und fast lautlos emporkletterte. Von dort oben bot sich ihm ein guter Blick auf seine Feuerstelle, über der noch die Hälfte des gefangenen Kaninchens brutzelte.

Im nächsten Moment trat ein Riese auf die kleine Lichtung, sah sich einen Moment lang suchend um und kam neugierig herangetappt. Sein Gesicht, das schon von zahlreichen Runzeln übersät und mit einem weißen, zotteligen Bart geschmückt war, hellte sich freudig auf, als er den halbgegessenen Hasen erblickte. Kurzerhand ließ er sich genau auf jene Stelle plumpsen, auf der eben noch Loki gesessen hatte. Als der Riese nun aber hungrig nach Lokis restlichem Abendmahl griff, wurde es diesem zuviel.

Alle Vorsicht außer acht lassend, sprang er mit einem großen Satz aus seinem Versteck hervor und rief entrüstet: „He du, ist das vielleicht eine Art, sich einfach ungefragt an der Mahlzeit eines anderen zu bedienen?"

Der Riese lachte Loki aus seinen klaren Augen unerschrocken entgegen: „Ei, dacht ich's mir doch, dass dieser leckere Hase nicht von selbst auf diesen Bratstecken gesprungen ist!" Von Lokis Auftauchen offensichtlich wenig überrascht, führte er sich das Fleisch an den Mund und biss herzhaft hinein.

„Sieh nur zu", entgegnete Loki boshaft, „dass du dir an dem zähen Happen nicht deine letzten Beißerchen einbüßt, sofern du überhaupt noch über welche verfügst..."

„Recht schönen Dank für die Warnung. Ist aber gut durch und genau richtig...", schmatzte der Riese vergnügt und bedeutete Loki, sich neben ihn zu setzen.

„Danke, zu großzügig", knirschte der verdrießlich, „lass es dir nur schmecken. Wo's für einen reicht, da langt's auch für zweie."

Der Riese nickte ihm kauend zu und Loki nutzte die Zeit, um diesen etwas eingehender zu mustern. Hinter dessen Schultern ragte ein blankpolierter Totenschädel hervor, der zu irgendetwas Größerem zu gehören schien, das sein Gegenüber auf dem Rücken trug, denn ein breiter Lederriemen hing ihm quer vor der Brust.

„Was schleppst du denn da für ein Ungetüm durch den Wald, Alterchen?"

„Wer will das wissen?" fragte der Angesprochene, ohne Loki eines Blickes zu würdigen und spuckte einen kleinen Knochen ins Feuer.

„Na gut", rief Loki erzürnt, „jetzt reicht es! Kommt hierher, setzt sich an mein Feuer, bedient sich ungefragt an meinem Essen, und wenn ich ihm eine Frage stelle, will er mich mit Höflichkeit belehren!"

Der Riese ließ die Mahlzeit sinken und warf Loki einen ernsten Blick zu: „Ganz recht! Normalerweise ist es der Gast, der sich dem Gastgeber vorstellt, bevor er an seiner Tafel Platz nimmt..."

„...Und?" fragte Loki ungeduldig, weil er meinte, dass nun noch etwas folgen müsste, doch der Riese widmete sich wieder den Resten seines Hasen.

Loki wollte schon zu einer erneuten Schimpftirade ausholen, war aber viel zu ermattet, sich mit diesem ungebetenen Gast herumzustreiten. So winkte er lediglich ab und sprach müde: „Väterchen, ich glaub dir nagt das Alter nicht nur an den Knochen, denn mich dünkt, dass du hier etwas zu verwechseln scheinst..."

Dieser Satz schien bei dem Riesen angekommen, denn unversehens warf er Loki den komplett abgenagten Bratspieß zu und erhob sich mit einem solch raschen Satz, dass Loki erschrocken aufblickte.

„Alt vielleicht", erwiderte der Hochbetagte, „aber keineswegs lahm und senil!" Mit einem Ruck streifte er sich den Riemen über die Schulter, worauf hinter seinem Rücken eine große Harfe zum Vorschein kam. Die war zu Lokis Überraschung gänzlich aus Knochen gefertigt.

„Man nennt mich Eggther, den Fröhlichen, und du befindest dich auf Grund und Boden, über den zu wachen meine Aufgabe ist!"

Loki blickte sich verwundert um: „So, so, du fröhlicher Gesell. Ich gratuliere, da hast du dir ja ein feines Plätzchen ausgesucht!"

„Nicht wahr", ermahnte ihn der Riese und zwinkerte ihm zu: „Doch nicht ich habe mir diesen Wald ausgesucht, sondern er sich mich. Ich bin sein Hüter und Hirte, seit Anbeginn seiner Entstehung, und keiner kommt hier durch oder an mir vorbei, sofern dies nicht mein Wille ist!"

„Schön", erwiderte Loki unbeeindruckt, „da du dich hier auszukennen scheinst, wird es dich vielleicht erfreuen zu hören, dass mir weder an dir noch an deinem fauligen Gehölz irgendetwas gelegen ist. Wenn du mir also einfach die Richtung beschreiben könntest, wie man aus diesem unseligen Wald wieder hinausgelangen kann, will ich über diesen verzehrten Hasen kein weiteres Wort verlieren, und du bist mich wieder los!"

Der Alte musterte Loki von oben bis unten und grinste: „Du bist ein hochmütiges Bürschlein, nicht wahr?! Doch eher dünkt mich, dass du mich nicht ganz verstanden zu haben scheinst. Wenn mir von einem die Nase nicht gefällt, dann lasse ich ihn nicht nur nicht an mir vorbei, sondern ich lasse ihn erst gar nicht mehr aus meinem Wald hinaus. So und nicht anders sieht's aus, mein Herr Großzügigkaninchenspender!"

Loki erkannte, dass er einen Fehler gemacht hatte und beschloss, diesen sogleich wieder rückgängig zu machen: „Ein seltsames Instrument führst du da bei dir", versuchte er dem verstimmten Riesen etwas zu schmeicheln, „bestimmt ist es ein ganz besonderer Genuss seinen Klängen lauschen zu dürfen...!?"

Die Augen des Riesen zogen sich erst misstrauisch zusammen, hellten sich aber gleich wieder auf, so dass zahlreiche Lachfältchen an ihren angestammten Platz zurückrückten: „Und ob. Diese Harfe ist meine einzig wahre Geliebte, denn ihr Körper wurde aus den Gebeinen von drei Hexen gefertigt, die einst durch diesen Wald tanzten. So bewahre ich ihre Zauberkräfte und gedenke ihrer Schönheit und Anmut." Zärtlich streichelte er über den blankpolierten Totenschädel, der den Kopfsteven seines makaber anmutenden Instrumentes zierte: „Dieser Schädel hier gehörte einer alten Riesin, die sich auf manch wundersame Dinge verstand. Man rief sie auch die Knochenfrau, denn sie besaß die Gabe, mit ihrem Gesang Tote zu erwecken." Eggther zupfte an einer der straff gespannten Saiten, was einen seltsamen Ton hervorrief. „Die sind übrigens aus den Gedärmen jener Narren gewunden, die meinten, die Knochenfrau verhöhnen zu müssen..."

Lokis Augenbrauen wanderten angriffslustig nach oben: „Sieh einer an..., bei ihr selbst scheint diese wundersame Gabe aber versagt zu haben. Nun ja, ist wohl auch nur schwerlich zu bewerkstelligen, für sich selbst zu singen, wenn man tot ist, nicht?"

Darauf herrschte Sekunden lang eine eisige Stille zwischen den beiden, und Loki, der wusste, dass er Eggther mit seinen Worten provoziert hatte, beobachtete aufmerksam dessen Gesichtsausdruck. Doch zu Lokis Erleichterung begann der Alte plötzlich laut aufzulachen; so laut und herzlich, dass selbst Loki in dieses Gelächter mit einstimmen musste. Offensichtlich verstand man sich, der Humor schien jedenfalls derselbe.

Der Riese rieb sich eine Träne aus dem Augenwinkel und sprach fröhlich: „Es tut gut zu lachen, nicht wahr, Kamerad? Mit Freuden sehe ich, dass du genug Schneid besitzt, versteckte Drohungen sogleich auf ihre Festigkeit hin abzuklopfen. Du scheinst das Spiel mit dem Feuer zu mögen und bist gewillt, das Leben herauszufordern. Recht so, denn Schaudern müssen nur jene, welche die Furcht vor Vergänglichkeit und dem Tod noch nicht überwunden haben. Deshalb lass dir sagen, wer in diesen Wald hier findet, der hat entweder einen handfesten Grund, ist seines Lebens überdrüssig geworden oder ist komplett schwachsinnig!"

„Ich glaube, bei mir ist es ein bisschen von allem", antwortete Loki wahrheitsgetreu und setzte ein fettes Grinsen auf.

Eggther begann abermals zu lachen, wurde aber schnell wieder ernst, als er sah, dass Loki nicht mit einstimmte: „Bei dir scheint mir vor allem das zweite zuzutreffen, eh? Ich habe dich nämlich schon eine Weile beobachtet, und du hattest dabei eine verdrießliche Miene aufgesetzt, wie sieben Tage Regenwetter..."

„Wundert dich das? Seit zwei Tagen streife ich bar jeglicher Orientierung durch dieses halbechte, stinkende Gewässer..."

„So halbecht wie du dich wohl selbst gerade fühlst Kamerad, eh? Das Schöne an diesem Wald ist, dass sich in ihm alle möglichen Formen und Beschaffenheiten finden und abwechseln. Es gibt diese Sümpfe, aber ebenso auch angenehme, sonnendurchflutete Plätze, die von saftigen Moosen und Farnen überwuchert sind."

„Da muss ich wohl irgendwo falsch abgebogen sein", entgegnete Loki und versuchte ein halbherziges Lächeln.

Eggther blickte verständnisvoll: „Deinen Weg wählst du zu jedem Zeitpunkt selbst. Stets ist es die eigene Gesinnung des Wanderers, die darüber entscheidet, welchen Pfad er einschlägt und in welchen Farben sich ihm dieser Wald präsentiert."

Zwar wollte Loki dem Vernommenen nicht so recht zustimmen, lenkte dann aber ein und sagte: „Alter Hader liegt mir auf der Brust, weshalb es mich wohl in diese traurige Umgebung gezogen hat." Da Loki auf seinen Verdruss aber nicht weiter einzugehen gedachte, deutete er mit mürrischem Blick wieder auf des Riesen Harfe, in der Hoffnung, der würde ihn mit einer kleinen Kostprobe vielleicht auf andere Gedanken bringen.

Doch Eggther ließ sich so leicht nicht abschütteln. „Was schaust du denn schon wieder so traurig drein?" erkundigte er sich einfühlsam, „ein so ansehnlicher Bursche wie du sollte doch mehr vom Leben zu erwarten haben, als hier durch unwirtliches Gestrüpp zu streifen?" Er musterte Loki mit einer Eindringlichkeit, als gelte es für diesen einen Kaufpreis anzusetzen: „Doch, doch", nickte er zufrieden, „ich denke, sie wird Gefallen an dir finden…"

Loki blickte müde auf: „Wer wird Gefallen an mir finden? Von wem sprichst du?"

Doch da Loki sich ihm nicht weiter anvertraute, gedachte Eggther sich ebenfalls in Schweigen zu hüllen: „Vielleicht spreche ich von meiner Harfe hier, vielleicht aber auch nicht, wer weiß?" Er lächelte geheimnisvoll.

Loki winkte wieder ab: „Ach, bleib mir vom Leibe mit deiner fahlen Geliebten, mich dürstet nach weltlicheren Genüssen. Mich an den Gebeinen Verstorbener zu erfreuen, mag mir noch genug Zeit verbleiben, wenn ich mich selbst einst ins feuchte Erdreich lege…"

„Wo manch einer schneller landet, als er sich das erträumt," fügte der Alte schmunzelnd hinzu, „doch verzage nicht, der Laufey Sprössling, denn womöglich harret schon hinter der nächstgelegenen Waldbiegung eine künftige Ohrraunerin…"

Loki verdrehte genervt die Augen: „Klar, irgendeine steif gewordene Moorleiche wird sich in diesem Totensumpf schon finden lassen, doch so dringlich ist mein Paarungsbedürfnis noch nicht geworden. Zwar scheinst du aus irgendeinem unerfindlichen Grund sogar den Namen jener Insel zu kennen, auf der ich einst das Licht

dieser Welt erblickte, dennoch wäre mir im Moment mehr geholfen, wenn du uns an diesem tristen Ort mit einer kleinen Kostprobe deines Könnens erfreuen würdest. Dann mag ich meine Meinung über deine kalte Geliebte vielleicht noch einmal überdenken..."

„So, so, du willst also ein Lied von meiner Liebsten vernehmen? Gut, mein Freund, es sei dir gewährt. Doch bedenke, dass es wohl meine Hände sind, die ihre Saiten anzuschlagen vermögen, die Klänge aber, die sie ihr entlocken werden, fügen sich für jeden Zuhörer auf andere Weise zusammen. Ihre süße Melodie schleicht sich ein in die beschwerten Herzen jener, die sich in den dunklen Gefilden ihrer selbst verlaufen haben. Und manchmal..., manchmal erweckt sie in einem etwas zum Leben, das man schon längst tot geglaubt."

„Wenn du damit meine gewichene Lebensfreude ansprichst", sprach Loki erwartungsvoll, „dann greif ihr nur ordentlich in die Saiten."

„So soll es sein! Öffne also Ohr und Seele, denn nur dann wird ihre feine Stimme dir vielleicht einen Ausweg aus deiner so sinnlos erscheinenden Lage zuflüstern. Lausche also dem Lied der Knochenfrau!"

Durch des Riesen Worte sichtlich neugierig geworden, rutschte Loki solange hin und her, bis er im Schilfgras endlich eine behagliche Lage gefunden hatte, die ihm gestattete, sich ganz dem nun folgenden Vortrag widmen zu können. Als Eggther die ersten Saiten seiner Harfe jedoch berührte, ließ ihr bizarrer Klang Loki unwillkürlich zusammenfahren. Die Töne glichen dem Aufstöhnen einer gequälten Seele, die darüber ergrimmte, dass man sie plötzlich aus ihrer lange währenden Ruhe weckte. Dann aber wurden die Klänge versöhnlicher, sanfter, zärtlicher, ja geradezu lustvoll. In einem anderen Moment schien das Instrument unter Eggthers flinken Fingern förmlich explodieren zu wollen, denn sie flogen über die Saiten aus geflochtenem Gedärm, dass sich Loki unwillkürlich sämtliche Nackenhaare aufstellten. Alle Stimmungen, die er in der letzten Zeit durchlebt hatte, von Himmelhochjauchzend bis zu Tode betrübt, schienen auf einmal über ihn hereinzubrechen. Und endlich, als Lokis Herz ihm schon schwerer zu werden begann, glaubte er tatsächlich, so etwas wie eine Stimme aus diesem Klanggewitter herauszuhören. Erst nur zischend ausgestoßene Laute, dann Wortfetzen und schließlich ganze Sätze, die sich durch seine Ohren ihren Weg bis tief in seine Seele hineinzuwinden suchten.

Die wogende Stimme sang von einem leidigen und unsteten Gast, der, wo auch immer er hinkam, stets Unfrieden brachte, so dass Loki nicht lange brauchte, um darin sich selbst zu erkennen. Als er sich stumm zu rechtfertigen suchte, dass sein ewiges Stiften von Zwietracht nichts anderes sei, als ein ohnmächtiges Aufbegehren gegen die Heuchelei und Langeweile einer in sich selbst erstarrten Gesellschaft, in der seinen Platz zu behaupten ihm niemals vergönnt gewesen wäre, vernahm er plötzlich eine Antwort. Jedem Wesen auf Erden bliebe gar keine andere Wahl, als das zu erreichen, für dessen Zweck es sich auf ihr verdichtet hätte. Lediglich ein erwachtes Bewusstsein könne wählen, wie lange es sich seinem Geschick zu verweigern suche. Jeder sei stets schon immer auch das, was er anstrebe, und je schneller er diese Wahrheit anzuerkennen bereit wäre, desto schneller gelange er wieder dorthin zurück, wohin sich alle getriebenen Seelen sehnten.

Loki, den solcherlei Botschaften unwillkürlich an den Rat der alten Baumriesinnen aus seiner Kindheit erinnerten, verspürte auf diese Worte einen tiefen Zorn in sich aufsteigen. Er habe genug von gutgemeinten Ratschlägen und rätselhaften Orakelsprüchen. Er wolle endlich wieder das Leben genießen können, frei und unbeschwert, ohne sich für sein Wesen und Tun beständig rechtfertigen und verbiegen zu müssen.

Götter schöpften Menschen und Menschen wollten zu Göttern werden, flüsterte die Stimme, doch keiner könne seinem Wyrd entrinnen, selbst jene nicht, die es nach ihrem Willen zu lenken versuchten und meinten, selbst das Maß aller Dinge neu bestimmen zu können. Nur jenen, die sich den Nornen und dem ewigen Orlög in Gelassenheit und Demut unterzuordnen bereit seien, wäre äußere wie innere Zufriedenheit bestimmt.

„Bullenmist", schimpfte Loki und sein auflodernder Zorn schien alle Vernunft hinfortfressen zu wollen: „Ich will Rache! Rache und Vergeltung an diesem hochmütigen Asengeschlecht, das mich aufs tiefste verletzt und gedemütigt hat..."

Dann, so die flüsternde Stimme, würde sein brennendes Verlangen ihn mitsamt seinem unbeugsamen Stolz weiter dem Weg seiner Bestimmung entgegentragen. Loki erblickte vor seinem inneren Auge wie die Flammen seiner Wut sich zu einem gewaltigen

Feuerdrachen verdichteten, der sich brüllend aufbäumte und seinen versengenden Atem in die Welt blies, die darauf in einem lodernden Inferno unterging.

„Wenn dies meine Bestimmung ist, soll es so sein!" gab Loki trotzig von sich und meinte gleichzeitig, die Brust müsse ihm vor Wut und Ohnmacht zerspringen. So brennend sehnte sich sein zerrissenes Herz danach, eine eigene, bessere Welt zu schöpfen, dass er über diesen Wunsch wie tot ins Schilfgras sank.

Das Lied der Knochenfrau war verstummt. Mit traurigen Augen blickte der Riese auf Lokis regungslosen Körper, der zu seinen Füßen lag. Nie zuvor hatte Eggther soviel Zorn und Hass, aber auch Lebenslust, Fröhlichkeit und Geisteswitz in einem Wesen vereint gesehen. Ein Wesen, das von sich selbst getrieben keinen anderen Ausweg zu sehen schien, als seine Erlösung im eigenen Untergang heraufzubeschwören. Eggther wusste, wohin es Loki als nächstes ziehen würde. Seine kalte Geliebte hatte es ihm verraten. ‚Sie' wartete schon lange auf ihn, und so war es nur noch eine Frage der Zeit, bis sich ihrer aller Schicksal erfüllen würde. Doch kein Wort der Klage wollte über seine Lippen kommen. Eggther hatte bereits viele Zeitalter kommen und gehen sehen, und irgendwann musste alles einmal enden. Nichts hatte Bestand vor der Ewigkeit, auch die Götter nicht.

Er legte noch einmal zwei Hände voll Reisig ins wärmende Feuer, schnallte sich sein Instrument auf den Rücken, um darauf wieder in der Dunkelheit des Eisenwaldes zu verschwinden, in dessen Tiefen noch so unendlich viele Rätsel verborgen lagen.

ufrieden faltete der Iwaldi seine runzligen Hände über dem Bauch zusammen und beschloss, eine weitere kleine Pause einzulegen.

„Ihr versteht es wirklich, einen schmoren zu lassen, ehrwürdiger Meister", bemerkte der ungeduldige Geselle, der schon sehnsüchtig darauf gewartet hatte, endlich die Begebenheit von der Riesin Angrboda zu vernehmen.

„Nicht wahr?" erwiderte Iwaldi und ließ sich vergnügt schmunzelnd einen neuen Becher mit Kräuterbier reichen, „wer solche Geschichten zum besten gibt, sollte doch darauf bedacht sein, sie auch ein wenig spannend zu erzählen. Das hebt die Stimmung und verhindert das Weglaufen oder Einschlafen seiner Zuhörer..."

Seine Gesellen sollten jedoch noch ein weiteres Mal auf die Erzählung von der lustfreudigen Riesin vertröstet werden, denn Nordri, der älteste Sohn ihres Meisters, war nach einigen Tagen als erster von seiner Fahrt heimgekehrt und präsentierte stolz das Ergebnis seiner Bemühungen. Die Sehnen eines Bären zu beschaffen, war seine Aufgabe gewesen, und diese hatte er zufriedenstellend ausgeführt. Dass der Bär dem stämmigen Zwerg sein Eigentum nicht freiwillig überlassen hatte, bewiesen die Kratzer und Schürfwunden, welche die Krallen des Tieres auf Nordris lediger Haut hinterlassen hatten. Sogleich begab sich Iwaldi mit der Beute seines Erstgeborenen in einen Nebenraum und wies diesen an, sich mit Wundkräutern und Heilsalben behandeln zu lassen. Der aber griff sich rüstig ein volles Horn Äle, kippte dieses auf einen Sturz hinunter und verkündete frohgelaunt, dass diese Medizin noch immer die beste sei und am schnellsten von innen wirke.

Erst zwei Tage später sollte der alte Schmiedemeister den Faden seiner Geschichte wieder aufnehmen, die allenthalben schon mit großer Neugier und Spannung erwartet wurde:

Den Wolf von Loki gewann Angrboda,
Sleipnir gebar er dem Swadilfari;
ein Scheusal schien das schlimmste von allen,
das war Byleists Bruder entstammt.
die kürzere Völuspa

ANGRBODA

Ls Loki am nächsten Tag blinzelnd erwachte, erinnerte nichts mehr an seine vergangene Begegnung mit dem Riesen Eggther und dessen wundersamer Knochenharfe. Dennoch hatte sich seit der letzten Nacht etwas Entscheidendes verändert, denn mehr denn je war Loki nun davon überzeugt, dass er nicht grundlos in diesen Eisenwald geraten war. Diese Ursache in absehbarer Zeit herauszufinden, erfüllte ihn mit solcher Neugier und Zuversicht, dass nicht einmal sein knurrender Magen es schaffte, ihn zu verstimmen. Als er nach wenigen Schritten einen von Füßen ausgetretenen Pfad fand, schnalzte er vergnügt mit der Zunge. Das zweite Schnalzen, das unmittelbar folgte, führte ihm jedoch schlagartig wieder vor Augen, dass er sich noch immer auf unbekanntem und gefährlichem Gebiet befand. Etwas fasste nach seinem Fuß und augenblicklich wurde er mit einem brutalen Ruck in die Höhe gerissen.

Achtlos war Loki in eine Fallschlinge getreten, hatte den Mechanismus ausgelöst und hing nun kopfüber an einem kräftigen, nachwippenden Ast. Sich über die eigene Unachtsamkeit fluchend einen Narren scheltend, gedachte er jedoch nicht in dieser unrühmlichen Lage auf den Besitzer dieser Falle zu warten, um nun möglicherweise selbst auf dem Speiseplan eines anderen zu landen. Nachdem er sich also von seinem ersten Schrecken erholt hatte, nahm er all seine Kraft zusammen und krümmte seinen Oberkörper nach oben. Tatsächlich bekam er seinen gefesselten Knöchel beim ersten Versuch zu packen und hangelte sich ächzend daran nach oben, bis er das Seil mit einer Hand ergreifen konnte. Die andere fasste nach seinem kleinen Messer, das er keuchend in Position brachte; ein Schnitt und er stürzte zu Boden. Der war zum Glück weich genug, um seinen Fall etwas abzumildern, dennoch schlug er dumpf auf und blieb erst einmal schwer atmend liegen.

Als neben ihm aus dem Schilfgras jedoch ein Rascheln kam, sprang er mit einem Satz wieder auf und blickte sich in gebückter Haltung lauernd um. Im nächsten Moment schien der gesamte Sumpf lebendig zu werden, denn wie aus dem Nichts spie der eine

Reihe seltsamer Kreaturen hervor. Loki sah sich von einer Rotte hässlicher Sumpfgnomen umzingelt, die ihn aus gelblichen Augen giftig anstarrten und ihm ihre Speere drohend entgegenhielten. Obwohl diese grünhäutigen Wesen nur die Größe von Zwergen besaßen, stellten sie in ihrer Übermacht doch eine ernstzunehmende Gefahr dar. Loki zählte etwa fünfzehn von ihnen, als sich der größte Gnom aus dem Kreis löste und auf ihn zutrat. Der Kerl hatte einen krummen Buckel, spitze lange Zähne und zischte Loki ein paar gurgelnde Laute zu.

In der Annahme, mit diesem den Anführer vor sich zu haben, ließ Loki sein Messer sinken und ergriff vorsichtig das Wort: „Verzeiht, ehrenwerte Jäger, aber solltet ihr meiner Sprache mächtig sein, dann seid euch versichert, dass es nicht in meiner Absicht lag, eure Falle zu zerstören. Gerne will ich sie euch wieder instand setzen, sobald..." Ein grober Stoß mit der Speerspitze des Gnomen unterbrach seine Rede jedoch abrupt. „He", rief Loki erschrocken, machte einen Satz zurück und hob sein Messer wieder an.

„Wir dich mitnehmen zu Häuptling", war aus dem kehligen Gestammel seines grünlichen Gegenübers undeutlich zu vernehmen, der seine Schar daraufhin anwies, den Gefangenen zu fesseln. Loki, der einsah, dass Widerstand hier zwecklos war, ließ sich sein Messer abnehmen und streckte bereitwillig die Arme aus, um sich die aus Pflanzen gedrehten Seile anlegen zu lassen. Da dem Anführer dies aber nicht schnell genug zu gehen schien, scheuchte der seine Leute wieder zur Seite und machte sich selbst daran, die Stricke festzuzurren. Dabei zog er sie so fest an, dass sie Loki tief ins Fleisch einschnitten. Der Gnom grinste böse und offenbarte die lange Reihe seiner gelben Zähne.

„Ei, was bist du doch für ein tüchtiger Gesell", stieß Loki gepresst hervor, „stinkst zwar so abscheulich aus dem Maul, dass sich einem der Schnurbart kräuselt, dennoch meine ich zu wissen, dass dein Herr über meinen Fang sicherlich erfreut sein wird."

Der Gesichtsausdruck des Gnomen zeigte, dass er Loki verstanden haben musste: „Kein Herr, ...Herrin ist's, der ich diene. Du ihr bestimmt gefallen..., wenn nicht, dann wir dich fressen..." Abermals kicherte er hässlich und fuhr mit Lokis Fesselung solange fort, bis er zufrieden war. Ein Strick wurde Loki um den Hals gelegt, dessen Ende sich der Anführer um sein Handgelenk wickelte. Als er grob anzog, machte Loki unweigerlich einen Satz nach vorne, was das Zeichen für den Trupp war, sich mit ihrem Gefangenen in Bewegung zu setzen.

Loki, dem die Fesseln der Sklavenschaft nicht unbekannt waren, überlegte, wie die hämischen Worte des Gnomen aufzufassen waren? - Zu ihrer Herrin würden ihn diese kleinen Maden bringen. Ob es sich bei dieser wohl um ein Gnomenweibchen handelte? Und wenn ja, war sie es, von der Eggther in seinen knappen und rätselhaften Worten gesprochen hatte? Oder sollten sich seine Befürchtungen bewahrheiten und er am Ende doch noch als Mahlzeit im Rachen dieses widerlichen Sumpfgetiers landen? – Loki wurde wieder ganz elend zumute. Da er im Moment aber zur Hilflosigkeit verdammt war, blieb ihm nichts anderes übrig, als sich in sein Schicksal zu ergeben.

Über versteckte Pfade führten die Gnomen ihre Beute immer tiefer ins Moor hinein, bis der Tross schließlich eine kleines Wäldchen ansteuerte, das wie eine Insel aus der nebligen Sumpflandschaft herausragte. Hinter einigen Pfahlbauten grenzten Hütten primitivster Bauart an, die auf der trockengelegten Erhebung errichtet worden waren. Um das Lager herum hatte man eine große Anzahl von Holzpfählen ins Erdreich gerammt, auf denen die Totenschädel verschiedenster Rassen und Tiergattungen staken. Offensichtlich war Loki in die Fänge von Kopfjägern und Knochensammlern geraten, was seine Lage nicht gerade verbesserte und ihm den Mut weiter sinken ließ. Als der Jagdtrupp sich dem Dorf näherte, kamen seine Bewohner neugierig zusammengelaufen und umringten die Ankömmlinge. Loki entdeckte unter ihnen nicht nur Gnomen, sondern auch Riesinnen, Trolle, gefährlich aussehende Mischwesen und sogar ein paar missgestaltete Zwerge. Alles in allem ein Haufen der absonderlichsten Kreaturen, die sich auf diesem trostlosen Flecken Erde irgendwann zusammengerottet haben mussten. Zahlreiche Hände und Klauen grabschten nach ihm, als ginge es darum, die Festigkeit seines Fleisches zu begutachten. Verzweifelt späte Loki nach möglichen Anzeichen, die ihm verrieten, ob man die Kochtöpfe bereits anheizte. Glücklicherweise fand er nichts dergleichen, man schien zunächst andere Pläne mit ihm zu verfolgen.

Schließlich kam die Gruppe inmitten des Lagers zum Stehen. Der Anführer der Gnomen, der Loki stolz als Jagdbeute hinter sich hergeführt hatte, nahm ihm den Strick wieder vom Hals. Dann schob man ihn mit Speeren unsanft in Richtung eines breiten Erdloches, in das man ihn kurzerhand hineinstieß. In einer Wolke aus Staub und kullerndem Dreck überschlug sich Loki mehrere Male, bis er auf dem Grund einer befestigten Erdhöhle zum Liegen kam. Gut zwei Klafter tief unter der Erde war diese Behausung ungewöhnlich geräumig und musste wohl von Riesen oder zumindest für Riesen angelegt worden sein. Ausgeschmückt war der rundliche Raum mit einer großen Anzahl von Knochen, herabhängenden Schädeln und aufgespannten Tierhäuten. Es roch nach Rauch, Knochentalg und ranzigem Tierfett. Zwei rußende Fackeln spendeten eine schummrige Beleuchtung. Am hinteren Ende der Höhle stand ein flaches, breites Holzgerüst, das mit groben Fellen ausgelegt war. Zu Lokis großem Erstaunen, räkelte sich auf diesem eine völlig unbekleidete Riesin. Das dichte teilweise zu Zöpfen geflochtene Haar, fiel ihr zottelig bis über die nackten Schultern, und der einzige Zierrat, den sie am Körper trug, war ein Stirnband, das aus einer getrockneten Sumpfotter gefertigt worden war.

Trotz des Dämmerlichts entging Loki nicht, wie die Riesin seine Ankunft mit neugierigen Blicken zur Kenntnis nahm. Doch schon verpasste ihm der Anführer der Gnomen von hinten einen abfälligen Fußtritt, tappte dann an Loki vorbei und ging vor der Riesin in unterwürfiger Haltung zu Boden. Seine anderen Bewacher taten es ihrem Führer nach, und die Angst in ihren Augen verriet ihrem Gefangenen, dass diese Frau ihr Gesinde gut im Griff haben musste. Die Riesin hatte ihre Höhle wohl schon seit Längerem nicht mehr verlassen und schien aus irgendeinem Grund zu grollen. Zumindest gewann Loki den Eindruck, denn es war offensichtlich, dass die Gnomen die Laune ihrer ergrimmten Führerin mit ihm als Beute wieder etwas anzuheben hofften. Der Plan schien jedoch nicht ganz aufzugehen, denn die Riesin herrschte ihre Knechte mit barschen Worten an, man solle den Gefangen gefälligst erst von all dem Schmutz und Schlamm befreien, bevor man ihn ihr vorführe. Und auch die Fesseln solle man ihm abnehmen.

Das hörte Loki freilich gern. Unverzüglich wurde er wieder an die Oberfläche gebracht und man entledigte ihn seiner engen Stricke. Sodann wurde er der Fürsorge einiger Riesinnen überantwortet, die ihn mit geübten Fingern entkleideten und dabei anzüglich kicherten. Man forderte ihn auf, sich in einen großen, hohlen Baumstumpf zu setzten, den man von innen bearbeitet und abgedichtet hatte, sodass er als Wanne genutzt werden konnte. Mehrere Eimer sauberen Wassers wurden ihm übers Haupt gegossen, aber als die Reihe daran kam, wer von den Weibern ihn mit Seife abschrubben sollte, entbrannte augenblicklich ein heftiger Streit unter ihnen. Zankend und keifend schlugen sie aufeinander ein, sich dabei grob an den Haaren ziehend.

Loki, von diesem Schauspiel äußerst belustigt, schnappte sich lachend die Seife und machte sich selbst daran, seine dreckverkrusteten Glieder zu reinigen. Nachdem dies reichlich geschehen war, er sich den Bart gestutzt und sogar sämtliche Nägel gesäubert hatte, reichte man ihm ein einigermaßen sauberes Leinentuch, mit dem er sich trockenreiben konnte. Noch während er damit zugange war, schubste ihn der Gnomenführer wieder in Richtung Erdloch. Offenbar gedachte er die Geduld seiner Herrin nicht im Übermaße zu strapazieren. Mehr noch, man achtete diesmal sogar darauf, dass Loki sich an den Höhlenwänden nicht wieder unnötig eindreckte, um der bereits wartenden Riesin nur ja keinen Grund des Anstoßes geben zu können.

Dann stand Loki ihr ein zweites Mal gegenüber. Diesmal jedoch aufrecht und bis auf sein locker um die Hüften geschwungenes Handtuch ebenso unbekleidet in seiner ganzen Schönheit. Als der Gnom sah, dass Loki keinerlei Anstalten machte, sich vor seiner Herrin niederzubeugen, holte er mit seinem Speer aus, um damit auf die Kniekehlen seines Gefangenen zu zielen.

Doch im letzten Moment stoppte ein lauter Befehl der Riesin sein Unterfangen: „Halt ein, Körm, und mach, dass du rauskommst. Ihr alle! Los, verschwindet, und wer es wagt, mich zu stören, verliert seinen Kopf, verstanden?!"

Lokis Häscher duckten sich wie getretene Hunde und trollten sich in dieser gebeugten Haltung rasch wieder von dannen. Endlich waren Loki und die Riesin alleine und begannen sich nun gegenseitig von oben bis unten eindringlich zu mustern. Loki warf sich sein Handtuch lässig über die Schulter und grinste die Riesin selbstsicher an, der offensichtlich gefiel, was sie da zu sehen bekam, denn ihre dunklen Augen blitzten im Schein der Fackeln hungrig auf.

Das mit Fellen belegte Gerüst knarrte bedenklich auf, als die Riesin sich daraus erhob und ohne den Blick von Loki zu nehmen auf ihn zutrat. „Was ist mir denn da nur für ein hübsches Böcklein in die Grube gefallen?" sprach sie bewundernd und streichelte ihm mit der rechten Hand sanft über die Brust. Loki antwortete nicht und entzog sich stattdessen spielerisch ihren Berührungen. Er machte einen Schritt zur Seite und strich mit seiner Hand über die glattgestampften Lehmwände, die mit zahlreichen Malereien von Jagdszenen und rituellen Praktiken versehen war. Auf einem Bild vereinigte sich ein weibliches Wesen rücklings mit einem gehörnten Tier. Dann fand er einen Wolf abgebildet und an einer anderen Stelle kroch eine Schlange zwischen den gespreizten Schenkeln einer Frau hervor.

„Gefallen dir die Bilder?" wollte die Riesin von ihm wissen und stellte sich neben ihn, „manchmal träume ich von zukünftigen Dingen, die ich dann auf diesen Wänden gerne festhalte."

Loki blickte sie von der Seite an: „Warum nur davon träumen, wenn sie doch Wirklichkeit werden können...?"

„Oh, das sind sie bereits", lächelte sie anzüglich, „schon viele, viele Male. Und ich möchte meinen, ein Auge für so schmucke Mannsbilder wie dich zu besitzen. In deinem Fall glaube ich, dich zum Volke der Wanen zählen zu können, wenngleich deine Augen mir etwas anderes zuflüstern!"

Loki rieb sich die von den Stricken noch immer schmerzenden Handgelenke: „Und was flüstern sie dir zu, schöne Königin?"

Die Riesin trat hinter ihn, legte ihre Hände auf seinen entblößten Rücken und fuhr mit ihren Fingern langsam die Einschnitte seiner hervortretenden Muskulatur nach: „Sie flüstern mir zu, dass du nur aus einem einzigen Grund zu mir gefunden hast!" Ihre Hände wanderten weiter nach unten, um ihm lüstern an seinen festen Po zu greifen. Dabei brachte sie ihr Gesicht dicht an seinen Nacken heran und sog begierig den Duft seiner Haut auf.

„Das klingt fast so, als hättest du mich erwartet?" entgegnete Loki, ohne sich umzudrehen.

Die Riesin lächelte geheimnisvoll, presste ihren nackten Körper von hinten an den seinen und strich mit den Finger über seine leicht behaarte Brust: „Ganz recht, Sohn der Laufey und des mächtigen Farbautis, denn ich habe deine Ankunft in den Knochen gelesen. Doch nun verrate mir deinen Namen, schöner Fremder..."

„Hier scheint jeder in diesem Wald meine Herkunft bereits zu kennen!?" erwiderte Loki erstaunt. „Aber es beruhigt mich zu hören, dass du noch nicht alles über mich hast in Erfahrung bringen können..." Ohne dass er es hätte verhindern können, zuckte sein ganzer Körper unter der ungewohnt sinnlichen Berührung der Riesin kurz auf.

„Vielleicht lüge ich ja nur und kenne ihn längst", hauchte sie in sein Ohr und ihr heißer Atem jagte Loki einen erneuten Schauer über den Rücken.

„Loki, nennt man mich, schöne Königin", antwortete er mit bebender Stimme, während er die zärtlichen Liebkosungen der Riesin genoss, deren Hände überall gleichzeitig an ihm zu streicheln schienen.

„Du bist ein kluger Bursche, der weiß, wie man sich einer Königin zu nähern hat, deshalb für dich nur Angrboda. Das ist mein

Name, und es ist eine große Ehre für dich, mich damit ansprechen zu dürfen."

„Das glaub ich dir gern", antwortete Loki leise, dessen Erregung sich zwischen seinen Beinen nicht mehr länger verbergen ließ. „Besitzt du gar keine Scham, dich so vor deinen Untertanen zu entblößen?"

Ihr anzügliches Grinsen war das einer Raubkatze: „Im Gegenteil. Ich genieße ihre Unsicherheit, wenn sie vor mich hintreten, weil sie oft nicht wissen, wohin sie ihre Augen wenden sollen..."

„Vielleicht weil sie fürchten, ihre Blicke könnten deinen Zorn entfesseln..."

„Zuweilen tun sie das auch", schnurrte sie, „...doch nur, wenn mir danach ist..."

„Dein Volk scheint dich mehr zu fürchten, als zu lieben", folgerte Loki.

„Oh ja, das tut es", bestätigte Angrboda und trat vor ihn hin, um ihm in die Augen blicken zu können. „Sie fürchten meine Zauberkräfte und meinen Zorn. Und beides zurecht. Du hingegen scheinst keine Angst vor mir zu besitzen. Das wiederum mag zweierlei Gründe haben ... und vielleicht sogar noch einen dritten. Entweder hast du bisher noch nichts von mir vernommen oder aber du bist der schwarzen Kunst ebenso mächtig, wie ich es bin."

Loki lächelte wissend: „Ich verbrachte einige Zeit mit dem alten Hraudnir in seiner Zauberhöhle. Manches durfte ich dort von ihm erlernen, anderes probierten wir gemeinsam aus."

Angrboda nickte: „Ich kenne Hraudnir aus alten Tagen, ein würdiger Vertreter unserer Rasse, leider schon damals allzu stark dem Bilsentranke zugetan. Inzwischen mag er sich auch sein letztes bisschen Verstand weggesoffen haben..."

„Wohl gesprochen, du scheinst ihn gut zu kennen", pflichtete Loki ihr bei, „ein großer Zauberer und Hexer, der die Anderswelten schon so lange bereist, dass er die Orientierung in der unsrigen bereits eingebüßt zu haben scheint."

Angrboda winkte gelangweilt ab: „Lass uns nicht länger bei diesem alten Saufhaus verweilen, schöner Kater, sondern lieber einem Spiel zuwenden, indem wir uns beide gegenseitig unsere Meisterschaft beweisen können!"

Lokis Rechte wanderte zum Kopf der Riesin und fuhr durch ihr dichtes, volles Haar. Nun war es Angrboda, die unter seiner Berührung erschauderte. Sie seufzte lustvoll auf und schmiegte ihre Wange fest in seine Hand. Loki brachte seine Lippen ebenfalls dicht an ihr Ohr und hauchte: „Dann komm, schöne Königin, und lass uns keine weitere Zeit mit unnützen Worten vergeuden...!"

Angrboda nahm die Finger seiner Hand, führte sie sich zum Mund und umspielte sie leckend mit ihrer Zunge. Dabei blickte sie Loki abermals tief in die Augen und flüsterte: „Wohl gesprochen, junger Hengst, denn sinnvoller und aufrechter als jeglich gesprochenes Wort, ist es sich im lebendigen Paarungsakt auszutauschen..."

Sie ließ ihn stehen, trat wieder auf ihre Liegestatt zu und räkelte ihren nackten Körper wollüstig seufzend zwischen all die Felle. Erneut glitten ihre hungrigen Blicke über Loki, der als Antwort sein Handtuch fallen ließ und nun ebenfalls gänzlich nackt vor ihr stand. Er war nicht in Eile. Zu lange hatte er sich nach solch einem Augenblick zurückgesehnt, den gänzlich auszukosten er sich nun anschickte. Lokis Blicke wanderten über die wohlgeformten Rundungen der Riesin, die sich ihm wie die leibhaftig gewordene Lust darboten. Angrboda war ein sinnliches Prachtweib und ganz nach seinem

Geschmack – prall und üppig, ohne Kanten und spitze Knochen, wie sie manche der Asinnen herausstellten, die in ihrer übertriebenen Angst vor Fettleibigkeit die Speisen lieber verschmähten. Seine Gastgeberin schien sich an ihm gleichfalls nicht Sattsehen zu können, denn sie deutete ihm an, weiter vor ihr auszuharren.

„Nie zuvor sah ich einen so gut gewachsenen Burschen, so dass mich nicht Wunder nähme, wenn Asenblut durch deine Adern rinnt."

Zum ersten Male verfinsterte sich Lokis Miene wieder. Er drehte den Kopf zur Seite und spuckte verächtlich zu Boden: „Nur einen Asen gibt es, mit dem ich je mein Blut gemischt, und der war von Rang und Stand her wahrlich nicht der Geringste. Doch lieber wollt ich mein Liebeslager ein ganzes Zeitalter hindurch leer vorfinden, als es zu bedauern, einen Asen in meiner Ahnenlinie führen zu müssen. Nein, schöne Königin, mein Blut ist von ebensolch reiner riesischer Abstammung wie das deine!"

Mit einem versöhnlichen Lächeln reichte Angrboda Loki die Hand, um ihn auf ihr Lager zu bitten: „Ich wollte dich nicht kränken, stolzer Hahn. Es scheint, dass sich hier und heute zwei gefunden haben, die den Asen nicht sonderlich gewogen sind...?!"

Loki nahm die ihm dargebotene Hand, nahm zu ihren Füßen Platz und begann ihren Körper von unten an wie eine Schlange züngelnd zu belecken. Angrboda stöhnte auf, während ihr entflammter Leib unter der Glut seiner zahlreichen Küsse wie weiches Bienenwachs dahinschmolz. Doch dann, als er endlich an der Innenseite ihrer Schenkel angelangt war, verharrte er noch einmal, hob den Kopf und zischte entschlossen: „Zeit, etwas gegen diese überhebliche Göttersippe zu unternehmen!"

Mit dem flehenden Blick einer in Wollust entfesselten Frau, die nach Überschreitung einer bestimmten Grenze nicht mehr zu sprechen gewillt ist, griff sie mit zitternden Händen nach seinem Haarschopf. Noch einmal brachte sie ihre Lippen bis dicht an sein Ohr und raunte wie unter fiebrigen Qualen hinein: „...Es beginnt ... in diesem Augenblick..." Dann drückte sie Lokis Gesicht sanft aber bestimmt wieder an ihre Scham zurück, um sich fortan nur noch seiner meisterlichen Zungenfertigkeit zu überlassen.

Mehrere Tage und Nächte sollten die beiden darauf nicht mehr aus ihrem Liebesnest gekrochen kommen. Bei Angrbodas Untertanen, die ihre Herrin und deren neuen Liebhaber während dieser Zeit mit reichlich Nahrung und Honigwein versorgten, löste dieser Umstand große Freude aus. Die Erfahrung hatte nämlich gezeigt, dass die Laune ihrer Herrin in jenem Maße anstieg, wie zufrieden sie sich mit dem Geschick und der Ausdauer eines neuen Gespielen zeigte. Und diese Leistung wiederum ließ sich nun an der Länge der Zeitspanne bemessen, wie die beiden gemeinsam unter der Erde blieben. Da Angrbodas Verschleiß an Liebhabern nicht gerade gering war und sich nur selten einer fand, dessen Bemühungen ihr Verlangen restlos zu befriedigen vermochte, wurde Loki mit einem dementsprechenden Jubel empfangen, als er am Morgen des sechsten Tages ihre Erdhöhle zum ersten Male wieder verließ. Fast fühlte sich Loki an seine alten Zeiten in Wanaheim erinnert, als er mit zufriedener Genugtuung die Huldigungen von Angrbodas Untertanen entgegennahm, die ihn an ihrer Seite wie einen frisch erprobten Deckhengst vorführte. Damit bei den Sumpfbewohnern zum neuernannten Begatter ihrer Königin abgesegnet, kam Loki nun in den Genuss einiger Vorzüge und Annehmlichkeiten. Wo immer er auftauchte, grüßten ihn die Leute freundlich, luden ihn an ihr Feuer ein und ließen ihn an ihren Speisen teilhaben.

Fortan konnte Loki sich überallhin frei bewegen. Als er einmal jenen Gnomenführer beim Angeln entdeckte, der ihm bei seiner Ankunft so übel zugesetzt hatte, schlich er sich vorsichtig von hinten an diesen heran; und eh der sich's versah, hatte Loki ihn auch schon mit einem bösen Tritt ins brackige Wasser befördert. Noch bevor das zappelnde Opfer seiner Heimtücke prustend wieder auftauchen konnte, war Loki bereits wieder entschwunden und setzte seinen Spaziergang mit einem fetten Grinsen im Gesicht fort. Als er später an einem der nächtlichen Lagerfeuer erfuhr, dass jener Gnom seit dem Mittag verschwunden war und möglicherweise beim Fischen ertrunken sei, nahm er dies mit einem gleichgültigen Schulterzucken zur Kenntnis.

Mit der Zeit erkannte Loki, dass der Eisenwald und seine willige Bettgenossin auf sonderbare Weise miteinander in Verbindung zu stehen schienen. Dieser finstere Urwald glich einem lebendigen, atmenden Wesen, das sich mit seinen nebligen Sümpfen in ständiger Bewegung befand. Dieser undurchdringliche Dschungel, mit all seinen Schatten, Gerüchen und nie endenden Geräuschen glich einer unersättlichen Frau, in deren immerfeuchten Höhlen und Ritzen eine Vielzahl noch schlummernder Geheimnisse verborgen lagen. Angrbodas forderndes Verlangen, sich immer und immer wieder mit ihm paaren zu wollen, schien ebenso wie ihre Phantasie keine Grenzen zu kennen. Mal kauerten sie beide auf nacktem Boden und trieben es den ganzen Mittag hindurch wie tolle Hunde es tun, ein andermal suhlten sie sich dabei im Schlick, gleich dem Borstenvieh, das sich darinnen Kühlung von der Hitze des Mittags erhofft. Kein Tabu, das ihrer Riesenlust nicht hätte weichen müssen, und Loki, beglückt, einmal nicht den Alleinunterhalter spielen zu müssen, durfte in dieser Zeit weit mehr über die männliche Seite der Hingabe lernen, wie er es schon in seiner Gestalt als Stute und Mutter des kleinen Sleipnirs erfahren hatte.

Im Verlaufe ihrer Zusammenkünfte lehrte Angrboda ihn den dunklen Pfad, auf dem man über die Sinne zum Gipfel aller Lust gelangt, wo Vergangenheit, Gegenwart und Zukunft eins werden und alle Gegensätzlichkeiten aufgehoben sind. Ihre fordernde Lustgrotte erinnerte Loki an eine hungrige Krake, die seine Seele immer tiefer und tiefer in ihr dunkles Reich hinabzuziehen versuchte, in dessen Finsternis er den Anfang und das Ende alles jemals Gewesenen erahnte. Dort, inmitten des Zentrums von Angrbodas pulsierender Vulva, fand Loki endlich die Wiege aller Magie und Zauberei, nach deren Quelle ihn schon seit Anbeginn seines geschlechtlichen Erwachens gedürstet hatte. Wie ein im Ozean des Unbewussten versinkender Stein, glitt er hinab an jenen Ort, von dem aus man in nur einem einzigen Wimpernschlag überall hin gelangen konnte.

Während dieser ekstatischen Sitzungen durchflog sein entflammtes Wesen die dunklen Reiche am Weltenbaum, um sich die Essenz aller Erkenntnis direkt aus dessen tiefsten Wurzeln zu saugen. Immer weiter und tiefer reiste er zu den Anfängen des Seins, überflog die harschen Grenzen nach Nifelheim und folgte den urzeitlichen Elivagarströmen hinab bis zu ihrem Ursprung, wo keinerlei Leben sondern nur noch ewige, eisklirrende Kälte herrschen. Körperlos reisend tauchte er ein in die glühenden Magmaströme Muspellheims, wurde eins mit ihnen und reiste zum Mittelpunkt der Erde. Dort traf er zum ersten Male auf den entsetzlichen Surt, den mächtigsten Feuerriesen überhaupt, den man auch ‚den Schwarzen' nennt, da er einem Gebirge aus glühenden Kohlen gleicht. Auf seinem Hochsitz aus wabernder Magma thronend, deren Form und farbliche Beschaffenheit sich dem Zustand seiner Gedanken beständig angleicht, wacht der Beherrscher Muspellheims über das ewige Feuer seines Reiches. Surt, der Lokis Anwesenheit spürte, lud ihn ein, sich und seine Gattin Sinmara doch einmal in seinem Reiche aufzusuchen, und Loki, erfreut über diese Einladung, nahm an.

Was dort geschah, mögen alleine die Nornen wissen, denn keinem sterblichen Wesen war jemals der Eintritt nach Muspellheim vergönnt, weshalb keinerlei Kunde über Lokis Besuch bei dem Feuerriesen nach außen gedrungen ist. Von dort aus ließ Loki sich mit dem Blut der Erde wieder zur Oberfläche zurücktreiben, um mit der Kraft eines ausbrechenden Vulkans bis in jenen Raum vorzustoßen, der sich zwischen der Welt des Feuers und des Eises befindet. Lokis unstillbarer Drang nach Wissen und Erkenntnis wurde erst gestoppt, als ihn die Ausläufer des Ginnungagaps bereits zu verschlucken drohten. Er traf auf uralte Wesenheiten, die sich an seiner entfesselten Lust labten, daran schlürften und saugten, und sich gleichzeitig von seiner aufflackernden Angst ernährten. Loki fühlte, wie sein ganzes Ich langsam von einer schwarz lodernden Flamme verzehrt wurde, namenlos, entsetzlich, alles verneinend und alles zersetzend. Die Kräfte des Chaos rissen und zerrten an seiner Seele, und er spürte, dass eine Rückkehr in seinen Körper ihm für immer versagt bleiben würde, wenn er sich dem kosmischen Willen der Gegenschöpfung in diesem Augenblick durch Furcht verweigern würde. Er musste ihn tun, diesen letzten Schritt, den Sprung in die völlige Leere der Finsternis.

So öffnete Loki sein ganzes Sein, überantwortete seinen Willen diesen unkontrollierbaren Urkräften, und in einem zeitlosen Zustand reinster Ekstase schleuderte er seinen explodierenden Samen in die Tiefen des absoluten Nichts.

Mit einem gellenden Schrei fuhr Loki auf und gewahrte unter sich den schweißgebadeten Leib Angrbodas, deren halb geöffnete Augen ihm aus weißen Höhlen leer entgegenstarrten. Von der plötzlichen Furcht befallen, seine Gefährtin habe bei ihrer letzten gemeinsamen Lustreise möglicherweise ihr Leben gelassen, wollte er sich erheben, um sein Ohr horchend an ihre Brust zu pressen. Doch sämtliche Glieder versagten ihm den Dienst, und so rutschte er wie ein halbleerer Sack Mehl erst von Angrboda und dann von ihrer im gemeinsamen Liebeskampf zerwühlten Bettstatt herunter. Eine bis dahin unbekannte Ermattung hielt ihn umfangen, und so kostete es ihn all seine Willenskraft, nicht augenblicklich an Ort und Stelle einzuschlafen. Zitternd versuchte Loki, sich in die Höhe zu stemmen, als plötzlich Angrbodas kräftige Hand über ihm erschien und ihn mit einem starken Ruck wieder aufs Bett hinaufzog.

„Wie geht es dir?" erkundigte sich die Riesin mit besorgter Stimme.

Loki versuchte ein gequältes Lächeln: „Ich bin noch am Leben, ...glaube ich jedenfalls..., allerdings...", keuchte er weiter, „...beschleicht mich die Annahme, dass wir es dieses Mal mit unserer Zauberei etwas zu weit getrieben haben könnten..."

An Angrboda schienen die Anstrengungen der vergangenen Nacht allerdings nicht halb so kräfteverzehrend vorübergegangen zu sein. „Keine Angst", lächelte sie wissend und strich ihrem entkräfteten Liebhaber liebevoll die schweißverklebten Haare aus der Stirn, „ein weiteres Ritual dieser Art wird nicht mehr vonnöten sein, da unsere heutige Zusammenkunft nicht ohne Folgen bleiben wird!"

Loki, der noch viel zu benommen war, um den Sinngehalt ihrer Worte begreifen zu können, entgegnete mit leerem Blick: „Ich war eben noch an jenem Ort, aus dessen gähnendem Rachen einst alle Schöpfung hervorgetreten ist. Dort fand ich die alten Urkräfte ruhend, älter, als wir Riesen selbst..."

Angrboda nickte: „Ich weiß..., deshalb fürchten die Götter uns Riesen, denn unser Blut trägt noch die reine, unverfälschte Substanz, die niemals gewillt sein wird, die Schöpfung in gut und böse zu unterteilen. Und sie hassen uns dafür, weil unsere Existenz sie an ihre instinkthaften und unliebsamen Seiten erinnert, die sie meinen, längst hinter sich gelassen zu haben; gerade so, wie wenn man ein altes paar Schuhe aus der Kindheit fortwirft, aus denen man nun herausgewachsen ist. Doch anstatt jene zu ehren und zu achten, welche die Haut und den Urstoff für diese Schuhe stellten, ja ihnen gar mit hineinhalfen, leugnen sie ihre Wurzeln und versuchen, sie mit dem Abgetragenen abzustreifen und zu vergessen..." Angrbodas Gesicht nahm einen feierlichen Ausdruck an: „Doch wir haben die alten Kräfte nicht vergessen, die unsere Rasse einst hervorbrachten! Wir Riesen waren, sind und werden immer sein, ganz gleich, durch welche neu erfundenen Mittel, Waffen und Ausbeutereien sie uns auch immer wieder in ihre Schranken zu weisen versuchen. Schon seit so langer Zeit sinne ich darüber nach, wie dieser Götterbrut endlich beizukommen ist, die sich Besseres wähnt, nur weil sie sich mit Goldputz behängt und meint, sich mit hohen, goldenen Hallen umgeben zu müssen. Eitler Tand und unnötiger Zierrat, für dessen Erstellung sie unserer aller Mutter die Eingeweide herausreißen, um sie von ihren sklavischen, speichelleckenden Handlangern, diesen kleinen bezipfelten Erdmaden, in die Form hauen zu lassen!"

Loki, der kaum noch die Augen offen halten konnte, stöhnte schläfrig auf. Die Riesin hielt inne und nahm seinen Kopf zwischen beide Hände, um sich mit entschlossenem Blick noch einmal seiner ganzen Aufmerksamkeit zu versichern: „Lange musste ich warten, bis die Zeichen günstig standen und der Richtige den Weg hierher zu mir finden würde. Doch nun ist das Ziel erreicht. Die Saat gelegt. Für einen kurzen aber ausreichenden Moment konnte unser Begehren sich in der Leere des Ginnungagaps zu einem ekstatischen Ganzen verschmelzen und dort jenen Funken entzünden, dessen es für unser Vorhaben bedurfte. Fortan keimt in meinem Leib eine Frucht, der es in ferner Zukunft beschieden sein wird, die Herrschaft der Asen zu brechen, ...möglicherweise ihr sogar ein für allemal ein Ende zu bereiten!"

„...War es das, was du brauchtest...?" flüsterte Loki erschöpft, „...einen jungen Zuchtbullen für deinen Plan, einen Zerstörer für diese Welt zu erschaffen?"

Ihre Augen funkelten böse: „So ist es, mein feuriger Prinz mit dem ausdauernden Stehvermögen! Ich benötigte den Samen eines Wesens, das sein Geschlecht nach Belieben zu wechseln vermag und somit noch immer beide Seiten des ursprünglichen Einen in sich vereint; so wie es einst den Urriesen bestimmt war, die in ihrer Zweigeschlechtlichkeit diese Welt aus sich selbst hervorbrachten. Ich suchte einen Mann und doch keinen Mann, der aber den geistiggöttlich befruchtenden Funken bereits in sich trägt. Deshalb wurde dir heute Nacht die Ehre zuteil, diesen nach ständigem Ausgleich strebenden Kräften neues Leben einzuhauchen. Unter deiner Zuhilfenahme werde ich ihnen in die Stofflichkeit verhelfen und sie werden jene Gestalten annehmen, welche die Götter und Menschen am meisten fürchten!"

- Gestalten? Offensichtlich war hier gleich von mehreren Zerstörern die Rede? Egal! - Loki vernahm Angrbodas Stimme nur noch aus weiter Ferne. Sein Feuer war erloschen, seine Kraft verbraucht. Er wollte nur noch schlafen. Er fühlte sich so unendlich müde, dass er glaubte, ein Jahr lang am Stück durchschlafen zu müssen, um seine Kräfte auch nur annähernd wieder regenerieren zu können.

Loki bekam nicht mehr mit, wie die Riesin sich erhob und ihm fürsorglich ein paar wärmende Felle über seinen ausgekühlten Körper zog. Im nächsten Moment war er eingeschlafen.

Als Loki aus seinem tiefen Schlaf wieder erwachte, waren tatsächlich drei weitere volle Tage und Nächte verstrichen. Noch immer gänzlich von den vergangenen Eindrücken befangen, rieb er sich verwundert die Augen, um darauf neben sich nach Angrbodas wärmenden Körper zu tasten. Doch seine Hand griff ins Leere, und das beklemmende Gefühl der Einsamkeit überfiel ihn mit der Wucht eines Hammerschlags. Fröstelnd vergrub er sich wieder unter den wärmenden Fellen und stierte in die Dunkelheit. Angrbodas letzte Worte kamen ihm in den Sinn – sie hatte über die Angst der Asen vor ihrer eigenen dunklen Natur gesprochen, die sie in all jenen Kreaturen ablehnten und bekämpften, die hier im Eisenwald hausten und sich in diesen undurchdringlichen Nebelsümpfen eingenistet hatten. Dieser Angst sollte sein Samen nun angeblich mit in die Form verholfen haben... –

Wie von selbst schlossen sich seine Augen wieder, und er versuchte sich bruchstückhaft an jene Bilder zu erinnern, die noch immer in vagen Fetzen in seinem Kopf herumspukten. Irgendwann vernahm er ein hungriges Knurren, das irgendwo aus der Tiefe seines Selbst zu kommen schien. Vor sich erblickte er den Kopf eines

Wolfes, dessen gelbliche Raubtieraugen ihm aus der Finsternis lauernd entgegenfunkelnden. Der Wolf öffnete den Rachen und gab den Blick auf eine Reihe dolchartiger Zähne frei, die darauf wütend auf und zuschnappten. Dann wechselten die Bilder. Für einen winzigen Moment blitzte die Schimäre eines giftgrünen Lindwurms auf, aus dessen Schädel eine Vielzahl hörnerartiger Stacheln hervorragten. Sein schuppiger Leib besaß solch gewaltige Ausmaße, dass sein Schwanzende irgendwo in der Dunkelheit verschwand. Ein Gefühlswirrwarr aus Abscheu und Furcht, aber auch der Faszination und dem Stolz über die ungebändigte Kraft dieser noch ungeborenen Zerstörer bemächtigte sich seiner.

– Sollten diese zwei Bestien etwa jene Geschöpfe sein, in denen sich alle Schrecken der Götter und Menschen verdichten würden? Etwas in ihm sträubte sich gegen diese Annahme, und doch wusste Loki in der Tiefe seiner Seele, dass er in diesen kurzen Augenblicken seine zukünftigen Kinder erblickt hatte.

Von den Folgen seines eigenen Tuns entsetzt, sprang Loki von seiner Bettstatt auf, um nackt, wie er war, wieder an die Oberfläche zu gelangen – Nur fort von diesem düsteren Ort und zurück ans Tageslicht, das er in dieser Erdhöhle schon viel zu lange nicht mehr gesehen und verspürt hatte. –

Doch noch während er den Tunnel entlangstürmte, sah er plötzlich ein drittes Bild vor sich auftauchen, das das Antlitz einer jungen Frau zeigte, die ihm traurig entgegenblickte. In der Hoffnung, diese weitere Vision noch einen Moment bei sich halten zu können, verharrte Loki augenblicklich. Aber schon war das Gesicht wieder verschwunden, um sich ebenso in all die vorherigen Trugbilder mit einzureihen, die sich von Traum und Wirklichkeit nicht mehr unterscheiden ließen. Das Einzige, was er noch hatte wahrnehmen können, war, dass die Frau wie er pechschwarzes Haar besessen und auf einem Thron aus Knochen gesessen hatte.

Obgleich Loki der Gedanke, nach seinen durchlebten Muttergefühlen nun auch noch die Vaterschaft antreten zu dürfen, einerseits mit Freude und Stolz erfüllte, hatten diese erschütternden Visionen ihn ebenso beunruhigt. Das Verhältnis zwischen ihm und Angrboda war nach ihrer letzten gemeinsamen Nacht ein gänzlich anderes geworden. Das leidenschaftliche Band des Begehrens, das sie anfänglich in all ihrer Wollust aneinandergefesselt hatte, schien im letzten Ekstaserausch gnadenlos überdehnt worden zu sein und hing nun schlaff und ausgeleiert zu Boden.

Während es Loki die kommende Zeit immer öfter ins Freie zog, ließ die geschwängerte Riesin sich kaum noch an der Oberfläche blicken. Über ihr gemeinsames Liebesnest konnte Loki nun alleine verfügen, da Angrboda sich in ein anderes Erdloch verkrochen hatte, vor dessen Eingang fortan zwei kräftige Riesinnen Wache standen. Wann immer er daran vorbeikam, um sich nach Angrbodas Wohlbefinden zu erkundigen, wurde ihm mit knappen Worten mitgeteilt, dass die Herrin schlafe, da sie die kommende Monde sehr viel Ruhe benötige. So wurden Lokis Spaziergänge mit der Zeit immer ausgedehnter, wobei er sich ständig weiter von der Insel der Mondanbeter entfernte.

Eines Morgens, als er wieder einmal schlimm geträumt hatte und voller Unruhe erwacht war, stand er entschlossen auf und schritt geradewegs auf Angrbodas Erdloch zu; festen Willens, sich von den beiden Wächterinnen kein weiteres Mal mehr abwimmeln zu lassen. Er wollte zur Mutter seiner zukünftigen Kinder, der er einige Fragen zu stellen hatte, kostete es, was es wolle!

Diesmal versuchten die Riesinnen ihn sogar unter der Androhung von Schlägen zur Umkehr zu bewegen, und zum Schein tat Loki so, als habe ihre Drohung gefruchtet. Doch als er sich schon folgsam abgewandt hatte und sich die Haltung der Wächterinnen bereits wieder entspannte, machte er plötzlich eine Kehrtwendung und sprang pfeilschnell auf die überraschten Weiber zu. Noch bevor ihre ausgestreckten Pranken ihn zu fassen bekamen, war er schon zwischen ihnen hindurchgehuscht und rannte den dunklen Gang hinab, der ins tiefe Erdreich führte. Hinter ihm war das Stampfen der fluchenden Riesen zu vernehmen, die sich in ihrer Hast in dem engen Tunnel gegenseitig behinderten. Loki kümmerte sich nicht weiter darum und stoppte seinen Lauf erst, als er das Ende des Weges erreicht hatte, der diesmal in eine noch größere Erdhöhle führte.

Der gesamte Raum war mit Fellen ausgelegt und nur vom fahlen Schein eines schwach glimmenden Feuers beleuchtet, das, nur mit einem kleinen Luftabzug zur Oberfläche hin versehen, eine heiße und stickige Atmosphäre verbreitete. Loki kam der Vergleich einer Brutstätte in den Sinn, wie er ihn von Drachen kannte, die in solchen Höhlen ihre Eier horsteten. Mühsam versuchten seine Augen, das Dämmerlicht zu durchdringen, um wenigstens etwas von Angrboda zu entdecken, doch konnte er lediglich einen Berg von Fellen ausmachen, unter denen sie offensichtlich stecken musste.

„Bist du hier, schöne Königin?" versuchte Loki mit gebrülltem Flüstern in Erfahrung zu bringen, da seine beiden Verfolgerrinnen nicht mehr fern waren. Tatsächlich kam Bewegung in den Fellberg, und Loki, in freudiger Erwartung, seine einstige Bettgenossin endlich wieder einmal zu Gesicht zu bekommen, setzte sich nicht zu Wehr, als die beiden Riesenweiber keuchend hinter ihm erschienen und ihn mit kräftigen Händen an Armen und Schultern packten. Er war sich sicher, dass Angrboda, sollte sie ihn erst einmal erblicken, ihre beiden Wachhunde rasch zurückpfeifen würde. Im nächsten Moment erscholl ein schwerfälliges Stöhnen, ein Zittern durchlief den Hügel aus Tierfellen, und dann setzte sich die erwachte Führerin des Mondvolkes schläfrig auf, wobei ihr Haupt fast an die Höhlendecke stieß.

Lokis Augen wurden groß, und entsetzt prallte er vor diesem unerwarteten Anblick zurück, denn Angrbodas begehrlicher Leib war zu einem unförmigen Etwas entartet. Lediglich die hervortretenden Hände und Füße erinnerten noch entfernt an ihre frühere Form. Die sich ihm entgegenwölbenden Brüste der Riesin waren um ein Vielfaches angeschwollen, und ihre Zitzen sonderten bereits jetzt schon eine klebrige Flüssigkeit ab, die sich ihren Weg wie zäher Honig nach unten suchte. Angrbodas Gesicht war völlig aufgequollen und glich einer prall gefüllten Schweineblase, die sich weiß und rund wie der Vollmond über diesem gewaltigen Fleischberg erhob.

Bevor Loki seine Stimme wiedergefunden hatte, zogen ihn die beiden Wächterinnen wieder in den Gang hinein, um ihn darauf grob an die Oberfläche zurückzuschieben. Loki wehrte sich nicht. Zu sehr noch saß ihm der Schrecken in den Gliedern, dessen Zeuge er soeben geworden war. Zwar hatte er erwartet, dass Angrbodas ohnehin kräftige Körperformen ihrer Schwangerschaft hatten Rech-

nung tragen müssen, aber dieser Anblick hatte nicht nur seinem ausgeprägten Schönheitsempfinden einen erheblichen Schock versetzt.

„Wir haben dich gewarnt", schnauzte ihn die eine Riesin an, während sie mit ihm wieder ins Freie traten, „...eigentlich müssten wir dich für dein Vergehen bestrafen, aber unsere Herrin hat befohlen, dich zu schonen, weil sie deine Dienste noch benötigt. Viel mehr aber braucht sie jetzt Ruhe und Wärme. Niemand soll sie stören und darf sie in dieser wichtigen Zeit zu Gesicht bekommen!"

Ungeduldig befreite sich Loki aus dem Griff der Riesinnen und entgegnete bedrückt: „Solch ein Verhalten war mir bisher nur bei Tieren bekannt, die sich gänzlich in die Dunkelheit zurückziehen, um dort ihr Nest auszupolstern, bevor sie ihre Brut zur Welt bringen, ...aber sie muss ja selbst wissen, was sie tut..." Er ließ die beiden stehen und lief eine Weile ziellos zwischen den von Fäulnis befallenen Stämmen der Pfahlbauten hin und her. Mit finsterer Miene sann er über das Geschehene nach. Eine Antwort hatte er erhalten. Er hatte sich mit einer Frau gepaart, die nichts anderes als eine monströse Sumpfkuh war, die unter Zuhilfenahme seines Samen nun weiteren Ungeheuern das Leben schenken würde. Mit vielen gemischten Gefühlen suchte Loki seine eigene Behausung wieder auf. Er musste nachdenken.

Die kommenden Wochen schleppten sich weiter dahin, und Lokis Unruhe wuchs in dem gleichen Maße an, wie es Angrbodas unförmiger Leib im inneren der dunklen Erde tat. Lokis Gedanken wanderten zurück – in welch ekstatische Regionen waren er und Angrboda in ihren durchzelebrierten Liebesnächten nicht alles vorgestoßen? Mehrere Male hatte sie ihn mit ihrer völligen Hingabe vom Nektar der Unsterblichkeit kosten lassen; und doch, gleichwohl er sich eingestehen musste, ihre Pläne tief in seinem Innersten wenigstens erahnt zu haben, fühlte er sich auf eine unangenehme Weise auch hintergangen und benutzt. Natürlich wusste er, dass er sein stillschweigendes Einverständnis zu jener unheilvollen Empfängnis spätestens ab jenem Augenblick gegeben hatte, als er zu ihr ins Bett gestiegen war, ohne sich auch nur annähernd um die Folgen seiner Triebe zu sorgen.

Ein untrügliches Gefühl verriet ihm, dass Angrbodas Leibesfrucht in diesem Moment von jenen Substanzen und Kräften genährt wurde, die sie beide in ihren zuvor begangenen Ritualen angerufen und entfesselt hatten. Vor jener letzten schicksalhaften Neumondnacht hatten sie gemeinsam große Mengen rohen, blutigen Fleisches verspeist. Sie hatten sich ihre Geschlechtsteile gegenseitig solange stimuliert, bis eine ausreichend benötigte Menge ihrer Körpersekrete zum Vorschein getreten war. Diese hatten sie mit einer Reihe anderer Substanzen vermengt, in einen kleinen Kessel rinnen lassen und dann über einem kleinen Feuer zum Köcheln gebracht. Schließlich hatte Angrboda den gesamten Inhalt des Kessels auf einen Zug ausgetrunken und ihn dann gebeten, mit ihrem gemeinsamen Liebesspiel fortzufahren. Das zweifelhafte Ergebnis ihrer Praktiken nistete nun in ihrem Körper, dessen Verformung keinen Zweifel mehr darüber aufkommen ließ, dass Lokis visionäre Innenschau sich bewahrheiten sollte.

Aber auch Loki war nicht mehr derselbe, der sich noch vor nicht allzu langer Zeit in diesen tiefen Sümpfen verlaufen hatte. Etwas Vertrautes in ihm hatte aufgehört zu existieren, war gestorben und für immer verloren. Dafür war etwas Neues an diese Stelle getreten, ein seltsames Glimmen, das entfernt mit dem Lodern einer schwarzen Flamme verglichen werden konnte, das zu benennen es aber noch zu früh war. Nur Eines stand fest – er hatte dem Schicksal in den Rachen gegriffen, und nun gab es kein Zurück mehr! –

Eines Nachts, als sich der Antlitz des Mondes nach Angrbodas Befruchtung zum neunten Male verhüllt zeigte, wurden die Bewohner des Sumpflandes von grässlichen Schreien aufgeschreckt. Es war soweit. Der Zeitpunkt der Niederkunft war gekommen, und ihre Königin bereit zu gebären. Düstere, schwarze Regenwolken hingen über der kleinen Insel, und eine seltsame Spannung erfüllte die Luft, die von keiner lebenden Kreatur unbemerkt blieb. Selbst die Krähen und zahlreichen Insekten schienen ob dieses besonderen Augenblickes schweigen zu wollen, denn zwischen Angrbodas Wehgeschrei herrschte eine Totenstille, die es so niemals zuvor gegeben hatte.

Wie zu erwarten, war die erste Frucht aus Angrbodas unförmigem Leib ein Wolf. Zwar noch klein, nackt und blind, doch für einen Wolfswelpen schon bei seiner Geburt von auffallender Größe. Ihn nannten die Mondanbeter Fenrir, den Sumpfbewohner, denn dort, im dunklen Morast des Eisenwaldes, würde auf immer seine Wiege stehen. Obgleich die riesischen Hebammen von dem Erscheinen des Wolfes schon erstaunt genug waren, sollte es noch schlimmer kommen, denn unter grässlichen Schmerzensschreien kroch als zweiter Auswurf eine sieben Meter lange schuppige Schlange aus Angrbodas blutender Vulva hervor, deren Anblick sogar Loki einen kalten Schauer über den Rücken jagte. Den Wurm nannten sie Jörmungrund, den aus Erde geborenen Wurm. Später, als er immer größer und größer wurde, auch Jörmungand, das gewaltige Ungeheuer, so wie der Seedrachen heute allgemein geheißen wird.

Erst das dritte Geschöpf entlockte den Geburtshelferinnen eine Reihe von Entzückungsschreien, da es sich um ein menschgestaltiges Mädchen handelte. Doch selbst bei diesem ließ sich nicht verbergen, dass hier der Natur auf magische Weise nachgeholfen worden war, denn obgleich gerade erst auf die Welt gekommen, glich das Mädchen bereits einem fertig entwickelten Kind von gut zwei Jahren; zumindest was ihre Größe und linke Körperhälfte betraf. Die rechte Seite des Kindes hingegen war von dunkelbläulicher Farbe, gleich einem schuppigen Nachtalp, und stellenweise behaart wie die Haut eines Riesen. Diese Seite des Mädchens verabscheute jegliches Wasser, weshalb sie im Laufe der Zeit einen schrecklichen Geruch verbreitete, der ihr auch den Namen ‚die Verwesende' einbrachte. Ihr richtiger Name aber war Hel, die Verhüllende, denn wenn es Nacht wurde, schien ihre dunkle Körperhälfte fast gänzlich zu verschwinden, und wand sie einem diese Seite zu, konnte sie sich vor unerwünschten Blicken nahezu gänzlich verbergen.

Kein Wunder, dass die kleine Hel zunächst der ganze Stolz ihres Vaters war, der das Mädchen, nachdem man es gereinigt, versorgt und endlich in seine Arme gelegt hatte, liebevoll darin wiegte. So verstrichen weitere Tage, in denen Loki seine beiden anderen Kinder sowie Angrboda nicht mehr zu Gesicht bekam.

Die folgenden Monde verbrachten Vater und Tochter in trauter Zweisamkeit, und Loki, der sich von der kleinen Hel gar nicht mehr trennen wollte, entdeckte weitere Gefühle in sich, die er sich vorher niemals zu träumen erhofft hätte. Mit der kleinen Hel auf seinen Schultern sitzend durchstreifte er das angrenzende Sumpfland, dessen Pfade und Gesetzmäßigkeiten ihm mittlerweile recht gut vertraut waren. Große Freude bereitete es ihm, sein Wissen an die Tochter weiterzugeben, die all das Vernommene wie ein ausgetrockneter Schwamm aufzusaugen schien.

Als Loki das Mädchen einmal dabei beobachtete, wie es sein eigenes Spiegelbild lange und ausgiebig in einer Wasserpfütze betrachtete, fragte er sich besorgt, was es mit der Entstelltheit ihrer rechten Körperhälfte wohl auf sich haben mochte? Gleichwohl keiner der anderen Sumpfbewohner, von denen die meisten irgendeinen Makel trugen, sich an ihrem Äußeren störte, schien doch ihre eigene kleine Seele von diesem abschreckenden Makel nachhaltig behaftet. Je mehr Loki darüber nachsann, desto mehr verfinsterte sich seine Stimmung wieder, denn ihr Aussehen würde der kleinen Hel ein noch weit schlimmeres Schicksal bescheren, wie es ihm selbst als Zwitterwesen immer vergönnt gewesen war. Sie würde ihr ganzes Leben lang eine Ausgestoßene bleiben; ohne Heimat und dazu verdammt, den Spott anderer ertragen zu müssen. Nachts, wenn das Mädchen von den Unternehmungen des Tages erschöpft in seinen Armen eingeschlafen war, betrachtete er ihren kleinen entspannten Körper und grübelte angestrengt darüber nach, wie eine mögliche Zukunft für ihn und seine kleine Tochter aussehen konnte.

Eines Abends fiel der helle Schein einer Fackel in seine Kammer. Eine Riesin erschien, die ihm auftrug ihr zu folgen, da Angrboda nach ihm schicken lasse. Neugierig folgte Loki ihr in die Nacht hinaus, bis die Riesin vor einem kleineren Loch im Boden anhielt und ihn anwies, in dieses hinabzusteigen. Loki tat, wie ihm geheißen, ließ sich in die schwarze Öffnung hinabgleiten und tastete sich im Dunkeln vorsichtig den Gang entlang. Hatte er bei seiner damaligen Ankunft noch über diese Art des unter-der-Erde-lebens gespottet, so hatte er sich mittlerweile daran gewöhnt und bewegte sich durch dieses weitverzweigte Tunnelsystem inzwischen mit der Leichtigkeit eines Dachses.

Endlich stand er vor einer dicken Tierhaut, die zur Abdichtung vor den Eingang in den angrenzenden Raum gehängt worden war. Vorsichtig hob er den Verschlag an und zwängte sich ins Innere, wo ihn sogleich der schwere und betäubende Rauch verbrannter Kräuter umfing. Unmengen davon waren entzündet worden, und Lokis gereizte Kehle reagierte mit einem spontanen Hustenanfall. Wieder war es schwülheiß und stickig, gleich dem Inneren eines Backofens, dessen Glut man soeben mit Wasser zischend gelöscht hatte. Durch den dichten Qualm hindurch entdeckte er Angrboda, die nackt auf einem bluttriefenden, soeben frisch abgezogenen Fell eines größeren Tieres kauerte. Ihr Körper, der inzwischen seine normalen Ausmaße wiedergewonnen hatte, war mit weißer Asche beschmiert. In ihren mit Lehm verkrusteten Haaren schlängelte sich eine Handvoll kleiner Sumpfnattern, die sich dort oben wie in einem Nest wohlzufühlen schienen. Die Lippen und Augenränder der Riesin waren mit Pflanzenfarben pechschwarz bemalt und summten eine einfache, monotone Melodie. Vor ihr auf der feuchten Erde lagen wild verstreut eine große Anzahl von dünnstieligen Zauberpilzen. Manche von ihnen waren getrocknet worden, andere sahen aus wie frisch gepflückt. Ihre Visionen hervorrufende Wirkung war Loki wohlbekannt. Wie viele davon Angrboda sich schon einverleibt hatte, konnte er allerdings nur mutmaßen.

Dass es nicht gerade wenige gewesen sein mussten, erkannte er an ihren stark geröteten Augen, die ihm in dieser schummrigen Dunkelheit wie zwei glühende Kohlen entgegenleuchteten. Die Pupillen darinnen hatten sich bereits weggedreht, als die Führerin des Sumpfvolkes mit einer Stimme zu sprechen anhob, die nur noch entfernt ihrer gewohnten ähnelte und mehr den Knurrlauten eines wilden Wolfes glich: „Nimm Platz, Geliebter", krächzte sie aus tiefster Kehle: „Ich habe die Runen gelesen und die Knochen befragt, und vieles sah ich in ihrem Schatten aufflackern. Frohlocke und preise die Kräfte der Nacht, denn unsere Kinder werden die Götter das Fürchten lehren!"

Loki ließ sich vor Angrboda im Schneidersitz niedersinken und öffnete alle Sinne, um sich ganz ihren orakelnden Worten zu überlassen.

„Wirbelstürme, Sturmfluten, Erdbeben und feurige Lohe werden herrschen", fuhr sie mit lauter Stimme fort, „die große Schlange vereinigt in sich alle Furcht vor den vier Urriesen. Sie wird sich zur Königin aller Elemente aufschwingen, deren Entfesselung die Welt ins Chaos stürzen lassen wird. Jörmungand, Jörmungand, erzittern werden sie vor dir. Dein Erwachen sollen sie fürchten, wenn sie es wagen, dich, den leibhaftig gewordenen Erddrachen, herauszufordern!"

Nach diesen Worten begann sich der Körper der Riesin zu schütteln, als habe sie jemand mit Eiswasser übergossen. Angrbodas schwarze Lippen öffneten sich erneut, und Loki konnte trotz des dichten Rauchs weißen Schaum darauf erkennen. Sich irrsinnig kichernd gebärdend fuhr sie fort, als spreche sie in diesem Moment mit dem vor ihr sitzenden Fenrir: „Und du, mein Kleiner, wirst deine dir auferlegten Fesseln sprengen, wenn die Hähne in allen drei Welten zum letzten Weckruf ertönen und Scharen um Scharen kriegsbewährter Recken ihrem blutigen Untergang entgegenziehen. Dann wird sie kommen, die Windzeit, Beilzeit, Wolfszeit, in welcher die Welt zerstürzen wird. Dir ist vorherbestimmt, einst in fernen Tagen jenen hohen Rater zu verschlingen, der sich vor langer Zeit über Riesen und Menschen aufschwang und sich anmaßte, dieser Welt seinen Willen aufzuzwängen, um sie nach Belieben da-

nach zu formen. Erst wenn deine Reißzähne ihn zur ewigen Ruhe zwingen, wird er sich in deinem Rachen zu wandeln wissen!"

Nun wandte sich Angrboda der imaginären Hel zu: „Liebste Tochter, Quelle aller Übel und Krankheit, doch auch Ende aller Mühsal und irdischer Leiden, herrschen wirst du in leuchtender Halle aus fahlem Gebein. Auch deinen Namen werden sie fürchten, sobald sie ihn auszusprechen wagen, denn sie werden dich und das, was du bist und verkörperst, nicht dulden in ihrer Mitte. Doch du wirst zur Rechten der Nornen sitzen und jeder Sterbliche wie Unsterbliche wird dein einmal gefälltes Urteil unumstößlich wissen..."

Dann folgte ein langes Schweigen, so dass die Sitzung für Loki offensichtlich als beendet schien. Aber gerade, als er sich bereits wieder erheben wollte, begann Angrboda ihr Fell zu verlassen und wie ein Reptil auf ihn zuzukriechen. Sie röchelte, als müsse sie ersticken, würgte eine Lache weißen Schleims hervor, um ihre Worte diesmal nur an ihn zu richten: „Mein teurer Sohn und Gefährte, feurigster Liebhaber und treuster Diener der Nacht. Dich aber beklage ich von allem am meisten, denn unter deiner Maske verbirgt sich eine geschundene Seele, der in diesem Dasein keine Ruhe vergönnt sein wird. Auf ewig bist du zum Grenzgänger verdammt, gefangen in der Rastlosigkeit deines getriebenen Wesens. So groß ist deine Liebe zum Leben, dass du an seiner Verkommenheit und Vergänglichkeit zerbrechen wirst. Dir und deinen Kindern allein ist es vorherbestimmt, die alte Welt ihrem Untergang entgegenzuführen. Zuvor aber werden sie dich dafür richten. Sie werden dich foltern und quälen und dich mit den blutigen Gedärmen deiner dahingeschlachteten Söhne an den Felsen der Zeit schmieden. Sie werden eine Natter über deinem Haupt befestigen, und ihr ätzendes Gift wird dir fortan ins Antlitz träufeln. So gebunden wirst du furchtbare Qualen durchleiden, und dein Hass wird gären bis zur Unerträglichkeit.

Doch in jenem Moment, da dich ewige Finsternis zu umfangen droht und die Klauen des Wahnsinns, dieses trügerischen Freundes, sich nach dir strecken werden, wenn selbst Schmerz und Pein dir gleichgültig geworden und alle Hoffnung dahingefahren scheint, dann wirst du deine Fesseln sprengen, und die Rache wird endlich dein sein. Folgen werden dir Muspells Söhne in ihrem heiligen Zorn, und ganze Heerscharen, von dunkelster Macht beseelt, werden dir zur Seite stehen. Dann wirst du richten in meinem Namen, wirst zum Schwert meiner Rache werden, die einzig in einem Meer aus Blut gestillt werden kann. Diese Worte bewahre tief in deiner Seele, und vergiss niemals, durch wen du sie vernommen...!"

Loki schluckte schwer. Einer wie er erkannte die Wahrheit, wenn er sie hörte. Die schwarze Mutter hatte durch Angrbodas Stimme zu ihm gesprochen. Es gab nichts mehr zu sagen oder hinzuzufügen. Wortlos verließ er die Höhle.

Dann kam der Tag des Abschieds. Loki wusste, was er zu tun hatte, und gleichwohl ihn der Gedanke daran mit Unbehagen erfüllte, konnte es kein Zurück mehr geben. Die Kraft hatte gesprochen. Die Zeichen waren gesetzt. Loki stand am Ufer der trockengelegten Moorinsel, seine Tochter Hel dabei an der Hand haltend und betrachtete sich noch einmal die Umgebung, die für eine lange Zeit sein Zuhause gewesen war. Ein weiteres Eiland inmitten einer sie umgebenden sumpfigen Welt, deren unüberschaubare Gefahren in jedem falschen Fußtritt lauerten. Wieder einmal hieß es, von etwas Vertrautem loszulassen, und Loki erkannte, dass in seinem ganzen bisherigen Leben das ewige Unbeständige das einzige Beständige gewesen war. Er erkannte die Wichtigkeit solcher Inseln, auf die sich zurückzuziehen von Zeit zu Zeit einfach nötig war, um auf ihnen wieder Kraft zu schöpfen und für kurze Momente möglicherweise so etwas wie Geborgenheit zu finden. Solange, bis es wieder hinaus ging in diese sonderbare Welt, deren undurchsichtige und verschlungene Pfade einem wie ihm nur selten gewogen waren.

Den kleinen Fenrirwolf auf ihrem Arm haltend, trat Angrboda vor Loki hin und sagte: „Über ihn habe ich einen besonderen Zauber gesprochen, so wirst du es einfacher haben, ihn bei den Asen einzuführen. Ich konnte sein natürliches Wachstum für eine gewisse Zeitspanne außer Kraft setzen."

„Sein Wachstum stoppen?" erkundigte Loki sich erstaunt.

„Nicht stoppen, sondern lediglich verzögern! Er wird diese handliche Gestalt beibehalten, sodass dir genügend Zeit bleibt, deinen Weg nach Asgard in Ruhe fortzusetzen. Doch warte nicht zu lange, denn was sich anfänglich unter Druck zusammenzieht und einschränkt, wird später umso größeren Platz beanspruchen!"

Loki nahm ihr den Wolfswelpen aus der Hand, der sogleich eifrig an seinen Fingern zu lecken begann. „Odin besitzt zwar nur noch ein Auge, ist aber weder blind noch ein Narr", gab Loki zu bedenken, „er wird schnell herausbekommen, was für ein Spiel du spielst und entsprechende Gegenmaßnahmen ergreifen!"

Angrboda hob drohend die Faust: „Soll er doch. Wenn er dahinterkommt, ist es bereits zu spät. Und was kann er uns hier im weitverzweigten Unterholz meines Sumpflandes schon anhaben? So weit reicht Odins Arm nicht. Seine Krieger fürchten die Schrecken der Nacht und werden sich vorsehen, auch nur einen Fuß in mein Reich zu setzen..."

„Da wäre ich mir nicht so sicher", entgegnete Loki skeptisch.

Angrboda lachte auf: „Ha, ha, du fürchtest wohl um deine eigene Haut, wenn dieser Verrat auffliegen wird? Keine Sorge, sie werden dein Fell wohl verschonen, schließlich seid ihr ja so etwas wie Blutsbrüder, nicht wahr? Und du weißt ja, sterben müssen wir alle einmal. Nur wer das Leben fürchtet, fürchtet auch den Tod!"

Von ihren eigenen Worten überzeugt, überzog ein böses Lächeln ihr Gesicht. Dann ging sie in die Hocke und streichelte der kleinen Hel zärtlich übers Haupt: „Sei nicht traurig, mein Liebes, denn schon bald wirst du so viele Hallen und Seelen dein eigen nennen dürfen, dass ein jeder deinen Namen nur noch mit Ehrfurcht und Schaudern in den Mund zu nehmen wagt. Du wirst dein eigenes Königreich besitzen und wirst nie wieder einsam sein müssen. Glaube mir, schon viele Male habe ich die Knochen befragt, und nie haben sie mich seither getäuscht!" Sie küsste das Mädchen auf die Stirn und erhob sich wieder.

„Und du, mein Kleiner", sprach Angrboda wieder an den Wolf gewandt, „sei dir getrost, dass die Welt vor dir erzittern wird und kein Gott je den Mut aufbringt, sich dir und deiner Kraft entgegenzustellen. Fürchten werden sie dich. Fürchten und hassen!"

„Und was ist mit Liebe?" fragte Loki seine einstige Bettgenossin.

„Liebe...?" wiederholte Angrboda in einem Tonfall, als ob sie verabscheue, es nur aussprechen zu müssen. „Liebe mag in ferner Zukunft dort gedeihen, wo Götter und wir uns einander auf eine Weise begegnen, wo sie unsresgleichen nicht länger verdammen,

bekämpfen und aus ihrem Dasein wegzusperren trachten, sondern uns in ihrer selbsternannten Herrlichkeit als ebenso gleichwertige Teile des Ganzen zu akzeptieren bereit sind. Alles andere ist Bullenmist und dient stets nur dem Wahn eigener Selbsttäuschung. Oder hast du schon wieder vergessen, wie deine Asenfreunde uns zu behandeln gewohnt sind?"

Verneinend schüttelte Loki den Kopf. „Warum gerade ich", begehrte er noch zu wissen, „es gibt andere Zwitterwesen in deinem Reich, die deinem Wunsche nach Zerstörern sicherlich nicht abgeneigt gewesen wären?!"

„Ääh", ihre Mundwinkel zuckten verächtlich und angeekelt spie sie aus. „Degeneriertes und entartetes Fleisch, in seiner Stumpfsinnigkeit im Niedergang begriffen. Die wirkliche Hoch-Zeit von uns Riesen ist längst Geschichte, die großen Tage und Taten unserer Urmütter und Väter bereits Legenden. Du aber sprühst vor Geisteswitz und loderndem Aufbegehren. Du kennst die Welt der Asen, weil du sie schon am eigenen Leib erfahren hast. Du mischtest mit Odin, dem obersten Vater und Herrscher der Göttersippe, dein Blut, ohne dich von ihm vereinnahmen zu lassen. Niemandem hast du dich jemals unterworfen; und wenn doch, gingst du stets nur zum Schein darauf ein, um hernach umso furchtbarer zurückzuschlagen. Du willst wissen, warum ich gerade dich ausgesucht habe? Weil deine Willenskraft ungebrochen ist, deine animalischen Instinkte noch immer ungezähmt sind, und weil die Asen dich kennen und dir vertrauen."

Loki winkte bitter ab: „Vertrauen ist wohl stark geschmeichelt. Sagen wir, sie erinnern sich meiner gerne, wenn sie in Not geraten sind..."

Angrbodas Augen blitzten auf: „Das ist Macht, verstehst du? Macht! Versuche ihr Vertrauen zurückzugewinnen. Erheitere sie mit geistreicher Rede und schmeichele ihrer Eitelkeit. Umgarne ihre Frauen, verdrehe ihnen den Sinn und verstehe es, ihre geheimsten Sehnsüchte zu erwecken ... Und dann, wenn sie dir aus der Hand fressen, besorge es ihnen richtig, auf dass sie dir hörig werden und stets zu Willen sind. Denn denke immer daran, wir Frauen sind es, die sämtliche Geschicke aus dem Verborgenen heraus lenken. Verstehe es, die Asinnen für dich zu begeistern, dann lenkst du ihre Männer!"

Loki nickte zustimmend, blickte aber finster zu Boden.

Da lachte Angrboda plötzlich laut auf, sodass der kleine Welpe auf Lokis Arm erschrocken zusammenfuhr: „Kopf hoch, mein feuriger Hengst und stolzer Erzeuger dieser wundervollen Kinder. Dir stehen große Aufgaben bevor! Drum hör auf, Trübsal zu blasen und richte der Göttersippe meine besten Wünsche aus, sobald du ihnen unsere kleine Familie vorführst!" Ihr erneutes Gelächter begann in einem ohrenbetäubenden Wiehern, ging über in ein gotterbärmliches Grunzen und endete schließlich in einem irren Gekicher, so dass Loki sich ernsthaft fragte, ob Angrboda es mit ihren dunklen Künsten nicht ebenfalls schon übertrieben hatte.

Als sie seinen abschätzenden Blick bemerkte, brach ihr Gegluckse abrupt ab. Ertappt wandte sie sich um, hatte sich aber blitzschnell wieder gefasst: „Ich werde geduldig auf Kunde von euch harren und die Zeit inzwischen nutzen, unsere kleine Jörmungrund gut herauszufüttern. Nun fahret glücklich von hinnen. Möget ihr den Wind stets in eurem Rücken haben!" Die Riesin küsste ihren abgelegten Liebhaber ein letztes Mal auf die Lippen, der ihren Druck jedoch nicht erwiderte. Loki wechselte Fenrir auf den anderen Arm, nahm die kleine Hel wieder bei der Hand, und ohne sich noch ein einziges Mal umzudrehen, folgte er einem von Angrbodas Knechten, der sie drei aus dem Sumpfland hinausführen sollte.

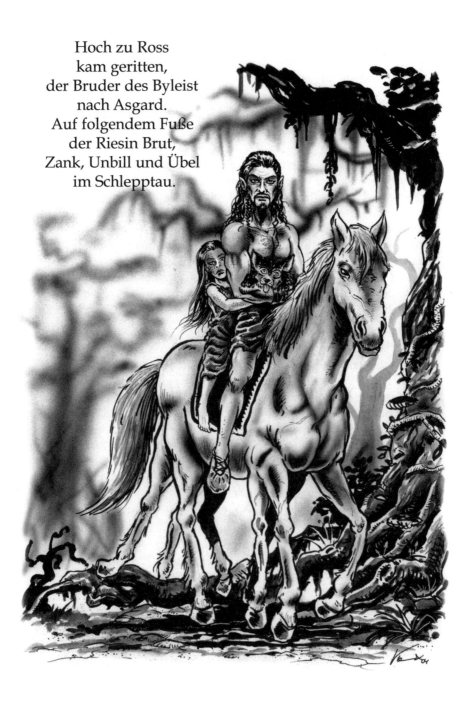

Hoch zu Ross
kam geritten,
der Bruder des Byleist
nach Asgard.
Auf folgendem Fuße
der Riesin Brut,
Zank, Unbill und Übel
im Schlepptau.

Lokis Kinder in Asgard

ach einigen Tagen hatte die kleine Familie das finstere Moor hinter sich gelassen und schließlich auch den Eisenwald schadlos durchmessen. Glücklich erblickte Loki die flache Grasebene, an deren sonnendurchfluteter Weite sein freiheitsliebendes Auge sich nach dem schummrigen Dunkel der Sümpfe kaum satt sehen mochte. Unglücklicherweise konnte er diese Freude nicht mit seiner Tochter teilen, der das grelle und ungewohnte Licht arg zusetze. Als Kind einer Mondanbeterin zur Welt gekommen, schien die kleine Hel ganz in die Fußstapfen ihrer Mutter zu treten, die das Sonnenlicht ebenso verabscheute. Allerdings konnte und wollte Loki darauf keine Rücksicht nehmen. Schließlich war sie zur Hälfte ja auch seine Tochter und sollte deshalb beide Welten kennenlernen, bevor sie sich dazu entschied, ein Dasein in ewiger Dunkelheit zu fristen. Also fertigte er Hel einen feinen Schleier an, den sie tagsüber auf dem Haupte trug; der schützte sie so zum einen vor der Helligkeit und gleichzeitig vor fremden Blicken, die an ihrem Aussehen hätten Anstoß nehmen können. Der Wolf indes schien die Helligkeit besser zu vertragen und beschnüffelte neugierig jeden Grashalm und jegliche Tierlosung, die er hier draußen in unendlicher Vielfalt vorfand.

Und wie sie so zu dritt über die Steppe schritten, da kam ihnen von Weitem Sleipnir entgegengetrabt. Der begrüßte mit einem freudigen Wiehern seine Mutter, die nun auch Vater geworden war. Glücklich wie selten zuvor in seinem Leben, umarmte Loki den inzwischen ausgewachsenen Hengst und schwang sich mit dessen beiden Stiefgeschwistern dankbar auf seinen breiten Rücken, der ihnen allen ausreichend Platz bot.

Die kommenden Tage vergingen für die kleine Familie wie im Fluge, und immer häufiger wanderten Lokis Gedanken nun zu den Asen, denen er seine Kinder in naher Zukunft vorzustellen gedachte. Wieder und wieder malte Loki sich deren dümmliche Gesichter aus, die ihn zweifelsohne erwarteten, sobald er mit seiner kleinen Familie in Asgard einritt. Seltsamerweise schien sein tiefer, verachtender Groll, den er bis vor kurzem noch gegen die Göttergemeinschaft gehegt hatte, auf unmerkliche Weise geschwunden. Was damals geschehen war – der Asen Drohung an Leib und Leben, falls es ihm nicht gelänge, des Riesenbaumeisters Werk noch vor Ablauf der Frist Einhalt zu gebieten – war in seiner Erinnerung schon beinahe verblasst, bedeutete kaum mehr als eine böse Erfahrung, die einem ab und an noch in den Sinn kommt. Hatte diese anfänglich bittere Geschichte ihm letztendlich doch eine eigene, wunderbare Familie beschert, die er von ganzem Herzen liebte.

Es ging mitunter schon sehr seltsam zu. Er, der die Liebe oder zumindest das, was die Welt ihm bisher unter diesem Begriff versucht hatte weiszumachen, immer verlacht und als unnützes, flüchtiges Blendwerk erachtet hatte, wusste endlich was Liebe war – jawohl Liebe! Eine Liebe, von jeglicher Besitzgier und sämtlichen Erwartungen entbunden, die sich nur am reinen Sein und der Anwesenheit ihrer aus sich selbst hervorgebrachten Geschöpfe erfreute. Konnte es überhaupt etwas Schöneres und Reineres geben, als Anteilen von sich selbst in diese Welt zu verhelfen, für deren Fürsorge und Sicherheit man jederzeit gewillt gewesen wäre, sein Leben hinzugeben? Es musste wohl die Liebe sein, denn sie alleine hatte es auf wundersame Weise verstanden, alte Wunden zu schließen und sein zornerfülltes Herz mit Nachsicht und Milde zu beseelen...

Sleipnir hatte sich ihnen endgültig angeschlossen, und eine Weile hatten die vier Heimatlosen ein gutes Leben in der Ebene. Zufrieden verrichteten sie die spärlichen Notwendigkeiten ihres täglichen Daseins und freuten sich auf jeden kommenden Tag, der Neues zu entdecken bot. Nur manchmal, wenn der Schein des Mondes die missgestaltete Gesichtshälfte seiner Tochter beschien, spürte Loki einen kleinen Stich im Herzen und fand sich über die nahende Zukunft grübelnd an der Schwelle zum Schwermut wieder. Welches Schicksal mochte der kleinen Hel in Asgard wohl bestimmt sein, die er seit ihrem Verlassen des Eisenwaldes kein einziges Mal mehr hatte lächeln sehen?

Als Loki dem kleinen Fenrir eines Tages dabei zusah, wie der heißhungrig drei gefangene Lachse auf einmal verschlang, da kamen ihm wieder Angrbodas Worte des Abschieds in den Sinn, und endlich rang er sich dazu durch, das Unausweichliche nicht weiter hinauszuschieben. Er drückte dem Hengst die Fersen etwas tiefer in die Flanken und lenkte dessen Schritte endgültig in Richtung Asgard.

Loki konnte sich nicht erinnern, dass seine Tochter, die seit Sleipnirs Rückkehr stets hinter ihm im Sattel saß, jemals laut die Stimme erhoben oder sonst einen unkontrollierten Laut von sich gegeben hatte. Doch jetzt, als die schillernden Ausläufer der leuchtenden Regenbogenbrücke Bifröst vor ihnen auftauchten, deren farbenprächtiges Spiel im Sonnenlicht glitzerte, entfuhr dem Mädchen zum ersten Male in ihrem noch kurzen Leben ein kindlicher Schrei der Begeisterung. Er hielt Sleipnir an und drehte sich lächelnd zu seinem Kind um. Mit großen, weit geöffneten Augen bestaunte Hel dieses faszinierende Naturschauspiel, so dass selbst er sich nach all dieser Zeit davon wieder beeindruckt fand. Erstaunt bemerkte Loki, welchen Einfluss Kinder auf die eigene Wahrnehmung haben konnten, sobald man sich darauf einließ, mit ihren Augen neu hinzusehen. Dann schien für kurze Augenblicke etwas von dem vergessenen Zauber der eigenen Kindheit wieder zu erwachen, wodurch ihre Freude zu der eigenen wurde.

Schließlich schnalzte Loki zweimal mit der Zunge und hielt Sleipnir an, seine Hufe auf die Brücke zu setzen, deren wabernder Untergrund jegliches Geräusch verschluckte. Absolute Stille umfing sie. Die Zeit schien eingefroren, wenn man die heilige Grenze nach Asgard überquerte, deren Schwelle zu übertreten keinem Sterblichen gestattet war. Unter sich, in der tiefen Kluft, über die sich Bifrösts weiter Bogen spannt, erblickten Vater und Tochter das gewaltige Toben des Flammeninfernos. Feuersäulen schossen zu beiden Seiten empor, schienen wie gierige Zungen nach ihnen lecken zu wollen, um darauf lautlos wieder in sich zusammenzufallen. Als sie den Zenit der Brücke überschritten hatten, konnten sie von Weitem schon jene Gestalt ausmachen, die mit der Bewachung Asgards betraut war. Loki erklärte seiner Tochter, dass dieser Mann am Fuße der Brücke der Wächtergott Heimdall sei, der von allen Asen die undankbarste Aufgabe innehabe, da er Tag und Nacht auf seinem Posten stehen müsse. Zwar würden alle Götter große Stücke auf diesen Krieger halten, doch er selbst halte Heimdall für einen ausgemachten Schwachkopf, da der sogar noch stolz auf seine Arbeit wäre und Schmeicheleien nur allzu gerne mit Anerkennung verwechsele.

Lokis Abneigung beruhte allerdings auf Gegenseitigkeit, denn als er mit seiner Familie einhertrabte, bedachte der Wächtergott sie alle mit einem abschätzenden Blick und verzog schon in stiller Häme die Mundwinkel. Doch da Loki nicht gewillt war, an solch einem schönen Tag gleich wieder an alte Streitigkeiten anzuknüpfen, nickte er Heimdall lediglich kurz zu und schenkte diesem ein freundliches Lächeln. Diese Begrüßung hatte der Wächtergott, der sich innerlich schon auf eine spitze Bemerkung Lokis eingestellt hatte, wohl nicht erwartet, denn wortlos trat er beiseite und ließ die kleine Gruppe anstandslos passieren.

Nachdem sie die Brücke hinter sich gelassen hatten, kamen sie bald in eine weite Ebene, deren Ränder von dichten Laubwäldern gesäumt wurden. Dahinter erhob sich eine breite Gebirgskette, deren schneebedeckte Gipfel wie majestätische Wächter zum Horizont aufragten. Das Gras zu ihren Füßen war grün und saftig, und vor ihnen erstreckte sich ein buntes Blumenmeer von außergewöhnlicher Vielfalt. Wohin das Auge auch schweifte, überall spross die Natur in ihrer üppigsten Schönheit; abertausende von flatternden Schmetterlingen tanzten über diesem prächtigen Blütenteppich, dessen berauschender Wirkung sich sämtliche Sinne kaum längerfristig zu entziehen vermochten.

„Ich habe noch niemals zuvor etwas so Wunderschönes gesehen", hörte Loki seine Tochter hinter sich sagen, worauf er sich umdrehte, um ihr gerührt über die Wange zu streicheln. „Hier ist alles so ... so vollkommen...", sprach Hel weiter und zog sich ihren Schleier vom Kopf, um die herrliche Aussicht und den betäubenden Duft der Blütenkelche freier genießen zu können.

„...Vollkommen, ja...", wiederholte Loki düster, als er Hels abgenommenen Schleier an sich vorbeifliegen sah, den der immerlaue Frühlingswind sogleich mit sich forttrug, „doch du wirst schon bald bemerken, dass auch hier nicht alles so vollkommen ist, wie es dir in diesem Moment noch erscheinen mag. Spätestens, wenn sie dein nun unverhülltes Antlitz erblicken werden."

Die kleine Hel wurde ernst: „Du meinst, Vater, sie wollen uns hier nicht haben, weil wir anders sind als sie?" begehrte das Mädchen zu wissen.

„Ich weiß es nicht, meine Kleine. Aber ich kenne die Götter lange genug, um zu wissen, dass sie Geschöpfen gegenüber, die nicht ihrer Blutrasse und Art entstammen, meist mit Argwohn und Misstrauen begegnen."

„Das macht nichts", antwortete Hel und wurde wieder zuversichtlich, „weißt du, ich glaube, wir wären auch nicht viel anders, wenn die Asen das erste Mal zu uns kommen würden."

„Das mag wohl sein, meine Liebe,...", pflichtete Loki ihr nachdenklich bei, „nun, wir werden ja sehen, wie Odin und die Seinen uns entgegentreten werden..."

Schon bald darauf tauchten in der Ferne Asgards hohe Turmzinnen auf, deren goldene Ziegel im Sonnenlicht gleißend funkelten. Gleichwohl dieser erhabene Anblick das Herz eines jeden Betrachters gewöhnlich höher schlagen ließ, konnte Loki nicht den schalen Beigeschmack verhindern, der sich seiner plötzlich wieder bemächtigte. Allzu lange hatte es ihn ohnehin nie in Asgards goldenen Hallen gehalten, die er vor allem dann aufsuchte, wenn es ihn wieder einmal nach etwas gesitteter Lebensart verlangte. Denn so sehr Loki die raue und einfache Lebensweise der Riesen auch schätzte, störte ihn gleichzeitig deren Einfalt und Hang zur Verwahrlosung; und da er nun einmal ein feines und anspruchsvolles Näschen besaß, glich sein Eintreffen in Asgard gewöhnlich einem aus der Wildnis heimkehrenden Wanderer, der sich mit Wonne ins sauber gemachte Nest fallen ließ. Dort gab er sich dann wieder eine Weile den oberflächlichen Belanglosigkeiten höfischer Eitelkeit hin und genoss es, Friggs leutseligen Dienerinnen nachzustellen, deren Reize sich brav geschürzt unter geglätteten Gewändern an ihm vorbeischoben; dabei nicht selten kichernd darauf lauernd, dass er einer von ihnen seine Gunst gewährte.

Die Frage, warum all die Zofen und Mägde gerade für ihn eine solche Schwäche hegten, hatte er sich bis zu diesem Tage nie gestellt. Ließ man aber seine körperlichen Vorzüge einmal außer acht, mochte es damit zusammenhängen, dass diese gepuderten Gänse in seinen Armen etwas von jener animalischen Verruchtheit wie-

derfanden, die sie in ihrer von Regeln und Sauberkeit durchzogenen Umgebung so schmerzlich vermissten. Ganz zu Lokis Wohlgefallen, der ihnen gerne großzügig einschenkte, wonach sie so begierig dürsteten. Auf Wunsch fesselte er sie während des Liebesaktes an seine Bettstatt, versohlte ihnen zuweilen den blanken Hintern und wurde auch sonst nie müde, sich immer wieder neue Besonderheiten auszudenken, die bei seinen Gespielinnen stets auf Begeisterung stießen und wollüstiges Schaudern hervorriefen.

In dieser Hinsicht hatte Angrboda also nichts zu befürchten, denn das, was sie ihm beim Abschied aufgetragen, war ohnehin immer Teil seines Zeitvertreibes gewesen, sobald er hinter Asgards trutzigen Mauern weilte. Allerdings hatten sich die Vorzeichen nun gewandelt. Ab jetzt würden diese lockeren Zusammenkünfte ein bestimmtes Ziel verfolgen, denn vieles von dem, was Loki bisher als spielerischen Zeitvertreib erachtet hatte, galt es fortan ihren gemeinsamen Plänen unterzuordnen. Der Preis hierfür war die Unschuld, die nun für alle Zeiten unwiederbringlich verloren war.

Aus der Ferne war der schwache Klang einer Harfe zu vernehmen, worauf Lokis Gedanken zu Bragi, dem Hofskalden Odins, wanderten. Loki liebte es, sich mit dem bereits in die Jahre gekommenen Liederschmied im Geiststreit und Wortwitz zu messen. Nur selten war es bisher geschehen, dass er dem altklugen Barden das Schlachtfeld der Worte hatte überlassen müssen, dessen goldene Reden Loki mit Vorliebe zerpflückte und in ihr Gegenteil verkehrte. Doch selbst diese heiteren Erinnerungen vermochten seine Vorbehalte diesmal nicht fortzuwischen. Zu seiner eigenen Überraschung bemerkte Loki den wiedergekehrten Stachel der Verbitterung, der ihm offensichtlich tiefer eingefahren sein musste, als er sich dies selbst hatte eingestehen wollen. ‚Rache ist süß' hieß es im Volksmund, diese alte Wunde aber schmeckte schal und bitter.

Als sie auf das große goldene Tor zugeritten kamen, reckte der kleine Fenrirwolf in Lokis Armen neugierig die Schnauze in die Höhe. Auch er schien die unbekannte, völlig anders geartete Witterung jetzt aufgenommen zu haben und knurrte leise. Der Wind führte eine feine Mischung aus Kräutern, Ölen und Rauch mit sich, so dass Loki dem kleinen Welpen beruhigend den Pelz kraulte: „Das ist Asgard, mein Lieber. Atme ihn nur tief ein, diesen Geruch, damit du ihn niemals vergessen wirst..."

Nur noch wenige der Asen erinnerten sich Lokis unglücklicher Rolle, die dieser bei der Entstehung ihrer Feste gespielt hatte, und da man sich ans sichere Wohnen innerhalb der neuen Mauern schnell gewöhnt hatte, fiel die Entscheidung, den einstigen Mitstreiter in den eigenen Reihen wieder willkommen zu heißen, nicht sonderlich schwer. Die Nachricht von Lokis Rückkehr verbreitete sich in Asgard wie ein Lauffeuer und die Gerüchteküche brodelte – unters Fahrende Volk solle der unstete Riesensprössling neuerdings gegangen sein, da er einen kleinen Wanderzirkus bei sich führe. Ein achtbeiniges Pferd würde er reiten, im Arm halte er einen schwarzen Wolf und hinter ihm im Sattel säße ein kleines Mädchen, das hässlich und schön zugleich anzuschauen sei! –

So war es also kein Wunder, dass innerhalb kürzester Zeit alles hohe und niedere Volk zusammengelaufen kam, um Loki und seine wundersamen Kreaturen neugierig in Augenschein zu nehmen.

Nur Odin, der am Fenster seines hohen Turmes stand und das Geschehen von oben herab betrachtete, hatte seine Stirn in sorgenvolle Falten gelegt. Ganze sechs Erdenjahre waren seit Lokis Verschwinden verstrichen. Eine Zeitspanne, in der viel geschehen war. In steter Unruhe um die Sicherheit seines Reiches begriffen, hatte sich der Göttervater während dieser Zeit viele Male auf seinen Hochsitz Hlidskjalf begeben, von dem aus er seinen Blick über alle Welten schweifen lassen konnte. Immer wieder hatte sein verbliebenes Auge in die weiten Gebirge und tiefen Täler von Riesenheim gespäht, stets vergeblich darauf hoffend, irgendeine Spur zu entdecken, die einen Hinweis auf den Verbleib Lokis hätte geben können, der, nachdem er ihnen aus der Klemme geholfen hatte, wie vom Erdboden verschluckt gewesen blieb. Und jetzt tauchte er plötzlich wieder auf, einem Luftgeist gleich und darüber hinaus drei seltsame Wesenheiten mit sich führend. Grund genug, Odins Misstrauen zu schüren, der Lokis Undurchsichtigkeit lieber stets in seiner Nähe wusste.

Der Göttervater begab sich in die Königshalle zurück, und seine beiden Wölfe Geri und Freki erhoben sich träge, um ihrem Herrn hinterherzutrotten. Der nahm Platz auf seinem kunstvoll geschnitzten Holzthron und wartete geduldig, bis Bragi, sein erster Skalde und Hofsprecher, erschien und Meldung machte.

Hastig verbeugte sich der ergraute Skalde: „Mein Herr und Gebieter, verzeiht meine verspätete Meldung, aber schlechte Kunde gilt es zu überbringen. Weh und Unheil über uns alle! Unser allerbösestes Furunkel, das größte Läster- und Lügenmaul, das jemals unter Asgards schönen Auen wandeln durfte, ist zurückgekehrt. Ihm folgen drei sonderbare..."

„Ich weiß, was er mit sich führt!" schnitt Odin dem Skalden ungnädig das Wort ab. „Bin ich ein halbblinder Tölpel, der sich nur um die Belange seines eigenen Tellerrandes kümmert oder bin ich Odin, oberster Fürst dieses Reiches? Was für ein armseliger Führer wäre ich", übertrieb er ungehalten, um seine eigene Überraschung zu überspielen, „wenn ich über die Vorgänge in meinem Reiche nicht ständig unterrichtet wäre?"

Bragi machte eine erneute, diesmal deutlich tiefere Verbeugung: „Verzeiht, mein Herr und König, ich vergaß vor lauter Aufregung, dass ihr..."

Odin unterbrach ihn abermals: „Schon gut, schon gut. Verschone mich mit deinen Schmeicheleien und führe unseren Gast herein, auf dass ich ihn standesgemäß in dieser Halle empfange!"

„Sofort, mein König!" Der Skalde verbeugte sich abermals und eilte wieder nach draußen. Der Göttervater sah ihm schmunzelnd hinterher. Bragi war ein Herz von einer Seele und ein vortrefflicher Poet, der es wie kein Zweiter verstand, große Gefühle in Worte zu gießen. Leider aber war er manchmal etwas geschwätzig, zerstreut und besaß einen getrübten Blick, wenn es ums Wesentliche ging. Nichtsdestotrotz war Bragi sein leibhaftiger Sohn, den Odin vor langer Zeit mit einer Riesin Namens Gunnlöd in Riesenheim gezeugt hatte, als er sich damals auf die Suche nach dem Wunderwein Odrörir begeben hatte.* Und wenngleich auch nur von halbgöttlicher Herkunft, rechnete es Odin ihm hoch an, dass der Skalde sich niemals auf seine Vaterschaft berief, solange sich andere Personen in ihrer Nähe befanden.

Als nächstes betrat Odins Gemahlin Frigg den Saal, nickte ihrem Gatten lächelnd zu und nahm wortlos Platz an seiner Seite. Die beiden sie begleitenden Leibzofen Fulla und Gna ließen sich pflichtbewusst zu den Füßen ihrer Herrin nieder und schauten mit gespanntem Blick auf das, was gleich durch die goldenen Torflügel dieser Halle kommen sollte. Sodann fanden sich Odins weitere Söhne, der Donnergott Thor, Balder, Hödur und Hermod mitsamt ihren Frauen in der Hochhalle ein und platzierten sich rechts und links um den Herrscherthron. Weiter erschienen Tyr und Gemahlin, die Göttinnen Gefjon, Eir, Sjöfn, Snotra, Syn und War. Dann der restliche Hofstaat, bestehend aus Ratgebern, Ministern und weiteren Untergebenen. Sogar Odins persönlicher Mundschenk kam schnaufend aus seiner Küche angelaufen, um diesen ungewöhnlichen Empfang nicht zu verpassen. Zuletzt trat die wanische Göttin Freyja hinzu und nahm ebenfalls den ihr zugewiesenen Platz ein. Der Rest ihrer Sippe, ihr Vater Njörd und ihr Zwillingsbruder Freyr, weilten derzeit an den Küsten Noatuns.

Ein Hornruf erschallte, und auf einen Fingerwink Odins hin traten zwei kräftige Leibwachen ans Tor, um es zu entriegeln. Sämtliches Stimmengemurmel verstummte und alles starrte gebannt auf die sich öffnenden Torflügel. Im nächsten Augenblick kam Loki mitsamt seinen Kindern mitten in die goldene Rundhalle geritten.

*siehe „Asgardsagen"

143

Seinen Auftritt sichtlich genießend, richtete Loki sich in seinem Sattel auf und hob den gestreckten Arm zum Gruße: „Heil dir, Odin, heil euch Asen!" Als er nicht gleich eine Antwort erhielt, grinste er kurz und hielt sich die flache Hand spähend über die Augen: „Ei, welch prächtiges Volk hat sich heut eingefunden, um mich hier willkommen zu heißen. Meinen Dank für euer zahlreiches Erscheinen!"

Als der Besucher noch immer keine Antwort bekam, richteten sich alle Blicke erwartungsvoll auf Odin, dem es vorstand, zuerst das Wort zu ergreifen. Doch der Göttervater saß noch immer mit steifer Miene da, Loki und die Seinen dabei genau beobachtend. Auch Bragi, dem es als erster Hofsprecher anstand, seinen König jederzeit zu vertreten, wartete vergeblich auf einen Wink, um seines Amtes walten zu können.

„Wie steht es mit dir, Thor?" wandte Loki sich an den Donnergott, um die unangenehme Stille im Saal mit Worten zu füllen. „Willst du alter Haudrauf deinen einstigen Weggefährten nicht wenigstens begrüßen?" Doch auch der Donnerer blieb stumm, um seinem Vater den Gehorsam zu zollen, gleichwohl er sich grübelnd fragte, welche Absicht Odin mit seinem Verhalten verfolgte.

Lokis Augen wanderten zur Wanengöttin: „Oder du, schönste Freyja. Wahrscheinlich mal wieder als letzte eingetroffen, weil Haar und Gewandung erst noch zurechtgezupft werden mussten, nicht wahr!?"

Sich nicht um die höfischen Etikette scherend konterte die wanische Liebesgöttin stolz: „Von meiner Halle führt der längste Weg zu Odins Sitz, das müsste dir doch am besten bekannt sein, nicht wahr? Oder reicht es dir nicht, dass ich diesen Weg auf mich nahm, um dich wie all die anderen hier zu empfangen?"

Dankbar, dass Freyja mutig das Wort ergriffen hatte, deutete Loki eine ergebene Verbeugung an. Dann richtete er seine Rede wieder an Odin: „Nun, was ist dir, liebster Bruder? War ich so lange fort, dass du jetzt schon Frauen für dich das Wort ergreifen lässt? Oder hat dir mein Kommen und das meiner drei Lieben hier gar die Sprache verschlagen?"

Odin, dem es wenig schmeckte, dass Loki ihn vor aller Welt stets aufs Neue an ihre vor langer Zeit geschlossene Blutsbruderschaft erinnerte, beugte sich nach vorne: „Bevor ich dich in meiner Halle willkommen heiße, wäre es wohl angebracht, uns deine Begleiter zunächst vorzustellen. Denn ich bin sicher, ein jeder hier brennt darauf, zu erfahren, welcher Herkunft und Abstammung sie sind!"

Loki, der mit solch einem Empfang schon gerechnet hatte, lächelte gütig und ließ sich elegant von Sleipnirs Rücken gleiten. Er hob den schwarzen Wolfswelpen mit beiden Armen empor und drehte sich damit zweimal um sich selbst, so dass ein jeder der Versammelten einen guten Blick auf ihn werfen konnte: „Dies hier ist Fenrir, ein Geschöpf aus dem Eisenwald, das ich euch sende, um euch eurer Wurzeln zu erinnern!"

Sogleich ging ein lautes Raunen durch die Menge, denn die Erwähnung des von feindlichen Riesen bewohnten Eisenwaldes löste nicht nur bei den weiblichen Anwesenden Argwohn und Besorgnis aus. Nun erhob sich der Göttervater und schritt langsam die Stufen seines Hochsitzes hinab. Er ging auf Loki zu, der ihm den kleinen Wolfswelpen geradewegs in den Arm legte. In diesem Moment ertönte vom Hochsitz her ein bösartiges Knurren, denn Odins beiden wölfischen Begleitern schmeckte es wenig, dass ihr Herr ein anderes Tier aufnahm. Odin warf den beiden Tieren einen strengen Blick zu, worauf diese sogleich verstummten. Dann wandte er sich wieder dem kleinen Welpen zu, um diesem leicht die Kehle zu kraulen. Fenrirs Antwort war das Schnappen nach Odins Hand, der dem kneifenden Biss jedoch kaum Beachtung schenkte.

Scharf blickte der Asenvater Loki ins Gesicht: „Warum, so glaubst du, sollten wir hier einen weiteren Wolf aufnehmen? Geri und Freki genügen mir vollauf, und ich meine ihrem Knurren zu entnehmen, dass beide es ebenso sehen..."

Odins leicht spöttisch gesprochene Worte verfehlten ihre Wirkung nicht, den unter den Anwesenden erhob sich ein zaghaftes Gelächter. Doch noch bevor Loki etwas entgegnen konnte, sprang der kleine Fenrir von Odins Arm, purzelte über Kopf den Boden entlang und tapste geradewegs auf dessen Hochsitz zu. Sogleich erhoben sich Odins Wölfe, bleckten die Zähne und stellten sich dem jungen Welpen knurrend und mit gefletschten Zähnen entgegen. Doch Fenrir, davon scheinbar unbeeindruckt, sprang mit einem furchtlosen Satz auf Freki zu und leckte diesem ausgiebig die Lefzen. Dieses anrührige Bild rief allenthalben ein befreiendes „Ooooh" und „Aaah" hervor und augenblicklich schien die angespannte Stimmung wie ausgewechselt. Nicht lange und die Asinnen und Zofen drängelten sich darum, den drolligen Kerl für einen Moment in den

Armen halten zu dürfen. Allzu niedlich dünkte Fenrir die Asen, und nur wenige waren unter ihnen, die dem kleinen Wolf nicht gerne einmal das Nackenfell gekrault hätten.

„Nun, Mut scheint er jedenfalls zu haben, dein kleiner Bursche", sprach der Göttervater versöhnlich zu Loki und trat an diesem vorbei, um sich dem Rest seines Anhangs zu widmen. Und obwohl Odin ein großer Pferdekenner und glühender Bewunderer von schönen Hengsten war, zügelte er doch seine Neugier und wandte sich zunächst dem unbekannten Mädchen zu, das noch immer unbewegt und stumm auf dem Rücken des Pferdes saß. Ohne zu blinzeln hielt die kleine Hel dem durchdringenden Blick des Göttervaters stand, als der sie nach ihrem Namen befragte.

„Hel nannte mich meine Mutter", antwortete das Mädchen mit gleichgültiger Stimme.

„Und wer ist deine Mutter?" begehrte Odin als nächstes zu erfahren.

„Eine Riesin ohne Bedeutung", ging Loki schnell dazwischen, um nicht gleich mit der Türe ins Haus zu fallen.

„Und warum ist das Kind nicht bei seiner Sippe?" hakte der Göttervater misstrauisch nach, „sondern hängt an deinem Rockzipfel? Bist du nun neuerdings zum Treumund von Riesen geworden?"

„Schau dir die Kleine doch an", entgegnete Loki und drehte den Kopf des Mädchens so ins Licht, dass Odin nun deutlich ihre entstellte Haut betrachten musste. „Ihre Mutter hat sie verstoßen, und da hab ich mich ihrer angenommen. Die Kleine war völlig verstört, als sie mir zulief, und erst, nachdem ich ihr erzählte, dass ich im weit entfernten Asgard ein paar gute Freunde hätte, die sich an solchen Äußerlichkeiten nicht stören würden, fasste sie Vertrauen zu mir und willigte ein, mir zu folgen..."

Odin schien ernsthaft überrascht: „Erstaunlich. Solltest du neuerdings eine bisher unbekannte Seite in dir entdeckt haben? Die Jahre deiner Abwesenheit scheinen dir gut bekommen zu sein..." Er drehte sich nach seiner Gattin um, die sich nun ebenfalls erhob und zu ihnen gesellte. Frigg trat vor das Mädchen hin, lächelte die kleine Hel gütig an und streckte ihr offen die Arme entgegen. Das Mädchen blickte mit fragenden Augen erst zu Frigg, dann zu Loki. Der nickte nur unmerklich, worauf sich das Kind bereitwillig von Sleipnirs Rücken herunterhelfen ließ.

„Wenn es dir genehm ist, Loki," so sprach die Göttermutter, „werden sich zunächst einmal meine Zofen der Kleinen annehmen. Später werden wir dann darüber entscheiden, ob und wo sie ihren zukünftigen Platz finden soll."

Loki machte ob dieser freundlichen Geste eine tiefe Verbeugung, ging einen Schritt zurück und umfasste liebevoll Sleipnirs kräftigen Hals, der darauf stolz aufwieherte.

Odin trat vor das achtbeinige Grautier und legte diesem seine Hand auf die Nüstern, damit der Hengst seine Witterung aufnehmen konnte: „Und das, so dünkt mich, ist der unzweifelhafte Grund, warum du Asgards Gefilden für so lange Zeit den Rücken kehrtest!?"

Lokis Nicken bestätigten dem Göttervater seine Vermutung.

„Dann ist es also wahr", erhob Frigg ihre Stimme wieder, die Lokis Tochter noch immer auf dem Arm hielt, „du bist nicht nur imstande dein Geschlecht nach Belieben zu wechseln, dir wurde auch die Gnade der Mutterschaft zuteil. Ein Erlebnis, um dass dich sicher mancher in dieser Halle beneiden wird!?"

„Wohl kaum", entgegnete Loki kühl, dem die mißbilligenden Blicke der meisten Männer nach dieser Eröffnung nicht entgangen waren. Manche stießen ungläubig die Luft aus, andere wiederum rümpften angewidert ihre Nasen.

„Dein Sohn ist ein prächtiges Grautier von wunderschönem Wuchse", sprach der Göttervater anerkennend, „und wenn ich mir diese stattliche Anzahl von Hufpaaren betrachte, beschleicht mich das untrügliche Gefühl, dass kein noch so reinrassiges Ross in ganz Asgard es mit diesem Prachthengst an Schnelligkeit aufnehmen kann."

„Du hattest schon immer ein feines Näschen für Pferde. Deshalb sei dir getrost, es gibt kein schnelleres!" stellte Loki überzeugt fest.

„Wenn du erlaubst, würde ich ihn gerne einmal reiten", sprach Odin und streichelte Sleipnir den Hals.

„Er gehört dir, mein Bruder!" sprach Loki so laut, dass ein jeder in der Halle es hören musste. Augenblicklich verstummte jedes Gespräch und sämtliche Augenpaare richteten sich wieder auf Odin. Der holte erst einmal tief Luft und wagte Sekunden lang nicht wieder auszuatmen. Als Frigg ihrem stocksteif dastehenden Gatten darauf lächelnd eine Hand auf die Schultern legte, war auch dem letzten Mitglied der Asensippe klar, dass ihr Vater und König zutiefst gerührt war.

„Du beschämst mich mit diesem fürstlichen Geschenk, alter Gefährte", sprach Odin mit belegter Stimme und drückte Loki fest die Hand, was der wiederum sogleich nutzte, um den Göttervater an seine Brust zu ziehen und zu umarmen. Odin, der sich ob dieser unerwartet herzlichen Geste etwas überrumpelt fühlte, geriet noch mehr durcheinander.

„Er ist deiner würdig", sprach Loki aufrichtig, „denn ich weiß, dass Sleipnir in deinen Händen gut aufgehoben sein wird! Kein Vater kann sich einen besseren Herrn für seinen erstgeborenen Sohn wünschen, der, soviel wird mir heute klar, einzig das Licht dieser Welt erblickte, um ab heute den König aller Könige auf seinem Rücken tragen und ihm dienen zu dürfen!"

Nun war es Odin, der sich vor Loki verbeugte: „Es ist mir eine große Ehre, Bruder im Blute, und ich gelobe hiermit feierlich, dass ich mich würdig erweisen werde. Sleipnir, der Dahingleitende", wiederholte der Göttervater ehrfürchtig, da er den Namen des Tieres soeben zum ersten Male vernommen hatte. Frigg warf Loki einen dankbaren und wissenden Blick zu, denn es war lange her, dass sie ihren Gatten so glücklich gesehen hatte, dessen sonst königlich geernstete Miene nun dem Antlitz eines kleinen Jungen gewichen war, der voller Freude sein eben erhaltenes Geschenk begutachtete.

„Gleich morgen lasse ich einen eigenen Stall für ihn bauen", verkündete Odin aufgeregt, „...ach was red ich? Keinen Stall. Eine eigene Halle soll dieses wundervolle Tier bekommen!" Nun war es der Göttervater, der Loki in seiner Begeisterung freudestrahlend umarmte: „Sei dir versichert, mein Bester, dass es deinem Sohn bei mir niemals an etwas mangeln wird."

„Mir wäre lieb", sprach Loki und nutzte die Gunst des Augenblicks, „ihr würdet die gleiche Aufmerksamkeit meinen anderen beiden Begleitern zukommen lassen, die eurer Fürsorge und Zuwendung nicht weniger bedürfen."

„Aber natürlich", antwortete Odin schnell und schlug Loki überschwänglich auf den Rücken, „keinem der drei soll es in meiner Halle künftig an irgendetwas fehlen. Dein Wolf kann einstweilen gerne hier bleiben. Später kannst du ihn Tyr anvertrauen, der hat schon manch großen Kampfhund in seinem Zwinger aufgezogen und bestimmt noch genügend Platz in einem seiner Freigehege. Und auch du, mein Bruder, sollst nicht zu kurz dabei treten, denn wir wollen deine Rückkehr gebührlich feiern!"

Die Göttin Frigg übergab die kleine Hel einer ihrer Zofen, die sich sogleich neugierig um das ungewöhnliche Kind geschart hatten, um es mit Fragen zu bedrängen und mit Liebkosungen zu überhäufen. Verzweifelt suchte das verstörte Mädchen die Nähe ihres Vaters, doch hatten sich bereits so viele fremde Leute dazwischen geschoben, dass ein Durchkommen zu Loki unmöglich geworden war.

Laut klatschte die Göttermutter zweimal in die Hände: „Dienerschaft! Bringt Wein und Bier für unseren Gast, und man bereite ein großes Festmahl zu Ehren unseres heimgekehrten Wohltäters vor!"

Dieser Vorschlag wurde von allen Anwesenden mit lautem Beifall bedacht, und nun traten auch Thor und die anderen Götter auf Loki zu, klopften diesem kameradschaftlich auf die Schultern und beglückwünschten ihn zu seinem prächtigen Ross. Diesem wiederum hatte Odin seine ganze Aufmerksamkeit gewidmet, und nichts

deutete darauf hin, dass sich dies in den kommenden Stunden ändern sollte. Nicht lange, und die fleißige Dienerschaft war ihren Pflichten nachgekommen. Im Laufschritt wurden die köstlichsten Speisen herangetragen, und der Wein floss schon bald in Strömen.

Nur einer war nicht gewillt, die ausgelassene Stimmung seiner Sippe zu teilen, denn sein beobachtender Blick sollte diesmal nicht halb so getrübt sein wie der seines Herren. Etwas Abseits des ganzen Geschehens schob Bragi sich seine Kopfbedeckung nach hinten und kratzte sich nachdenklich das schon schüttere Haupthaar. Unerklärlich schien ihm, mit welcher Leichtigkeit Loki es wieder einmal verstanden hatte, sich in die Runde der Göttergemeinschaft zurückzuschleichen. „Heimgekehrter Wohltäter", wiederholte der Skalde noch einmal Friggs Worte, mit denen die Göttermutter Loki willkommen geheißen hatte. Angewidert rümpfte er die Nase – da sollte noch einmal einer behaupten, dass man sich Wohlwollen und Zuneigung nicht mit Geschenken erschleichen konnte...

oweit so gut", beendete Iwaldi seine Schilderung, *„nun wisst ihr also, wie der Wolf aus dem Eisenwald nach Asgard kam und warum wir mit dieser wichtigen Aufgabe betraut sind, eine Fessel zu fertigen, die seiner unglaublichen Riesenkraft um jeden Preis widerstehen muss."*

Nach dieser Erzählung löste der alte Schmiedemeister die nächtliche Runde auf und hielt seine Gesellen noch einmal dazu an, ihm unverzüglich die Ankunft eines weiteren Sohnes zu melden. Ostri, der dritte im Bunde, der den Lärm von Katzengang zu besorgen hatte, traf drei Tage später ein. Wie schon beim ersten Male verschwand Iwaldi auch mit ihm zunächst für eine ganze Nacht in dem geheimen Labor, in das ihm zu folgen nur Auserwählten gestattet war. Die kommenden Nächte vergingen in der unterirdischen Schmiede in gewohnter Betriebsamkeit, und alles wartete gespannt darauf, wann der dritte und vierte der ausgeschickten Söhne wohl zurückkehren würden.

Die Überraschung war dementsprechend groß, als eines Abends stattdessen wieder Skirnir, der von den Göttern gesandte Bote, bei ihnen im Berg auftauchte. Auf Iwaldis Aussage hin, dass aber erst gut die Hälfte der ausgemachten dreißig Tage verstrichen wäre, erklärte der Wane, dass ihm dies sehr wohl bewusst sei. Der Göttervater aber habe ihn am Tage nach seiner Meldung unverzüglich wieder zurückgesandt, da er kein Risiko eingehen wolle. Deshalb habe Odin ihm aufgetragen, direkt bei Iwaldis Sippe auf die Kette zu warten, die im besten Falle vielleicht schon etwas früher fertiggestellt werden könne.

„So schlimm steht es bereits?" fragte Iwaldi und machte ein besorgtes Gesicht.

„Schlimmer noch", entgegnete Skirnir. „Die Fürsten und Bauern Asgards fürchten bereits um den Bestand ihrer Herden, die zu verspeisen Fenrir sich bereits anschickt. Nachts streift der Wolf über die Weiden, und das ängstliche Blöken des Viehs ist bis in jedes Haus zu hören. Doch keiner wagt es im Dunkeln dem Ungeheuer entgegenzutreten, das mittlerweile die Größe einer kleinen Scheune besitzt. Die letzte Nacht, ehe ich wieder zu euch aufbrach, hatte er einhundertzwanzig Schafe totgebissen und die Hälfte von ihnen auf einen Streich verschlungen..."

Die Miene des alten Schmiedemeisters verfinsterte sich weiter, und das nervöse Kauen auf seiner Unterlippe verriet allen Anwesenden seine große Besorgnis. „Wir wollen hoffen", erklärte er dem Diener des Freyr, „dass meine beiden anderen Söhne rasch und erfolgreich von ihrer Mission zurückkehren. Bis es jedoch soweit ist, können wir hier unten nichts anderes tun, als abzuwarten..."

Das sah Skirnir ein und bot sich an, die verbleibende Zeit den Zwergen bei ihrer Arbeit gerne etwas zur Hand gehen zu wollen. Erfreut über dieses Angebot hellte sich die Stimmung im Berg sogar wieder ein bisschen auf. Allerdings fanden sich in der Schmiede nicht sonderlich viele Arbeiten für einen hochgewachsenen Wanen, so dass sein Tätigkeitsfeld sich auf das Bedienen des großen Blasebalges beschränkte. Wer aber die Arbeit eines Schmiedes etwas kennt, der weiß, dass auch das Anheizen des Feuers eine eigene Kunst darstellt, von dessen richtiger Temperatur nicht selten das Gelingen der ganzen Arbeit abhängt. So kam es bald zu einzelnen Reibereien zwischen Skirnir und einigen Zwergen, deren eigenbrötlerische Art sich mit Skirnirs sonnigem Gemüt nur schwerlich vereinen ließ. Iwaldi, der den guten Willen seines Gastes sah, diesen aber nicht verärgern oder enttäuschen wollte, bat ihn darauf, ob er nicht am Morgen, wenn die Arbeit getan war und sich alle Zwerge noch zu einem gemütlichen Umtrunk zusammenfanden, ein paar kurzweilige Geschichten zum Besten geben wolle. Das nun wiederum fanden alle ein gute Lösung, da Zwerge für jegliche Kunde von der Oberfläche stets zu haben sind; vor allem, weil sie diese Abenteuer lieber erzählt bekommen, als sie selbst zu erleben. So sog man begeistert auf, was Skirnir an Fabeln, Liedern und Geschichten zu berichten hatte, die sich oft bis zum Mittag hin ausdehnten.

Nachdem Skirnir also recht ausführlich über dieses und jenes geplaudert hatte, wollte einer der Zwerge von ihm wissen, ob er denn nicht etwas über den Verbleib von Lokis beiden anderen schlimmen Kindern zu berichten wisse. Dass der Wolf in Asgard sein Unwesen treibe, wisse man ja nun, aber man brenne darauf, zu erfahren, was aus Lokis Tochter Hel und dem Drachenwurm Jörmungrund geworden sei. Auch der alte Iwaldi befand, dass eine Fortsetzung des Geschehens sicherlich manchen interessieren könne. Deshalb ließ er seine ohnehin nicht weiterzuführende Arbeit einstweilen ruhen, um sich nun selbst als Zuhörer zwischen seine lauschenden Gesellen einzureihen.

Die Ergreifung der Jörmungand
...und wie Lokis Kinder verbannt wurden

Nach Lokis Rückkehr folgten friedliche Tage in Asgard. Der kleine Fenrirwolf tollte eifrig in Odins Halle umher, man warf ihm die besten Leckereien zu und erfreute sich an dem drolligen Spiel des Welpen. Was allen jedoch auffiel, war sein auffallender Hunger auf Fleisch, der das Tier auf ungewöhnlich schnelle Weise heranwachsen ließ. Schließlich übergab man Fenrir dem Gott Tyr, der von Odin mit der Pflege und Aufzucht des Wolfes betraut worden war.

Den Göttervater selbst bekamen die Seinen die kommende Zeit nur selten zu Gesicht. Der galoppierte mit seinem neuen Geschenk ohne Unterlass durch Asgards immergrüne Gefilde, die unter den acht Hufen des geschwinden Hengstes erdröhnten; und mancher, der Odin bei seinen Ausritten beobachte, begann sich zu fragen, ob dieser auf zauberische Weise mit seinem Ross verwachsen sei, von dessen Rücken er gar nicht mehr abzusteigen gedachte.

Loki indessen hatte sich nach seiner Rückkehr schnell wieder eingelebt und ging seinen gewohnten Vergnügungen nach. Gegen Mittag, wenn er langsam ausgeschlafen hatte, suchte er zunächst Odins prächtige Kriegerstätte, die Walhall, auf. Doch nicht die Waffenkammern oder großen Übungsplätze waren sein Ziel, auf denen Odins Einherjerkrieger sich tagtäglich im Kampfe maßen, nein, die Küche hatte es ihm angetan. Dort ließ er sich von Andhrimnir, dem weithin bekannten Küchenmeister, zunächst ein üppiges Frühstück vorsetzen, das alles enthielt, was ein hungriger Magen sich nur wünschen kann. War der dann zufriedenstellend gefüllt, zog es Loki meist nach Fensalir, der vielgeräumigen Halle der Göttermutter Frigg. Die Kriegsspiele einstiger Helden, die auf Odins Geheiß von seinen Walküren auf Midgard eingesammelt worden waren, interessierten ihn wenig. Lieber stellte er wie gehabt Friggs Zofen hinterher, mit denen er sich zum Stelldichein in Asgards königlichen Gärten einfand.

Erst spät in der Nacht, wenn Loki genug von Weiberröcken und dem, was sich darunter befand, bekommen hatte, trieb es ihn wieder in die Walhall zurück, um dort mit den vom Kämpfen müde heimgekehrten Einherjern ausgiebig zu zechen. Das zog sich zumeist bis in die frühen Morgenstunden hin, je nachdem, wie viele trinkfeste Streiter sich um ihn scharten, die er mit kurzweiligen Geschichten aus dem Fundus seines reichhaltigen Erfahrungsschatzes zu begeistern wusste. Mit all seinen Possen, Schwänken und Bettgeschichten war Loki stets ein gerngesehener Gast, und der Langtisch, an dem er sich gewöhnlich niederließ, meist von einem grölenden Haufen bierseliger Recken umlagert. Dass man ihn hinter vorgehaltener Hand zuweilen als ‚weibische Hofschranze' bezeichnete, kümmerte ihn nicht im geringsten. Loki hatte es nie groß interessiert, was andere von ihm hielten – zumindest, solange man ihn damit in seiner Bewegungsfreiheit nicht einschränkte.

Eines Tages, als Loki nun durch Fensalirs Gänge streifte, um seiner Tochter Hel einen Besuch abzustatten, kam ihm die schöne Fulla entgegengelaufen, deren langes goldgelbes Haar ihr offen über die Schultern fiel. Loki, voll der Annahme, die junge Frau verlange nach ihm, trat keck an sie heran, um ihr vertraut an den Po zu greifen. Doch bestimmt schlug Fulla seine freche Hand zur Seite und erklärte ihm stattdessen, dass man sich um sein Riesenmädchen, das sich seit Lokis Rückkehr in ihrer Obhut befände, große Sorgen mache. Die kleine Hel schien für ein heranwachsendes Kind ungewöhnlich selten Freude am Leben zu haben. Den ganzen Tag lang blicke sie mit ernstem Gesicht zu Boden und niemand könne sie aufheitern oder zu Spielen bewegen, die Kindern in diesem Alter normalerweise großes Vergnügen bereiteten. Mit unbeweglicher Miene lauschte Loki den Ausführungen der schönen Zofe und wusste sich doch keinen Rat dagegen.

Als er in Hels Zimmer trat, fand er die Kleine alleine in einer dunklen Ecke kauernd, das entstellte Gesicht hinter ihren Armen vergraben. Loki seufzte hilflos auf. In dem Mädchen schien sich auf bestürzende Weise sein eigener Lebensüberdruss verdichtet zu haben, den er ihr nicht einmal verübeln konnte. So wusste er lange Zeit nichts anderes zu tun, als sich neben sie zu setzen und mit ihr stumm über den trostlosen Umstand dieser Situation zu brüten. Endlich, nachdem er mit viel Geduld und liebevollen Worten auf sie eingeredet hatte, öffnete sich ihm das verschüchterte Mädchen, um ihm stockend mitzuteilen, was Loki von Anfang an befürchtet hatte. Die Frauen, die anfänglich alle sehr bemüht um sie gewesen waren und ihre Abneigung noch tapfer zu überspielen versucht hatten, begannen sich nun vor ihr zu ängstigen. Dem sensiblen Mädchen genügte ein Blick in die Augen der Frauen, um darin die Abscheu und Furcht zu erkennen. Aber auch Mitleid spiegelte sich darinnen, was ihr noch tiefere Stiche versetzte. Das alles hatte zur Folge, dass die kleine Hel sich noch mehr absonderte und sich immer weiter in sich selbst zurückzog.

Was konnte er nur tun für seine Tochter? Lokis Hilflosigkeit über die ganze Situation schürte erneut seinen Hass auf die Asen, ebenso aber auch auf Hels Mutter Angrboda, die das Wohl der Tochter ihren Zielen mit rücksichtsloser Härte untergeordnet hatte.

Aber es sollte noch schlimmer kommen, denn der üble Verwesungsgeruch, der von Hels ungestalteter Gesichtshälfte ausging, war in geschlossenen Räumen oft nicht mehr zu ertragen. Nur die Göttin Eir, die in Asgard für die Heilkunst zuständig ist, kümmerte sich weiterhin mit liebevoller Sorgfalt um das Mädchen, deren Makel sie als eine zu behandelnde Krankheit ansah. Geduldig trug sie dem Mädchen eine aus frischen Blüten angerührte Salbe auf, um auf diese Weise wenigstens den Gestank zu überdecken. Mit der Zeit aber verhielt es sich so, dass jeder, sobald er in Hels Nähe kam, sich von einem unguten Gefühl heimgesucht sah; vergleichbar einer unangenehmen Ermattung, die einen befällt, sobald man das Heraufziehen einer fiebrigen Krankheit in den Knochen spürt. Zuerst wollte niemand so recht an diesen Zusammenhang glauben, doch als immer mehr Asen die Häuser der Heilung aufsuchten und über derartige Beschwerden klagten, vermochte selbst die ihr bis dahin gewogene Eir nicht länger zu leugnen, dass Hels Aussatz eine Art Übel beherbergen musste, dem mit den gewohnten Mitteln der Heilkunst nicht beizukommen war.

So begab sich Eir zur Göttermutter und berichtete dieser von ihrem Verdacht. Frigg, die die Vermutung ihrer fähigsten Ärztin sehr ernst nahm, teilte sich darauf ihrem Gemahl Odin mit, der sich über diese Nachricht ebenfalls besorgt zeigte. Schließlich wusste niemand etwas über die genauere Herkunft des Kindes zu sagen, das Loki nach eigener Aussage irgendwo in Riesenheim aufgegriffen hatte. Da beriefen die Asen das Thing ein, eine Versammlung, in der alle führenden und klugen Köpfe zusammenkommen, um sich über anstehende Fragen und Probleme zu beraten und, falls nötig, darüber abzustimmen und einen Entscheid zu fällen.

„Es wird schon einen triftigen Grund dafür geben, dass die Riesen dieses Mädchen nicht bei sich haben wollten und ausgesetzt haben", sagten die einen und sprachen sich dafür aus, die Hel so rasch wie möglich wieder loszuwerden, bevor noch eine Seuche oder Schlimmeres über Asgard hereinbreche. Andere meinten, dieses Problem habe man ohnehin mal wieder Loki zu verdanken, weshalb man diesen nach dem Mädchen befragen müsse. Also ließ man nach dem vermeintlichen Verursacher des Übels schicken, der sich zu diesem Zeitpunkt bereits seit Tagen nicht mehr aus Walhalls Schankräumen bewegt hatte, um dort seinen Kummer ganz nach Riesenart im Bierrausch zu ertränken.

Müde, bleich und übelriechend wurde Loki darauf vors Thing hingeschleppt. Dort drang man sogleich mit lautstarken Fragen auf den übermüdeten Zecher ein, der von zwei kräftigen Mannen gestützt werden musste, da er vor lauter Trunkenheit umzukippen drohte. Welcher Abstammung das Mädchen denn sei, begehrte man von ihm zu wissen, und aus welchem böswilligen Zwecke er sie überhaupt erst hergeführt habe?

Lokis erste Antwort war ein kräftiges und äußerst unziemliches Rülpsen. Dann schüttelte er sein strähniges Haar so wild, wie durchnässte Hunde es tun und drückte die Hände seiner beiden Begleiter grob zur Seite. Wankend reckte Loki sich zu seiner ganzen Größe empor, um darauf der überraschten Götterschar mit stolzgeschwellter Brust großspurig zu verkünden, dass dieses Mädchen seine leibhaftige Tochter sei und er jedem, der seiner Hel auch nur ein Haar zu krümmen wage, persönlich eine Klinge in den Leib jagen werde.

Da brach ein heftiges Gemurmel unter den Versammelten aus. Die meisten waren sich einig, dass das Mädchen ob ihrer verderblichen Anlagen unverzüglich verbannt werden müsse. Doch Tyr, der Bogengott Ullr und auch die Göttin Gefjon führten an, dass Loki über das gleiche Recht verfüge, wie jeder andere Bewohner Asgards; dass nämlich jeder seine Kinder und Abkömmlinge hier aufwachsen sehen dürfe. Weiter gaben diese drei zu bedenken, dass man Regeln und Gesetze nicht einfach brechen könne, wie es einem gerade in den Sinn käme, nur weil man sich nun mit einer unliebsamen Situation konfrontiert sehe.

Bragi, der sich in seinem Misstrauen bestätigt fühlte, sah nun endlich seine große Stunde gekommen, den unliebsamen Rivalen ein für alle Mal loszuwerden. Seine Leier im Arm, stellte er sich mutig vor den Angeklagten hin und warf diesem vor, ohnehin nie ein wirklicher Bewohner Asgards gewesen zu sein. Loki komme und gehe wie es ihm gerade einfiele, und sei er dann doch einmal für längere Zeit anwesend, hätte er nichts Besseres zu tun, als anderen faul auf der Tasche zu liegen, deren Frauen zu verführen und sich tagtäglich vollaufen zu lassen. Deshalb stimme er, Bragi, dafür, dass man Loki mitsamt seiner üblen Brut ein für alle Mal des Landes verweise.

Wie Loki dem maulfleißigen Skalden nun so gegenüberstand, auf dessen selbstzufriedener Miene sich bereits die Vorfreude des künftigen Triumphes über den alten Widersacher abzeichnete, da grinste der Angeklagte von einem Ohr bis zum anderen und dachte bei sich, in dieses Feuerchen noch etwas mehr Öl hineinkippen zu müssen. Der Fenrirwolf sei im übrigen auch sein Sohn, verkündete Loki lautstark, weshalb er für diesen das gleiche Aufziehrecht wie für seine Tochter beanspruche. Diese weitere Enthüllung sollte genügen, um das ohnehin schon volle Stimmungsfass endgültig zum Überlaufen zu bringen. Bestürzung und ein wildes Handgemenge brachen nun aus, und augenblicklich war es vorbei mit der Ruhe und Sittlichkeit auf der heiligen Friedstätte der Asen. Alle riefen durcheinander, zerrten an Loki herum und selbst Odins laute Stimme, der sein Gefolge zur Einsicht aufrief, ging darüber kläglich unter.

Der empörte Bragi, von Loki höhnisch verlacht und mit einem abfälligen Stoß gegen die Brust drei Schritte nach hinten befördert, mühte sich verzweifelt, sich zu diesem wieder hindurchzukämpfen. Schäumend vor Wut versuchte er, Loki mit seinem Instrument zu treffen. Erst im letzten Moment konnte der entrüstete Skalde, dessen Schläfen bereits dunkelrot angelaufen waren, gestoppt werden. Loki aber, inmitten dieses entfesselten Hexenkessels, lachte auf in heller Schadenfreude, ergötzte sich am Bild des in fester Umklammerung zappelnden Bragis und freute sich diebisch über seinen gelungenen Streich, den er der überraschten Göttersippe erneut hatte spielen können. Die hatte er für eine Weile erst einmal beschäftigt.

Endlich beendete der Donnergott Thor das unrühmliche Schauspiel, indem er seinen mächtigen Hammer Mjölnir mit solch einem Getöse auf einen Stein setzte, dass der krachend auseinander fuhr. Da war mit einem Schlag Ruhe eingekehrt, und die Asen fanden wieder zur Besinnung. Zunächst wurde der noch immer schallend lachende Loki des Platzes verwiesen. – Da er es schon nicht für nötig befunden habe, zur Eröffnung des Things zu erscheinen, brauche er auch dessen Ausgang nicht beizuwohnen. Man würde ihn und seine beiden Kinder den getroffenen Entscheid des Rates früh genug wissen lassen. –

Das kam dem betrunkenen Unruhestifter, dessen Kehle sich ohnehin wieder nach etwas Flüssigem sehnte, gerade recht. „Wohlan denn, hohes Gericht", lallte Loki, dem der Ernst der Lage offensichtlich hinten vorbeiging, „so will ich mich denn ganz eurem gerechten Urteil unterwerfen, das zu fällen euch in meiner Abwesenheit sicherlich nicht allzu schwer fallen mag..." Er prostete Odin noch einmal vergnüglich zu, machte auf dem Absatz kehrt und versuchte wankend, geraden Kurs zu halten. Der Rauswurf indes vermochte Lokis Feierlaune nicht zu trüben, denn kurz darauf sah man ihn bereits wieder auf seinem angestammten Platze in der Walhall sitzen, wo er auf sich und seine Kinder erst einmal mit einem großen Horn Met anstieß.

Die Asen aber beschlossen an diesem Tage, ein Orakel zu befragen. Ob von Lokis Kindern in naher Zukunft irgendeine Gefahr zu erwarten sei, wünschte man zu erfahren. Wisse man mehr über deren Absichten und Gesinnung, wolle man über weitere Schritte zu Rate sitzen. Gesagt, getan. Eine alte Völva und Seherin wurde in Odins Halle gerufen und versuchte sich nun darin, die Neugier der gespannten Asenschaft nach besten Kräften zu befriedigen. Zu diesem Zwecke überreichte man ihr drei Haare. Das erste stammte aus einer Haarbürste der kleinen Hel, das zweite hatte man vom Fenrirwolfe aufgelesen und das dritte dem Loki unbemerkt auf einer seiner Sauftouren ausgerissen. Auf weiteres Geheiß brachte man der Alten die blutige Leber einer geschlachteten Ziege und stellte ihr zusätzlich drei große Humpen Met vor die Füße. Nachdem sie diese in kürzester Zeit geleert hatte, fiel die seidkundige Völva in eine längere Trance, während der sie fest die drei besagten Haare umklammert hielt. Aus ihrer Entrückung wieder erwacht, berichtete sie den Asen mit schreckensbleichem Gesicht, was sie soeben im Zwischenreich erschaut habe:

Schwärzeste Dunkelheit hätte sie umfangen, als sie versucht habe, den Nebel der Vergangenheit zu durchdringen. Einen stinkenden Sumpf habe sie wahrgenommen, mit finstren Kreaturen darinnen, die gleich den Wölfen den Mond anheulten. Diese Sumpfbewohner würden einer zaubermächtigen Hexe folgen, deren Gemüt und kaltes Herz von tiefstem Hass auf die Götter erfüllt sei. Mit dieser habe Loki offensichtlich seine beiden Kinder, die Hel und den Fenrirwolf, gezeugt. Doch hätte sie dort noch die Anwesenheit eines weiteren Wesens verspürt; groß und gefährlich, von einer Wolke aus ätzendem Gift umgeben, ähnlich dem grausigen Nidhöggdrachen, der sich unter den Wurzeln des Weltenbaumes verberge und in diese beständig sein tödliches Gift absondere. Viel mehr wisse sie nicht zu berichten, aber soviel könne sie doch darüber sagen, dass von all diesen drei Wesen ein großes Unheil für die Asen und die Welt ausgehe. Dieses Unheil werde sich aber noch verschlimmern, sobald man versuche, diese drei Kreaturen zu töten. Warum das so wäre, bliebe im Dunklen verborgen, nur soviel sei sicher, dass die Riesen aller Welten den Tod dieser drei Kreaturen als schlimmsten Angriff auf ihre Rasse werten würden und ein langer und furchtbarer Krieg die Folge davon wäre.

Nach diesen unheilvollen Worten machte sich eine schwere Niedergeschlagenheit unter den Asen breit. Lange wusste niemand eine Antwort darauf zu geben, wie mit dem Prophezeiten zu verfahren sei. Nicht wenige Augenpaare richteten sich ratlos auf den Göttervater, dessen Stirn ebenfalls in tiefen Sorgenfalten lag. Endlich erhob sich Odin und verkündete den Seinen, einen Weg finden zu wollen, wie diesem drohenden Unheil zu begegnen sei. Er löste die Versammlung auf und zog sich schweigend in seine Gemächer zurück.

Auf Loki aber waren die Asen fortan nicht mehr gut zu sprechen, hatte er doch während seiner Abwesenheit augenscheinlich mit dem Feind paktiert, und Verräter, die sich mit Riesenbrut paarten, darüber war man sich einig, mussten bestraft werden.

Zum wiederholten Male strich sich der Göttervater über den Bart, bis er sein Zögern endlich überwand und seinen Hochsitz Hlidskjalf aufsuchte. Obwohl er sich vor dem, was er nun möglicherweise erblicken sollte, ein wenig fürchtete, duldete diese Aufgabe keinen Aufschub. Eile war geboten, und so ließ er sein verbliebenes Auge abermals bis nach Riesenheim hin schweifen, und nicht eher sollte es ruhen, bis es die tiefste Finsternis des dichten Eisenwaldes durchdrungen hatte und dort entdeckte, was die Seherin ihnen bereits gekündet hatte. Er sah einen gewaltigen Wurm im Walde liegen, der schon jetzt eine solche Größe besaß, dass er sich mühelos um die Wurzeln von sechs großen Bäumen wand. Da begriff Odin, dass, wenn dieses Untier mit der selben Geschwindigkeit heranwuchs wie der Fenrirwolf es bei ihnen tat, dieser Wurm seinen gewaltigen Leib irgendwann gen Asgard wälzen würde und selbst dessen starke Mauern kein Hindernis mehr für ihn wären. Es schien kein Weg daran vorbeizuführen – dieser Wurm musste sterben, und zwar rasch, bevor seine Statur eine Erschlagung unmöglich machte! –

Andererseits war Odin klug genug, um die Warnung der Völva nicht zu leichtfertig in den Wind zu schlagen. Zwar verhielten sich die Riesen schon seit längerem so friedlich, dass sein Sohn Thor sich mittlerweile zu langwelen begann, doch ein möglicher Krieg gegen ein Bündnis aller Riesen war das letzte, was er und seine Sippe nun gebrauchen konnten. Noch viel zu gering war die Zahl ihrer Kämpfer, um einem gesammelten Angriff entgegentreten zu können. Ein Grund, weshalb Odin sich immer auf der Hut befand, denn wer an der Macht war, und diese behalten wollte, konnte sich Nachlässigkeit zu keinem Augenblick leisten. Dass mit Lokis Rückkehr nun zeitgleich diese Ungetüme aufgetaucht waren, bestätigte ihm, dass ihre Feinde im Verborgenen nicht untätig geblieben waren. Die Antwort auf die Frage, wie und ob Loki an diesem Komplott beteiligt war oder nur den unwissenden Handlanger gab, spielte im Moment keine Rolle und konnte getrost auf später verschoben werden. Loki befand sich in Asgard, und Odin würde schon einen Weg finden, den alten Ränkeschmied hierzubehalten. Von viel größerer Dringlichkeit war die Frage, was nun mit diesem Drachen passieren sollte, von dessen Tötung einstweilen abgesehen werden musste, wollte man in naher Zukunft keinen Riesen in Asgard begrüßen müssen.

Odin grübelte und grübelte – was war zu tun? Wie diesem drohenden Unheil begegnen? – Hier war guter Rat wahrlich teuer, und Odin wusste, dass ihm schleunigst etwas einfallen musste. So blieb der Göttervater den restlichen und auch den darauffolgenden Tag in seinem Privatgemach, trank und brütete nachdenklich über das, was er gesehen und vernommen hatte. Als er schließlich glaubte eine Lösung gefunden zu haben, begab er sich rasch in jenen Teil seines Hauses, in dem er den abgetrennten Kopf des weisen Riesen Mimirs aufbewahrte. Den hatte Odin nach dem ersten großen Krieg für sich beansprucht, nachdem ihn die erbosten Wanen ihrer ausgetauschten Friedgeisel abgeschnitten und nach Asgard gesandt hatten.*

Um den unermesslichen Wissens- und Weisheitsschatz des Riesen zu retten, hatte er dessen Kopf damals mit einem starken Zauber versehen, der seine Verwesung seither verhinderte und Odin erlaubte, sich weiterhin mit Mimir auszutauschen. Da dies aber stets mit einem weiteren Aufwand an Magie verbunden war, griff der Göttervater nur in besonders dringlichen Fällen auf Mimirs Haupt zurück. Nie trieb er Missbrauch davon, nutzte den Schädel aber gerne, um einmal gefällte Entscheide von diesem in Frage stellen oder absegnen zu lassen.

Diesmal war das letztere der Fall, denn als Odin aus Mimirs verdunkelter Aufbewahrungsstätte wieder hervortrat, fühlte er sich in seinem gefassten Entschluss bestärkt. Die gesamte Asensippe wurde darauf in die Königshalle gerufen, und auch Loki war diesmal zugegen. Frisch gebadet und in sauberer Kleidung stand er zwischen den beiden Göttern Tyr und Ullr, mit denen er sich angeregt unterhielt. Endlich erschallte der Hornruf des Herolds, die Gespräche verstummten und der Göttervater erschien.

Von einer großen Anzahl gespannter Mienen beobachtet hob Odin mit kräftiger Stimme zu sprechen an: „Geliebte Söhne und Töchter, teure Sippe und edles Gefolge, so vernehmet denn in dieser Angelegenheit, deren Verlauf uns alle betrifft, meine Weisungen. Loki, dich bitte ich hiermit vorzutreten!"

Loki, der ahnte, dass dieses Mal vom Hochsitz aus nichts Gutes für ihn zu erwarten war, kam dieser Aufforderung übertrieben langsam nach.

*nachzulesen „Im Liebeshain der Freyja" S.178

„Loki, Sohn des Farbauti und der Laufey", richtete Odin sich nun direkt an ihn, „aufgrund der hier zur Sprache gebrachten Vorfälle und den getroffenen Aussagen eines sehr ernstzunehmenden Orakels, ergeht an dich und deine Nachkommenschaft hiermit folgender Erlass..."

„Bitte keine unnötigen Förmlichkeiten", entgegnete Loki trotzig, „komm zur Sache, damit wir diese Tribunalsposse so rasch wie möglich hinter uns bringen können..."

Sich von Lokis Worten nicht beirren lassend fuhr Odin mit ernster Stimme fort: „Da deine Tochter das Kind einer uns feindlich gesinnten Riesin ist und ihr zweifelsfrei Krankheit und Tod zu folgen scheinen, verbanne ich Hel hiermit aus Asgard in die nebligen Gefilde von Nifelheim. Da sie aber von deinem Blute ist, mit dem ich mich selbst einst zur Ader ließ, verfüge ich weiter, dass sie von Stund an, da sie ihres kindlichen Körpers entwachsen ist, die Herrschaft über die Welt der Toten erhält, sofern sie diese anzutreten gewillt ist. Ein leuchtender Saal soll für sie errichtet werden, und man soll das Reich, in dem er stehen wird, nach ihrem Namen benennen!" Odin machte eine Pause, um Loki Zeit für eine Antwort zu lassen. Doch der stand nur mit unbewegter Miene da und bedeutete ihm mit einem Nicken fortzufahren. „Dein Sohn Fenrir hingegen soll die Möglichkeit erhalten, hier in Asgard aufzuwachsen, sofern von seiner Anwesenheit keine Bedrohung für Leib und Seele eines jeden Bewohners ausgehen mag!" Und an den Kriegsgott gewandt sprach der Göttervater: „Dich, Tyr, betraue ich weiterhin mit Fenrirs Aufzucht und Pflege, da er bei dir wohl aufgehoben scheint!"

„Jawohl, mein König!" sprach Tyr laut vernehmlich, schlug sich ergeben die rechte Faust auf die Brust und deutete eine Verbeugung an.

Loki warf Tyr einen verächtlichen Blick zu, denn nichts verabscheute er mehr, als speichelleckende Vasallen, deren Zunge sich tief und stolz im Arsch ihres Herren befand. Dann wandte Loki sich mit einem süffisanten Lächeln an den Göttervater: „Liebster Bruder im Blute, was sind wir heute wieder edelmütig. Ich nehme an, das gleiche Zugeständnis wie für Fenrir mag auch für meinen Sohn Sleipnir gelten, auf dessen Rücken, so mag ich doch annehmen, es sich ganz annehmlich dahingleiten lässt?"

"Sleipnirs Anwesenheit in Asgard", antwortete Odin entschieden, „ist einer der Gründe, warum ich deinen anderen Sohn nicht auf der Stelle ergreifen und erschlagen lasse. Anstatt dich mit einer argen Riesin in irgendeinem Sumpfloch zu paaren, hättest du besser daran getan, den Swadilfari noch einmal drüber zu lassen. Das wäre fürwahr ein Segen für uns alle gewesen." Auf diese vor Hohn triefenden Worte brach unter den Asen ein allgemeines Gelächter aus und Loki, der das Ziel ihres Spottes war, ballte im stummen Zorn die Fäuste. „Weiter haben wir aus sicherer Quelle erfahren", fuhr Odin fort, „dass im Eisenwald eine weitere Kreatur haust, ein Wurm von gewaltiger Größe, den es unverzüglich aufzuspüren gilt. Deshalb werde ich unter euch nun ein paar Krieger auserwählen, denen ich meine, eine solche Aufgabe anvertrauen zu können!" Als Loki auf diese Aussage hin misstrauisch die Augenbrauen zusammenzog, schaute Odin ihn direkt an und fügte hinzu: „Und um dich nicht unnötig der Versuchung auszusetzen, irgendjemanden vom Kommen unserer Mannen in Kenntnis setzen zu müssen, verfüge ich weiter, dass du Asgards Mauern für die nächsten Wochen nicht verlassen wirst!"

„Das ist Freiheitsberaubung und deiner unwürdig!" protestierte Loki erbost.

„Soo...?", machte Odin und reckte sein Kinn etwas nach vorne: „Wenn einer wie du von Raub und Würde spricht, mag das manchem hier in dieser Halle bitter aufstoßen. Doch wenn dich mein Urteil zu hart dünkt, Loki, dann schwöre hier vor versammelter Sippe, dass du nichts unternehmen wirst, um irgendwelche Genossen, Versippte oder sonstwie Verbündete zu warnen!"

Lokis Augen wurden schmal und ihm war anzusehen, dass er herauszufinden versuchte, was der Göttervater im Schilde führte: „Nun gut, ich werde einen Eid darauf schwören, was du verlangst. Doch nur, wenn du mir dein Zugeständnis gibst, den Wurm nicht zu erschlagen!"

„Ist gewährt!" antwortete Odin entschieden, der ja ohnehin schon beschlossen hatte, wie in Folge zu verfahren sei. Dafür bestand er nun darauf, dass Loki seinen Schwur auf Ullrs Eidring sprach, den dieser stets am Finger bei sich trug. Nur widerwillig kam Loki dieser Aufforderung nach. War Odin ihm doch viel zu schnell auf seine Gegenforderung eingegangen, was Loki zusätzlich misstrauisch stimmte. Doch da ihm die Pläne der Asen noch verborgen waren und auch sonst seine Lage nicht gerade zum Besten stand, fügte Loki sich vorerst in sein Schicksal und gab sich einstweilen mit Odins Versprechen zufrieden, die Jörmungand verschonen zu wollen.

Während Loki also mit verdrießlicher Miene seinen Schwur auf Ullrs Ring ablegte, wanderten seine Gedanken zu Angrboda. Die würde in Bälde unangenehmen Besuch zu erwarten haben, soviel stand fest. Schon reckte sein rotbärtiger Spießbruder Thor in freudiger Erwartung die kräftigen Arme, der es wohl kaum noch abwarten konnte, mit Mjölnir endlich wieder ein paar rechte Riesenschädel zu zertrümmern. Seltsamerweise empfand Loki weder Sorge noch Mitleid für seine einstige Bettgenossin. Zwar war Angrboda die Mutter seiner Kinder, dennoch verspürte er ihr gegenüber eine gewisse Genugtuung; denn so harmlos, wie die hochmütige Riesin ihn hatte glauben machen wollen, war Odins strafender Arm noch lange nicht. Was Angrboda richtig vorausgesehen hatte, war die Verbannung Hels gewesen. Das Mädchen sollte an einen Ort geschickt werden, der ihr vielleicht wirklich gerechter würde, als weiterhin unglücklich hier oben in diesem sonnendurchfluteten Asgard vor sich hinzudarben. Und Odin wollte ihr einen goldenen Saal bauen lassen, das hatte er zugesagt. Odin stand zu seinem Wort.

Loki kam nicht umhin, eine natürliche Sympathie für die Bemühungen seines Bruders im Blute zu hegen, der seiner Erfahrung nach handelte, um der aufsteigenden Gefahr zu begegnen. Seiner momentanen Lage entsprechend, kam Loki sich dabei fast wie eine Art Spielführer vor, der als außenstehender Beobachter nun gespannt darauf lauerte, welcher der beiden Gegner den nächsten entscheidenden Spielzug machen würde.

Später einmal wird es vermutlich heißen, dass Allvater die große Schlange ins Meer werfen ließ. Das ist nicht unwahr, doch ließ sich das nicht ganz so einfach bewerkstelligen, wie dies den Anschein erwecken mag. Auch Odin ist kein allmächtiger Gott, der nur mit dem Finger zu schnippen braucht, worauf sich rings um ihn herum kurzerhand die Berge versetzen. Diesmal galt es, einen gewaltigen

Wurm zu ergreifen, also befahl Odin eine große Anzahl Berserker, die sollten in das schier undurchdringliche Eisengehölz einmarschieren und dieses nach dem Untier durchforsten. Seine vier stärksten und trefflichsten Söhne sollten die tapfere Kriegsschar anführen. Vorneweg marschierte der mächtige Thor, unter dessen stampfenden Schritten die Erde erbebte und armdicke Stämme sich bogen wie welke Binsen im Schilfgras. Neben ihm ging der fast ebenso starke Widar, ein Baum von einem Kerl, unter dessen schweren Eisenstiefeln das Gehölz gleichfalls krachend zersplitterte. Sein rotbrauner, buschiger Bart lief in einem dicken geflochtenen Zopf aus, und auf seiner Schulter ruhte eine schwere, schartige Axt, mit der er schon so manchen Riesenschädel gespalten hatte. Glücklich darf sich schätzen, wer Widar zum Wegbegleiter hat, denn er ist ein vortrefflicher Fährtensucher und versteht es wie kein zweiter, die Wildnis nach Spuren zu durchkämmen.

Thor und Widar also schritten an vorderster Stelle und traten eine breite Schneise für das nachkommende Heer. Hinter den beiden ging der dritte im Bunde, Hödur sein Name, ein ebenso rüstiger wie mutiger Kämpfer, der weder Tod noch Riesen fürchtet. Nicht weniger Rühmliches gibt es über Hermod, den vierten Sohn, zu sagen, ein mutiger Recke, an Tollkühnheit und Flinkheit nur von wenigen übertroffen.

Natürlich blieb dieser lärmende Aufmarsch dem Schattenvolk nicht lange verborgen. Überall hatten die Mondanbeter ihre Späher aufgestellt, die sich schon im Vorfeld redlich mühten, die Anzahl heranstampfender Sonnenhelden mit versteckten Giftpfeilen aus dem Hinterhalt heraus zu verringern und diese in die Irre zu führen. Doch zielsicher von Odins weitschauendem Hochsitz aus gelenkt, wiesen des Allvaters Raben den Weg zu Angrbodas sumpfigen Sälen. Als die Asen nach ihrem Gewaltmarsch durch fliegenverseuchte Sümpfe das Lager der Mondanbeter endlich vor sich liegen sahen, gab es für Odins kampflüsterne Mannen kein Halten mehr. Wie wildgewordene Stiere brüllend, brachen sie durchs Unterholz und trieben mit Feuer und Schwert auseinander, was sich ihnen an Feinden in den Weg zu stellen wagte. Die ersten fielen, ohne dass die Asen ihr Angriffstempo verlangsamen mussten. Im Vorbeistürmen hieben sie Köpfe von Schultern und zerteilen nackte, pelzige und schuppenbesetzte Körper, die ihren stählernen Waffen nichts entgegenzusetzen hatten.

Doch je weiter sie zu Angrbodas Insel vordrangen, desto größer wurde die Zahl ihrer Gegner, die sich ihnen schließlich so dicht gedrängt entgegenstellten, dass der von den Göttern geführte Angriffskeil zum Erliegen kam. Vor ihnen erhob sich eine geschlossene Wand ihrer Feinde, die zu beiden Seiten langsam ausschwärmten, um die Eindringlinge in der Mitte in die Zange zu nehmen. Alles an laufendem, kletterndem und kriechendem Sumpfgetier schien Angrbodas Aufruf gefolgt, die im Eisenwald zusammengetrommelt hatte, was sich im gemeinsamen Hass auf die Asen einte. Da gingen mit Keulen bewaffnete Höhlenwesen neben gedrungenen Zwergen, die ihre frisch geschärften Steinäxte in schwieligen Fingern wogen. Sehnige Kreaturen, glucksende Laute ausstoßend und mit krötengleichem Angesicht, wateten Seite an Seite mit nackten Wolfshexen, die es wie ihre pelzbehaarten Männchen, abscheuliche Werwesen, kaum erwarten konnten, ihre messerscharfen Klauen und Fänge in die ungeschützten Stellen ihrer Opfer zu schlagen. Hinter ihnen schritten Riesinnen in großer Zahl einher, gewaltige Keulen mit sich führend, die über und über mit Zacken aus Horn und Stein versehen waren, um damit furchtbare Wunden in die Körper ihrer Feinde zu reißen. Und zwischen ihren Untertanen, auf einem riesigen schwarzen Wolf reitend, thronte Angrboda. Mit zornbebender Stimme feuerte sie die Ihren an und schleuderte den Asen laute Flüche und Bannsprüche entgegen. Auf ihr Zeichen erhob die wild zusammengewürfelte Streitmacht die Häupter, um gemeinsam wie aus einer Kehle den Mond anzuheulen, sich hierdurch seiner dunklen Kraft versichernd.

„JAHAAAR", kreischte Angrboda entrückt, die sich und die ihren mit Giftpilzen und den Beeren des Goldholunders in Kriegswut versetzt hatte, „lasst uns die dunkle Seite der Erdmutter erfreuen und grausamstes Gemetzel unter unsere Feinde bringen. Kopflose Körper, leblose Augen, gesplitterte Knochen und einen Berg voller Schädel lasst uns ihr heute opfern zum Wohlgefallen. Auf den fahlen Gebeinen der Sonnenkrieger wollen wir spielen und musizieren, und ihre Leichname liebkosen, wenn sie erst einmal bluttriefend an unseren Fleischbäumen hängen. Vorwärts, Schwestern und ihr Hunde des Krieges, bannen wir ihre Kräfte und machen ihre Waffen stumpf durch die Sprache des Chaos!"

Wie eine braune Flut Waldameisen quoll Angrbodas Armee den Eindringlingen entgegen. Sie alle brannten begierig darauf, ihre Kraft mit den Asen zu messen, die gekommen waren, um den heiligen Erddrachen aus ihrer Mitte zu reißen. Da alle Sumpfbewohner nackt und von Brünnen ungeschützt in den Kampf traten, musste da manch arge Kreatur unter den Hieben der vier kampflüsternen Ratersöhne ihr Leben lassen, deren Waffen die blutige Melodie des Todes angestimmt hatten und an diesem Tage reichlich Ernte hielten. Aber auch die Berserker bemühten sich redlich, es ihren Führern gleichzutun und drangen todesmutig auf all die schaurigen Gestalten und Riesen ein, die ihnen barfüßig oder auf Wölfen reitend entgegentraten. Mitunter schien ihre Zahl so endlos, dass Odins Kämpfer glaubten, jeder Baum dieses Waldes habe sich in einen Gegner verwandelt. Eine erbitterte Schlacht entbrannte, in der man Gnade höchstens noch als Laune eines Einzelnen erfuhr.

Mit seinem erzenen Hammer trug Thor die Schlacht unter Angrbodas Knechte, die sich ihm voller Todesverachtung entgegenwarfen. Seine beiden Fäuste, in eisenbewehrten Handschuhen steckend, führten den blitzenden Zermalmer wie ein Schnitter die Sense, seine Lippen dabei die Kriegslieder seiner kalten Heimat summend. Mit zunehmendem Getöse verfiel er in eine Wutverzerrung – eine wilde Kampfekstase, die einen unempfindlich gegen Schmerzen

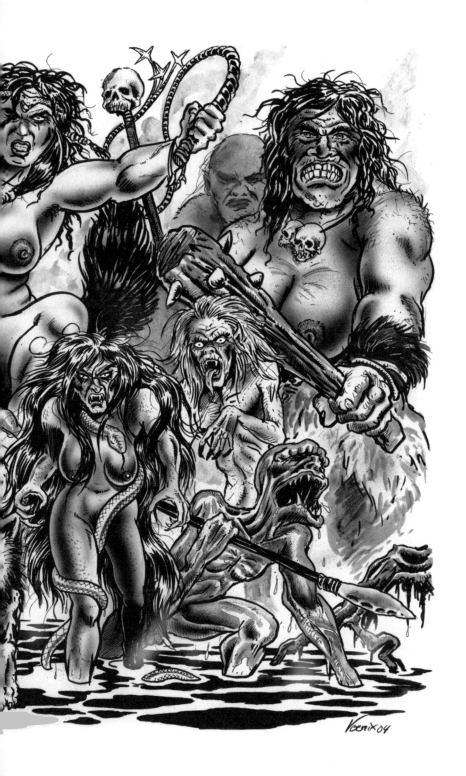

werden lässt und einem die Körperkraft noch vervielfacht. Bis zur Hüfte stand der Gott im brackigen Wasser, während Riese um Riese unter seinen furchtbaren Hieben fiel, so dass die Erschlagenen sich in Bergen um ihn herum aufzutürmen begannen. Angrboda, die dies mit ansah, orderte die erfolglosen Riesinnen zurück und hielt stattdessen all die Gnomen und kleineren Kämpfer an, sich vereint auf den Donnergott zu stürzen, um diesen mit dem Gewicht ihrer Überzahl in den Wassern zu ersäufen. Darauf drangen solche Scharen auf Odins Erstgeborenen ein, dass die sich wie Bienen auf einer Wabe an ihn hängten, ihn mit vereinten Kräften niederzuringen versuchend. Als der Donnergott ihrer endlosen Zahl zu unterliegen drohte, griff er an seinen breiten Gürtel Megingjardar und rief seine Mutter Jörd um Beistand an. Da wuchs ihm augenblicklich Asenkraft; sein rötliches Bart- und Haupthaar standen ihm ab wie die Stacheln eines wildgewordenen Keilers und die Adern auf seinem vor Muskelkraft rot angeschwollenem Körper traten fingerdick hervor. Wie ein ausbrechender Vulkan schien Thor da zu explodieren, sich die Trauben seiner Feinde wie lästige Fliegen abschüttelnd, die wie welkes Laub in alle Richtungen davonflogen.

Als Angrboda gewahrte, dass ihre Reihen wankten, schwang sie eine lange mit Dornen versehene Bullenpeitsche und schlug erbarmungslos auf all jene ein, die vor den knochenzertrümmernden Schlägen des entfesselten Donnergottes zu flüchten suchten. „Ungnade, wenn ihr versagt, erbärmliches Gewürm", schrie sie grimmig, „wer weicht, soll tausend Jahre lang als Assel wiedergeboren werden!" Ein vermeintlicher Feigling endete im zuschnappenden Rachen ihres Wolfes, doch selbst diese Drohung vermochte den gebrochenen Kampfgeist ihrer Schar nicht neu zu entfachen. Heulend und weheklagend flohen sie vor diesem asischen Rachegott, den zu bezwingen es an diesem Tag keiner sterblichen Kreatur bestimmt war.

Noch die ganze Nacht lang hindurch wogte der erbitterte Kampf, und als ihn die Asen am frühen Morgen endlich siegreich für sich entschieden hatten, da war nicht einer unter ihnen, der nicht mindestens drei Wunden hätte sein eigen nennen können. Angrboda, der Oberhexe und Anführerin, war die Flucht gelungen, doch ihren wuchtigen Auswurf, die Schlange Jörmungand, hatten Asgards Mannen in einem flacheren Gewässer stellen können.

Der mächtige Wurm, mittlerweile auf die Länge eines königlichen Langschiffes herangewachsen, hatte sich um einen turmhohen Baum geringelt, öffnete zischend seinen Rachen und schnob den ersten Angreifern eine ätzende Wolke seines Giftes entgegen. Ein Dutzend Berserker fielen darauf tot zu Boden, und Hödur, der sich im Siegesrausch ebenfalls zu weit nach vorne gewagt, verlor an diesem Tage durch den Pesthauch des Drachen sein Augenlicht.

Endlich aber war Thor heran. Es gelang Odins Erstgeborenem, dem abscheulichen Drachen den Kadaver von Angrbodas erschlagenem Wolf quer in den Rachen zu stopfen. Dann zogen die Asen Jörmungands Leib mit vereinten Kräften noch fester um den Baumstamm und wickelten eine schwere, gehärtete Ankerkette darum, die sie für diesen Zweck eigens aus Asgard mit sich geführt hatten. Thor und Widar, die beiden kräftigsten unter ihnen, machten sich nun daran, den Baum langsam aber unaufhörlich aus dem sumpfigen Grund zu ziehen. Als die Wurzeln sich endlich lösten, gab es ein schmatzendes Geräusch und dann wuchteten sich die beiden göttlichen Halbriesen den Baum samt dem sich daran windenden Wurme über die Schultern. Hermod und der erblindete Hödur reihten sich mit ihren Schultern jeweils gegenüber ein. So behalftert, ohne Rast und Ruh vom langen Kampfe, schritten sie darauf rüstig zum Meere hin und waren ihren erneuten Gewaltmarsch erst wieder zu stoppen bereit, als sich ihren müden Blicken die tiefblauen Gestade des Meeres boten.

Wie nun die Reihe daran kam, den bös zischenden Drachen vom Baum zu lösen, entbrannte ein heftiger Streit unter den vier Brüdern. Der ergrimmte Thor meinte, man dürfe dieses furchtbare Untier unter gar keinen Umständen am Leben lassen, während Hermod versetzte, dass Odins unmissverständlicher Befehl laute, den Wurm lediglich im Meer auszusetzen. Der blinde Hödur, der ja vor allen anderen Grund dafür hatte, der Schlange den Garaus zu machen, fand es ebenfalls sehr bedauerlich, dass der Vater dem Loki sein Wort für die Unversehrtheit des Drachen gegeben hatte, war aber unschlüssig und hin und hergerissen zwischen Vergeltung und Gehorsam. Nur Widar, schweigsam wie eh und je, hatte keine Mei-

nung dazu und ergriff weder für den einen noch den anderen Partei. Erschöpft und gereizt wie sie waren, forderten die anderen drei ihren wortkargen Bruder nun auf, er solle entscheiden, was mit der Schlange geschähe. Darauf blickte Widar eine erneute Weile zu dem schrecklichen Drachen hin und meinte schließlich, man würde es hernach sicherlich noch bereuen, diesen nicht getötet zu haben, aber da Odin es so angeordnet habe, müsse dessen Befehl nachgekommen werden.

Da war Thor überstimmt und beugte sich, wenn auch widerwillig, dem Entscheid seines Vaters und seiner Brüder. Als es aber daran ging, der Jörmungand die Fesseln zu lösen, ließ der Riesentöter es sich nicht nehmen, der Schlange einen solch bösen Hieb zwischen die hassgelben Augen zu versetzen, dass sie diese darauf benommen verdrehte; und man sagt, dass seit diesem Tage Thor und die Schlange eine unerbittliche Feindschaft verbindet.

Dann beschwor Odins Erstgeborener erneut die Erdmutter, und als ihm zum zweiten Male Asenkraft gewachsen, da packte er das Untier in der Mitte und warf es mit all der ihm gebotenen Stärke in die wogende Flut. Eine beachtliche Tat, wohlgemerkt, die zu wiederholen ihm nicht mehr vergönnt war, denn als die beiden Gegner das nächste Mal wieder aufeinander trafen, da hatten sich Länge und Umfang der Schlange bereits verzehnfacht.

Die geschundene Jörmungand aber zog sich darauf weit in die Tiefen der See zurück, wo sie lange ihre Wunden leckte. Dort, auf dem Grunde des Meeres, liegt sie seit diesem Tage und man sagt, ihr Leib sei inzwischen so groß geworden, dass er sich bereits um ganz Midgard legen könne. Deshalb heißt man sie heute auch die Midgardschlange, und alle Menschen und Götter fürchten sich vor dem Tage, an dem sich ihr gewaltiger Leib aus der Tiefsee erhebt, denn ihr Erwachen würde eine Flutwelle von der Höhe eines Gebirges auslösen, so dass große Teile von Midgard darunter versinken müssten.

In Asgard aber war's Odin zufrieden und hieß die Seinen an einer üppigen Festtafel willkommen. Neun Tage dauerte die prunkvolle Siegesfeier in Walhalls goldenen Sälen, und bis auf einen gab es keinen Bewohner in ganz Asgard darunter, der es versäumt hätte, auf die ruhmreichen Taten der vier Heldensöhne und ihrer verbliebenen Berserkerschar anzustoßen.

Diesmal war es Loki, der sich weigerte an dem lärmenden Gelage teilzunehmen. Zurückgezogen und schweigend gedachte der Vater seiner drei gezeugten Geschöpfe, die man in Asgard bereits als besiegt erachtete. Dieser Spielzug war eindeutig an Odin gegangen, doch sollte in dieser Angelegenheit das letzte Wort noch lange nicht gesprochen sein, soviel stand fest.

*ja und wie leider so oft, sollte Loki auch dieses Mal Recht behalten!"* beendete Skirnir seine Erzählung. *"Die kommende Zeit wuchs der Wolf mit einer Raschheit heran, die fürwahr nur auf Riesenwuchs und schwärzeste Zauberei zurückzuführen ist. Innerhalb von nur zwei Monden hatte sich seine Schulterhöhe verdoppelt und inzwischen besitzt er die Größe eines ausgewachsenen Auerochsen – doch nicht die von gewöhnlichen Ochsen, die ihr Haupt auf den Feldern unters Joch beugen, nein, ich spreche von jenen Urrindern aus alter Vorzeit, die noch immer vereinzelt durch die Sümpfe streifen und deren Hörner so gewaltig gewachsen sind, dass man eine halbe Kufe Bier hineinschütten kann. Ihr könnt euch sicher denken, was für einen Appetit ein solches Vieh entwickelt?! Erst Kälber und schließlich ganze Kühe müssen wir für dieses Untier heranschleppen, das nie genug bekommt und mit jeder neuen Mahlzeit noch weiter anzuwachsen scheint. Wenn die Zeit seiner Fütterung kommt, beginnt der Wolf zu knurren, die Zähne zu fletschen und wie wild um sich zu schnappen, so dass sein gelber Geifer in alle Richtungen geschleudert wird. Sobald er dann frisst, kaut und schmatzt er schlimmer, wie eine Rotte hungriger Mastschweine, und wenn seine kräftigen Kiefer die Knochen seiner Mahlzeit zermalmen, ist das schlimme Geräusch davon kaum auszuhalten. Seit kurzem duldet Fenrir nur noch Tyr in seiner Nähe, der ohnehin als einziger den Mut und die Kühnheit besitzt, sich bei ihm aufzuhalten.*

Dann, als wir schon glaubten, es könne nicht mehr schlimmer kommen, begann der Wolf des Nachts den Mond anzuheulen. So fürchterlich laut und schauerlich, dass alle Bewohner Asgards eine Gänsehaut davon bekamen und ihren Schlaf für lange Zeit nicht wiederfinden konnten. Da endlich ging Odin zu Loki hin, um diesem mitzuteilen, dass die Anwesenheit des Tieres inzwischen unerträglich geworden sei und er als dessen leiblicher Vater unverzüglich etwas dagegen unternehmen müsse. Doch Loki zuckte nur die Achseln und entgegnete, dass Fenrir schon längst nicht mehr auf ihn höre, seit Odin den Wolf in einen Zwinger habe sperren lassen und die Aufzucht in Tyrs Hände gelegt hätte. Dass bei einem solchen Kriegstreiber wie Tyr ja wohl nicht viel anderes als eine wildgewordene Kampfbestie bei herauskommen könne, sei ja wohl zu erwarten gewesen.

Da beschloss Odin, den Wolf an eine Kette zu legen, die er sogleich in Asgards Schmieden anfertigen ließ. Nun, was damit passierte, schil-

derte ich euch ja schon bei meinem ersten Besuch. Wenn auch ihr versagt, edler Iwaldi, wissen die Asen nicht mehr weiter." Resigniert ließ Skirnir die Schultern hängen.

„Nur Mut, wir haben nicht vor zu versagen!" sprach Iwaldi bestimmt und legte dem Skirnir tröstend die Hand auf die Schulter. „Zwei meiner Söhne sind bereits zurückgekehrt, und wenn mich meine alten Augen nicht trüben, kommt da gerade auch der Dritte hereinspaziert..."

Skirnir und die Köpfe sämtlicher Zwerge rückten herum und erblickten den fröhlich dreinblickenden Westri, der in seiner Rechten triumphierend eine mit Wasser gefüllte Schweineblase schwenkte.

„Verehrter Vater, liebe Brüder, geschätzter Gast", verkündete der Heimkehrer strahlend, „ich bringe euch wie aufgetragen den Atem des Fisches!"

„Hab Dank, mein Bester", antwortete Iwaldi seinem Sohn, ihn dabei leicht am Bart ziehend, um ihn auf diese Weise zu ehren, „du bist der langersehnte Dritte von euch Vieren. Da dein jüngerer Bruder noch unterwegs ist, setz dich einstweilen hier ans Feuer, lass dir einen dicken Krug Kräuterbier einschenken und wohne noch für eine Weile dieser traulichen Runde bei.

„Ja, setz dich, Kamerad. Wir lauschen weiteren Begebenheiten über den Herrn Loki, von dem Skirnir hier uns eben berichtet hat!"

„Au fein, da sag ich nicht nein!" sprach Westri und ließ sich an Ort und Stelle auf seinen Hosenboden plumpsen. „Dann ist Südri also noch immer unterwegs, um von irgendeinem ahnungslosen Frauenzimmer ein Barthaar auszurupfen? So schwer kann das doch eigentlich nicht sein?! Aber wie ich unseren Jüngsten kenne, ist er bestimmt nach Wanaheim aufgebrochen, weil er sich dort ein Wiedersehen mit der wanischen Liebesgöttin Freyja erhofft..."

„Wohl kaum", bemerkte Skirnir, „Freyja weilt schon seit längerer Zeit in Asgard, wo die Asen ihr eine prächtige Halle gebaut haben."

„Außerdem wird er bei Freyja bestimmt nicht fündig werden", entgegnete Ostri, „die hatte doch eine Haut wie ein Pfirsich!"

„Ich weiß", bestätigte ihm sein Bruder, „aber erinnert euch, wie Südri sich damals in dieses göttliche Prachtweib verguckt hat, als sie vor vielen Jahren hier auftauchte, um sich von uns ihren Halsschmuck anfertigen zu lassen?"

Nun seufzte sogar der sonst so griesgrämige Nordri auf: „Wie könnten wir diesen Besuch jemals vergessen...? Führwahr, das war die vergnüglichste Entlohnung, die wir Zwerge jemals für eine angefertigte Arbeit erhalten haben!"

„Sssscht", ermahnte Westri seinen ältesten Bruder und stieß Nordri seinen Ellebogen in den fülligen Leib, „vergiss nicht, was wir dieser feinen Dame geschworen haben für uns zu bewahren!?"

„Ach", brummte Nordri verstimmt, „das ist doch schon lange kein Geheimnis mehr..., spätestens seit..."

Doch Skirnir fiel dem Zwerg ins Wort: „Dieser Halsschmuck, den ihr gerade erwähnt, hat vor einiger Zeit in Asgard ganz schön für Wirbel gesorgt, und dreimal dürft ihr raten, wem dieser wieder einmal zu verdanken war?!" Mit einem Schlage befand Skirnir sich wieder im Mittelpunkt jeglicher Aufmerksamkeit. Er machte ein erstauntes Gesicht: „Dann ist die Kunde davon, dass der Brisingamen für eine kurze Weile seinen Besitzer gewechselt hatte, noch gar nicht bis zu euch vorgedrungen?"

Als auf diese Frage ein allgemeines Kopfschütteln einsetzte, ergriff Iwaldi das Wort: „Offenbar muss eure Frage mit einem deutlichen ‚Nein' beantwortet werden, edler Skirnir. Da ihr aber Kenntnis darüber zu besitzen scheint und ihr hier eine stattliche Anzahl euch wohl gewogener Ohren versammelt findet, erweist uns doch großzügig die Ehre, noch einmal eurer Stimme zu lauschen. Zumindest, bis mein vierter und letzter Sohn hier eintreffen wird!"

Dieser Vorschlag ihres Meisters fand in der unterirdischen Schmiede so regen Zuspruch, dass Skirnir gar keine andere Wahl blieb, als die seiner Anfrage hinzugehörige Erzählung folgen zu lassen: „Nun denn, liebe Freunde, habe ich jetzt ein weiteres erzählerisches Kleinod für euch auf Lager, das sich im übrigen vortrefflich in all die anderen bereits vernommenen Geschichten mit einreihen lässt. Zwar lässt sich der Verlauf des genauen Tathergangs nur mutmaßen, doch glücklicherweise vermochten gewisse Einzelheiten, die ich erst kürzlich noch einer von Friggs klatschfreudigen Zofen entlocken konnte, im nachhinein manch offene Lücke schließen. Die Geschichte selbst darf ohne Übertreibung zu einem von Lokis größten Schurkenstreichen gezählt werden:

DER RAUB DES BRISINGAMEN

att hob sich die große Rundhalle im nächtlichen Mondlicht ab. Mit zusammengekniffenen Augen beobachtete Loki das große Gebäude, dessen hohe Giebelenden in geschnitzten Tierköpfen ausliefen. Der Holzbau besaß mehrere Stockwerke, und Eigentümer dieser Halle war keine Geringere, als die wanische Liebesgöttin Freyja. Nachdem der letzte große Krieg zwischen Asen und Wanen friedlich beigelegt worden war, lebte die Göttin mit ihrem Bruder Freyr und deren gemeinsamen Vater Njörd fast ausschließlich in den Gefilden von Asgard. Selbstverständlich hatte jeder der drei einen eigenen Sitz bekommen, doch Freyjas Halle, die den Namen Folkwang trug, war zweifelsohne die geräumigste von allen. Das kam daher, dass die Wanengöttin seit einiger Zeit die Führung über sämtliche Walküren Asgards übernommen hatte, die sie nun samt all ihren Reittieren in Folkwang beherbergte.

Geduldig wartete Loki auf seinem nächtlichen Beobachtungsposten, bis auch die letzten Lichter innerhalb des Haupthauses verloschen waren. Eine gewisse Anspannung hatte sich seiner bemächtigt, denn hinter diesen hohen Holzpalisaden wartete das kostbarste Geschmeide ganz Asgards darauf, dass er sich seiner bediente. Da es aber ratsam schien, noch etwas Zeit hinzuzugeben, bis auch die Wachtposten von ihrer ersten Schläfrigkeit heimgesucht wurden, verbrachte Loki die verbleibende Zeit damit, sich zu entsinnen, wie er in diese Geschichte eigentlich hineingeraten war.

Er erinnerte sich an jenen Moment, als Odins Gemahlin Frigg ihn zu sich hatte rufen lassen, um ihm voller Genugtuung mitzuteilen, dass sie inzwischen sehr wohl darum wisse, wie er damals der wanischen Hexe Freyja, die unter dem Namen Gullveig zu ihnen gekommen war, zur Flucht verholfen habe.* Eine von Friggs vertrauten Zofen hatte Loki dabei beobachtet, wie er später in die noch immer von schwelenden Rauchschwaden durchzogene Langhalle

---

*siehe „Im Liebeshain der Freyja" – Kap.5: Gullveig und der erste Krieg

der Asen zurückgekehrt war, um die schwer geschundene und ohnmächtige Freyja aufzusammeln und ungesehen hinauszutragen. Da diese Zofe im Geheimen eine besondere Schwäche für den gutaussehenden Sohn der Laufey hegte, hatte sie das Gesehene zunächst jedoch für sich behalten.

Dann hatten sich die Ereignisse zwischenzeitlich überschlagen, denn aufgrund dieses Angriffes auf Gullveig war ein heftiger und langer Krieg zwischen Asen und Wanen entbrannt, der sein Ende erst gefunden hatte, nachdem die alte Burg Odins restlos zerstört und auch die Wanen des Kämpfens müde geworden waren. Ein Friedensvertrag war geschlossen worden, in dessen Verlauf die obersten der wanischen Führungsschicht, Njörd und sein Sohn Freyr, als Friedgeiseln nach Asgard gekommen waren. Kurz darauf hatte auch Freyja sich entschlossen, ihrem Vater und Bruder zu folgen, was natürlich zu neuen Spannungen innerhalb der Asensippe geführt hatte, denn die Ankunft einer solch schönen Frau hatte die redliche Gesinnung manch eines Mannes ins Wanken gebracht.

Erst später, als besagter Zofe klar wurde, dass die Aussicht einmal für länger als nur eine Nacht in Lokis Armen liegen zu können, sich niemals erfüllen würde, hatte sie beschlossen, ihr langes Schweigen zu brechen und war zu Frigg gegangen. Mit weinerlicher Stimme hatte sie ihrer Herrin endlich anvertraut, was sie an jenem Abend beobachtet. Hatte berichtet, wie Loki sie alle mit seinem Zauber geblendet und getäuscht hatte, so dass alle glauben mussten, die wanische Hexe sei in seinem Feuer umgekommen. Schnell war der weitschauenden und zauberkundigen Frigg darauf klar geworden, dass der vermeintliche Liebesschmuck, mit dem Gullveig unter ihrer aller Augen Odin betört hatte, noch immer existierte und sich in Freyjas Gewahrsam befinden musste. Darauf war Friggs verletztem Stolz ein Plan entsprungen, mit dem sie nicht nur Rache an ihrer einstigen Buhle üben wollte, sondern gleichfalls ihren untreuen Gatten abzustrafen gedachte. Sogleich hatte sie ihre zuverlässige Zofe Gna mit der Botschaft losgeschickt, nach jenem schicken zu lassen, der als einziger imstande war, diesen besonderen Brisingenschmuck aufzuspüren.

Loki, klug genug um zu wissen, dass die Göttermutter ihn nicht nur in ihre Privatgemächer kommen ließ, um ihm die Enttarnung seines einstigen Täuschungsmanövers vorzuhalten, hatte eingesehen, dass Leugnen hier zwecklos war und seine Mittäterschaft eingestanden. Ohne Umschweife war Frigg daraufhin zur Sache gekommen und hatte ihm offenbart, dass die Einbindung des obersten Herrschers aller Asen in den Liebesfängen einer wanischen Hexe einen unhaltbaren Zustand darstelle, den zu beenden es einer staatlich notwendigen Dringlichkeit bedürfe. Von Frigg danach befragt, ob er sich über die politische Tragweite dieser äußerst pikanten Angelegenheit im Klaren sei, hatte Loki sich jedoch erst einmal dumm gestellt. Äußerst gespannt, worauf die offensichtlich noch immer sehr gekränkte Frigg hinauswollte, war er den zunächst unbeholfenen Erklärungsversuchen der Göttermutter gefolgt, die ihm auf möglichst unverfängliche Weise zu erklären versucht hatte, was man oder besser gesagt ‚Frau' nun von ihm wünsche.

Da hatte Loki gewusst, dass er wieder im Spiel war und sich bereit erklärt, diese unangenehme Angelegenheit mit dem ihm zur Verfügung stehenden Fingerspitzengefühl aus der Welt schaffen zu wollen. Allerdings, so hatte er eingeräumt, sei das Verschwindenlassen eines solch brisanten Beweismittels die eine Sache, Stillschweigen darüber zu bewahren jedoch eine andere. Gerne sei Loki bereit, Friggs Stillschweigen über sein einstiges Täuschungsmanöver gegen das

seine in dieser neuen Sache aufzuwiegen, doch für das riskante Unternehmen, welches sie nun von ihm verlange, bedürfe es einer gesonderten Verhandlungsweise.

Als Frigg von Loki nun zu erfahren gewünscht hatte, was ihm dabei denn vorschwebe, hatte er sie frech angegrinst und in Richtung ihres königlichen Schlafgemaches geblickt. Schon seit ihrer ersten gemeinsamen Begegnung hatte Loki ein Auge auf Odins schöne Gemahlin geworfen, deren unnahbare ja zuweilen gar überhebliche Art ihn stets herausgefordert hatte. Was also war näher gelegen, als diesen günstigen Augenblick beim Schopfe zu packen, um endlich einmal einzufordern, wofür Frigg ihn schon seit jeher mit ihrer Verachtung bedachte; denn wann immer Loki von den zumeist männlichen Asen dazu ermutigt worden war, eines seiner zahlreichen Liebesabenteuer zum Besten zu gegeben, war Frigg nie müde geworden, ihn dafür mit vorwurfsvollen Blicken abzutadeln.

Wie vorausgesehen, hatte Lokis dreister Vorschlag Odins Gattin in eine wahre Verwirrung der Gefühle gestürzt. Sich nicht im klaren darüber, ob sie nun brüskiert, wütend und beleidigt oder aber doch geschmeichelt reagieren sollte, hatte die kluge Frau in ihrem Herzen redlich abgewogen, wie dieser äußerst pikanten Situation zu begegnen sei. Lokis scharfem Auge indes war nicht entgangen, wie Frigg sich dabei mehrere Male mit der Zungenspitze flüchtig über die Lippen gefahren war; ein gutes Zeichen dafür, dass er den Stachel der Versuchung zum richtigen Zeitpunkt angesetzt hatte. Da die Göttermutter ihn nun in ihre Pläne eingeweiht hatte, waren sie beide gewissermaßen einen Pakt eingegangen und diesen durch das Eingehen auf Lokis Vorschlag zu festigen, entbehrte zumindest nicht einer gewissen Logik.

Schließlich, nach einem gewissenhaften Zögern, hatte Frigg seinem Werben zugestimmt, und mit einem süffisanten Grinsen im Gesicht gedachte Loki jener leidenschaftlichen Nacht, in der sie sich ihr gegenseitiges Stillschweigen im Schlafgemach besiegelt hatten. Kein schlechtes Abkommen, wie er fand, und ganz nach Lokis Geschmack, da die sinnlichen Freuden zusätzlich von der Genugtuung gekrönt waren, Odins vermeintlich keuscher Gattin doch noch die Schürze abgestreift zu haben und hierdurch ihre hochgehaltene Treue endlich einmal Lügen zu strafen. Liebte Loki doch nichts so sehr, wie diesen ewigen Vertretern von Moral und Sittlichkeit ihre scheinheiligen Masken vom Gesicht zu zerren und ihre hehren

Werte, die nicht selten einer aus Not und Mangel heraus geborenen Tugend entsprangen, als fälschliche Heuchelei zu entlarven. Wieder einmal hatte sich Loki bestätigt, dass auch die angeblich Höchsten ihre Hand nicht zurückzuziehen gewillt waren, sobald das Schicksal ihnen in Form einer Versuchung entgegenlachte. Selbst Frigg hatte die süße Gelegenheit nicht ungenutzt verstreichen lassen, ihrem Gatten dessen Untreue auf die gleiche Weise zu vergelten. Dass sie sich hierdurch obendrein einer zukünftigen Machtlegitimation in Form des Brisingenschmuckes zu versichern trachtete, verlieh dem Ganzen zusätzlich eine besondere Würze.

Reue gegenüber Odin suchte man bei beiden vergeblich, war doch der Göttervater auf seinen zahlreichen Wanderungen ebenso wenig ein Kostverächter, der nur selten einen willigen Rock unbeachtet ziehen ließ. Zudem hatten Loki und Odin ja schon vor langer Zeit ihr Blut gemischt, wodurch das Geschehene sozusagen innerhalb der Familie blieb. Wirkliche Freunde teilten eben alles miteinander – ein Grundsatz, dem Loki, der niemals etwas für sich behalten hat, bis heute stets treu geblieben ist.

Die entfernten Worte einer gedämpften Stimme holten Loki aus seinen inneren Betrachtungen zurück. Auf dem hölzernen Palisadenzaun gegenüber zeichneten sich die Umrisse zweier wachhabenden Walküren ab. Offensichtlich hatte er soeben die erste Wachablösung verpasst, und verärgert über seine eigene Unachtsamkeit, konzentrierte er sich rasch wieder auf die vor ihm liegende Aufgabe. So geräuschlos wie möglich verließ Loki sein Versteck und schlich sich auf leisen Sohlen bis an den hohen Holzwall, der Freyjas Halle umzäunte. Seine Hand fuhr an einem der glattgehobelten Stämme entlang und stellte überraschend fest, dass diese mit einem Gemisch aus flüssigem Fett und Holzasche eingestrichen waren. Er musste schmunzeln. Anscheinend misstraute die schöne Wanengöttin ihren neuen Nachbarn noch immer, denn die Instandhaltung solcher Wehranlagen bedurfte einer gewissen Sorgfalt, die nicht ohne einige Mühen und Aufwand vonstatten ging.

Loki beschloss, die Gestalt eines buschigen Eichhörnchens anzunehmen, für dessen Kletterkünste dies unvorhergesehene Hindernis kein Problem darstellen sollte. Er warf sich seinen dunklen Mantel über den Kopf, murmelte einen Verwandlungsspruch und schrumpfte in Sekundenschnelle auf die gewünschte Gestalt zusammen. Ein paar trippelnde Sprünge später hatte er die Spitze der Palisade erreicht und zählte die Walkürenkriegerinnen, die auf den Wehrgängen ihren nächtlichen Rundgang vornahmen. Obwohl Loki kämpfenden Frauen im allgemeinen nicht viel abgewinnen konnte, musste er sich doch eingestehen, dass diese Kriegerinnen ihrer Aufgabe mit großem Eifer nachkamen. Im Gegensatz zu Asgards stark befestigten Burganlagen, auf denen um diese Zeit nur wenige und vor allem schläfrige Wachen anzutreffen waren, starrten die Walküren mit grimmigen Blicken in die Nacht hinaus, gerade so, als erwarteten sie von dort jeden Moment einen Angriff.

Als eine der Frauen geradewegs auf ihn zugeschritten kam, sprang er rasch in den Hof und huschte schattengleich auf die große Rundhalle zu. Deren hohe und dicke Wände waren aus gut abgelagertem Fichtenholz gefertigt, das Asgards Handwerker und Zimmerleute in gekonnter Weise glattgehobelt, eingekerbt, aufeinandergesetzt und mit schönen Ornamenten verziert hatten. Da hier auf Schmierseife verzichtet worden war, hatte Loki das oberste Stockwerk in Windeseile erklommen, huschte durch eines der offenen Fenster und trippelte leise durch einen dunklen Gang.

Es dauerte nicht lange, bis er sich sicher war, vor der Türschwelle zu Freyjas Schlafgemach zu stehen. Da die Göttin eine große Meisterin magischer Seidkunst war, hatte sie diesen Raum vorsorglich mit einem starken Zauber umgeben, den zu durchdringen keinem Unwissenden vergönnt war. Dort hineinzugelangen bedurfte es schon einer gewissen Geschicklichkeit, und zufrieden stellte Loki fest, wie auch die letzten Diebesinstinkte in ihm erwachten. Behände kletterte er die Zimmerwand hinauf und suchte diese nach einer geeigneten Öffnung ab, die groß genug war, um sich dort hindurchzuzwängen. Doch zu seiner Enttäuschung war hier ganze Arbeit geleistet worden, denn der Spalt, den er schließlich im obersten Sparrwerk fand, war nicht viel breiter, als die Bohrung eines fetten Holzwurmes. Doch Loki war's zufrieden, und unsichtbar für fremde Blicke, verwandelte er sich ein weiteres Mal. Das Eichhörnchen

schrumpfte noch weiter zu einer winzigen Fliege zusammen, die sich darauf so gut es ging flach machte und langsam durch den schmalen Spalt zwängte.

Als Loki auf der anderen Seite wieder hinausgelangte, lief er geradewegs einer fetten Spinne ins Netz, die über den unerwarteten Besuch wohl nicht weniger überrascht war wie ihr Opfer. Loki verblieb gerade noch genügend Zeit, einen erneuten Verwandlungsspruch auszustoßen, bevor er Bekanntschaft mit den lähmenden Giftdrüsen der Spinne machen durfte. Doch durch diese unerwartete Gefahr zu einer raschen Vergrößerung genötigt, stieß sein Kopf unweigerlich unter den harten Giebel des Zimmers. Er taumelte, fiel in die dunkle Tiefe und schaffte es beim Aufprall gerade noch sich über die Dielen abzurollen, so dass er mit einem dumpfen Schlag geradewegs vor Freyjas Bett knallte. Blitzschnell kauerte Loki sich zusammen, holte tief Luft und wagte nicht mehr zu atmen. Eine kostbar gewebte Decke, deren golddurchwirkte Borten bis zu ihm herunterreichten, raschelte leicht, als Freyja ihren Kopf über den Bettrand streckte und schlaftrunken in die Dunkelheit blinzelte. Loki, der nur zwei Handbreit unter ihr lag und dicke Backen machte, brach der Angstschweiß aus.

Erst als Freyja einen genüsslichen Seufzer tat, sich wieder auf die Seite drehte und ihr Atem erneut in gleichmäßigen Zügen kam, traute unser Dieb sich wieder hervor. Vorsichtig schraubte er sein Haupt in die Höhe, verdrehte erleichtert die Augen und wischte sich mit dem Handrücken die Schweißperlen von der Stirn. Seinen Blicken bot sich ein wundervolles Bild. Unverhüllt lag die schöne Göttin auf der Seite, den Kopf und beide Arme in ihr Kissen vergraben. Trotz der herrschenden Dunkelheit hoben sich ihre entblößten Rundungen deutlich vom Rest des Bettes ab, und nicht wenige Männer wären in diesem Moment sicher der Versuchung erlegen, Hand an diesen wohlgeformten Leib zu legen. Nicht aber Loki, ein Meister seines Faches, dessen Verzücken vor allem jenem glitzernden Gegenstand galt, den er zu seiner großen Freude am Hals der schlafenden Schönen entdeckte.

– Es stimmte also, was in Asgard bereits als Gerücht kursierte: Freyja legte ihren kostbaren Schmuck nicht einmal zum Schlafen ab! –

Der Vorteil war, dass Loki so nicht lange nach ihm suchen musste, der Nachteil allerdings wog nicht minder schwer. Es würde kein

Weg daran vorbeiführen, ihr die Kette sozusagen direkt unter dem Hals hervorzustehlen. Das erforderte selbst für einen geschickten Dieb wie ihn ein außerordentliches Fingerspitzengefühl. Da er aber nichts so sehr liebte, wie dieses erregende Kribbeln, das, sobald er in die Nähe seines Zieles gelangte, wie ein unwiderstehlich berauschendes Gift in seinen Adern zu pulsieren begann, ließ ihn diese bevorstehende Herausforderung innerlich frohlocken. Ob es sich bei seinen Opfern um eine schöne Frau oder lediglich einen dummdreisten Riesen handelte, war ihm dabei stets einerlei. Viel interessanter waren die zu überwindenden Hindernisse, deren Schwierigkeitsgrad die Süße des zu erwartenden Erfolges bestimmte.

In diesem Fall konnte Loki sich nicht beklagen, denn als seine Finger nur in die Nähe von Freyjas Nacken kamen, tat diese einen erneuten Schnaufer und drehte sich auf den Rücken. Unberührt von den beiden ihm nun freizügig entgegenspringenden weiblichen Hauptmerkmalen, fluchte er innerlich aus – da hatte er nun den Mist! Wie sollte er jetzt nur unbemerkt an den Verschluss gelangen? – Wollte er seine Aufgabe erfolgreich zu Ende führen, musste er die Göttin dazu bewegen, sich wieder auf die Seite zu legen. So gelangte Loki nach fieberhafter Überlegung zu dem Schluss, dass eine weitere Verwandlung unumgänglich war.

Er entsann sich einer Rolle, die er einst in der unterirdischen Schmiede der beiden Zwergenbrüder Sindri und Brokk gespielt hatte. Damals war es um eine Wette gegangen, bei deren Einsatz der eigene Kopf auf dem Spiel gestanden hatte. Um seine Chancen ein wenig zu verbessern, hatte Loki sich dort unbemerkt in eine Pferdebremse verwandelt, um so den am Blasebalg schwer schwitzenden Brokk an der Ausführung seiner Arbeit zu hindern. Gleichwohl der Zwerg seinen lästigen Sticheleien eine bemerkenswerte Zeitspanne hindurch mannhaft widerstanden hatte, war es Loki schließlich doch noch gelungen, den entnervten Zwerg soweit zu malträtieren, dass der den Blasebalg für einen Augenblick aus den Augen gelassen hatte, um nach der lästigen Bremse zu schlagen. Diese geringe Unachtsamkeit hatte zur Folge gehabt, dass der Schaft an Thors zukünftigem Hammer Mjölnir etwas zu kurz geraten war. Allerdings war die ledrige und mit Ruß überzogene Haut eines Alben nicht mit dem zarten Hals einer Liebesgöttin zu vergleichen, weshalb die Pferdebremse schon mal flachfiel. Etwas weniger Grobes, aber dennoch Wirkungsvolles musste her, schließlich wollte er die schlafende Göttin ja nicht wecken. Loki seufzte, denn diese ständigen Verwandlungen kosteten auch ihn ein gehöriges Maß an Konzentration und Körpereinsatz.

So verwandelte sich Loki in dieser Nacht zum dritten Male. Diesmal in einen winzigen Floh, um sich gleich darauf hüpfend in Freyjas volle Haarpracht zu stürzen, die wie goldene Schlingpflanzen ausgefächert über dem Kissen lagen. Als er die gewünschte Stelle im Nacken erreicht hatte, biss er vorsichtig zu, was bei Freyja allerdings nur ein unmerkliches Zucken auslöste. Erst bei seinem zweiten, diesmal erheblich tieferen Biss, fuhr die Rechte der Göttin instinktiv nach oben und klatschte gefährlich nahe neben Lokis winzigem Körper auf. Doch sein Plan sollte aufgehen, denn die Schlafende drehte sich tatsächlich auf die Seite. Der Brisingenschmuck klirrte leise auf, Freyja griff nach ihrer Decke und zog sich diese wieder über die Schultern bis zur Nase hinauf. Loki nahm abermals seine menschliche Gestalt an und stieß erleichtert die Luft aus. Diese Hürde war genommen, nun galt es nur noch, den Verschluss zu öffnen und das Geschmeide unter ihrem Hals hervorzuziehen.

Wir wollen die Spannung nicht unnötig weiter in die Länge ziehen. Loki wäre nicht Loki, wenn er nicht auch dieses Kunststück vollbracht hätte. Leider entzieht sich meiner Kenntnis, wie er den Schmuck unbemerkt aus Freyjas Gemach bringen konnte. Sicher aber ist, dass der Zornesausbruch der Göttin, der erfolgte, als sie den Raub am nächsten Morgen bemerkte, in nichts dem Getöse des Donnergottes nachstand, das dieser einst veranstaltet hatte, als es dem Riesen Thrym gelungen war, ihm seinen Hammer zu entwenden. Freyjas Walkürenkriegerinnen sprangen erschrocken von ihren Schlafstätten, griffen nach den Speeren und jagten in ihren weißen Nachthemden gleich aufgescheuchten Hühnern durch ganz Folkwang. Alle Winkel wurden durchkämmt und abgesucht, sogar jede Grasnarbe im Umkreis angehoben, um irgendwo eine mögliche Spur des Diebes zu entdecken.

Während all ihr Gefolge auf den Beinen war, kehrte Freyja wieder in ihr Schlafgemach zurück und grübelte mit grimmiger Miene darüber nach, wer alles einen Nutzen aus ihrem Geschmeide ziehen könnte. Eigentlich kam nur einer für diese ungeheuerliche Tat in Frage – Odin selbst! – Der hatte ihr die Schmach ihrer einstigen Wiederbegegnung sicherlich noch immer nicht verziehen, denn obgleich er so tat, als sei aller Zwist zwischen ihnen vergessen und begraben, fuchste Odin noch immer, dass er einst in seiner eigenen Königshalle öffentlich sein Gesicht verloren hatte, als Freyja ihm unter dem Namen Gullveig entgegengetreten war. Möglicherweise versuchte er nun sich auf diese Weise zu rächen, indem er sich in den Besitz des Brisingamen, der Wurzel allen Übels, brachte. Aber dass Odin diesen Raub selbst begangen haben sollte? – Nein, das konnte und wollte die Göttin nicht glauben. Schließlich war er der oberste Fürst aller Asen und hatte mehr als nur seinen Ruf zu verlieren. Allerdings war es für Odin ein Leichtes, einen ergebenen Handlanger zu düngen, der ihm verschaffte, wonach ihn verlangte. Einen Dieb, der genügend Arglist und Dreistheit besaß, ihr das wertvolle Geschmeide sogar im Schlaf unter dem Kopfkissen hinfortzustehlen! –

Freyja blickte sich blinzelnd in ihrem Gemach um, fand aber keinen Hinweis auf eine Stelle, die über Nacht nicht entsprechend abgesichert gewesen wäre. Ein frisch zerstörtes Spinnenetz war alles, was sie fand, und augenblicklich entsann sie sich wieder eines dumpfen Geräusches, das sie während der Nacht aus ihren Träumen gerissen hatte. Je länger sie darüber nachdachte, desto sicherer war sie sich, dass eigentlich nur einer wie Loki, der ebenso wie Odin ein Meister der Verwandlung war, dieses außergewöhnliche Schurkenstück hatte vollbringen können. Auch konnte der Göttervater nur von diesem erfahren haben, was es mit ihrem Schmuck und seiner Entstehung auf sich hatte – kurzum, eine andere Erklärung gab es nicht! Als einstige Blutsbrüder steckten die beiden wahrscheinlich sogar unter einer Decke.

Die schöne Wanengöttin erhob sich mit einem Satz und rief nach ihren Dienerinnen. Als diese einen Augenblick später auf der Türschwelle erschienen, klatschte Freyja zweimal eifrig in die Hände und rief: „Auf, auf, bringt mir Waffen, Helm und Brünne, lasst meinen Hengst satteln und die Walküren sich rüsten!"

Mit großen Augen blickten die Mägde ihre Herrin darauf an, als habe diese ihre Befehle in einer fremden Sprache erteilt.

„Nun glotzt mich nicht an wie einfältige Mondkälber und eilt euch!" Ein kampflüsternes Lächeln umspielte Freyjas Lippen: „Es gibt da jemanden, dem mein Besuch sicherlich nur wenig behagen wird!"

Einstweilen wollen wir jetzt den Schauplatz wechseln und unsere Aufmerksamkeit einem anderen Orte zuwenden. Hoch droben auf einem sehr hohen Berg, dessen Gipfel schon weit aus den Wolken ragt, liegt die Himmelsburg des weisen Gottes Heimdall. Dieser wackere Fürst nun ist von den Asen mit einer der wichtigsten Aufgaben überhaupt betraut. Tag und Nacht steht er an einer steil herabfallenden Felsschlucht, an deren Rändern das Ende der farbenprächtigen Regenbogenbrücke Bifröst ausläuft. Wie ihr vielleicht wisst, ist diese Brücke aus Licht und Nebel die einzige Verbindung nach Asgard, dem Sitz der hohen Raterfürsten und Fürstinnen, denn in der tiefen Klamm, welche die Brücke überspannt, lodert ein grausames und ewiges Feuer, das verhindert, dass keinem unliebsamen Gast der Aufstieg durch diese tiefe Kluft vergönnt ist. Selbst Muspells Söhne mussten bereits an ihr scheitern. Und weil der Aufstieg eben unmöglich ist, suchen sie sich immer wieder mit Heimdall auf der schwankenden Himmelsstraße zu messen, die zu bewachen seine oberste Pflicht ist. Keiner vermag mehr all die Feuer-, Berg- und Reifriesen zu zählen, die sich schon vergeblich an dieser Feuerbrüstung versuchten, nur um unter Heimdalls singendem Schwert Höfud enthauptet niederzusinken und von diesem in die feurige Kluft zurückgestoßen zu werden. Denn ihn alleine gilt es zu überwinden, will man einen Schritt in die göttlichen Gefilde tun, die zu betreten nur Auserwählten gestattet ist.

Außer mit seinem mächtigen Schwert ist Heimdall mit einem vergoldeten Panzer aus härtestem Eisen gerüstet, an dem schon manch zubeißende Waffe eines Riesen ihre Schärfe einbüßen musste. An des Gottes linker Seite baumelt ein großes Signalhorn, in dass er stößt, sobald ein Feind sich ihm nähert, dem er alleine nicht gewachsen scheint. Doch gibt es niemanden, der sich daran erinnern könnte, dass dies schon einmal vonnöten gewesen wäre. Neben seiner großen Körperkraft ist der Gott aber noch mit weiteren wunderlichen Eigenarten ausgestattet, die deutlich machen, warum er dieses wichtige Amt bekleidet. Zum einen benötigt er so gut wie gar keinen Schlaf, zum anderen verfügt er über eine so gute Hörkraft, dass er damit sogar noch das Gras auf Midgard wachsen hört. Weiter besitzt er solch scharfe Augen, dass selbst Odin von seinem weitblickenden Hochsitz aus nicht genauer hinzuschauen vermag.

Es war Lokis Pech und wohl Freyjas Glück, dass Heimdall seinen Blick just in jenem Moment nach Folkwang richtete, als unser windiger Langfinger gerade im Begriff war den kostbaren Brisingamen zu verstauen, den er soeben glücklich aus Freyjas Halle entwendet hatte. Zwar konnte Heimdall nicht genau erkennen, was Loki da mitten in der Nacht in seinen mitgeführten Beutel stopfte, aber da der offensichtlich bester Laune schien, war das für den aufmerksamen Wächtergott Grund genug Verdacht zu schöpfen und den rasch Davoneilenden vorerst im Auge zu behalten - und das will bei einem wie Heimdall schon etwas heißen! - Man sollte vielleicht noch erwähnen, dass Heimdall zu jenen gehört, denen einer wie Loki nicht gerade willkommen ist. Das mag vor allem an den

Spottreden liegen, mit denen Loki sich stets über ihn lustig macht, wann immer ihre Wege sich kreuzen. Zudem missgönnt Heimdall dem gutaussehenden Loki dessen Erfolg bei den Frauen, was man ihm, der tagtäglich bei jedem Wetter einsam draußen stehen muss, wohl nachfühlen mag.

Als nun kurz darauf der leuchtende Wagen der Göttin Sol seine Fahrt am Horizont wieder aufnahm, spähten Heimdalls Augen erneut in Richtung Folkwang. Aufmerksam verfolgte er das Spektakel und laute Getöse, das Freyjas Walküren veranstalteten, als die großen Flügeltore der Festung ruckartig aufgedrückt wurden, um daraus eine große Menge Reiterinnen zu entlassen, die sogleich in alle Richtungen auseinander sprengten und in kleineren Gruppen davongaloppierten. Da fiel es unserem ausgeschlafenen Wächter nicht schwer, zwei und zwei zusammenzuzählen und das bei Nacht Gesehene richtig zu deuten. Als dann noch drei der berittenen Walküren Heimdalls 0Felsensitz ansteuerten und, danach befragt, ihm mit knappen Worten seine Vermutung bestätigten, fand sich der zuverlässige Wächtergott unversehens in einer nicht unerheblichen Zwickmühle wieder.

Das Naheliegendste und sicherlich Einfachste wäre gewesen, Freyjas Kriegerinnen mitzuteilen, was er zur nächtlichen Stunde beobachtet hatte. Die Walküren würden augenblicklich eine Treibjagd auf den flüchtigen Dieb eröffnen, und mit großer Wahrscheinlichkeit würde der Schmuck schon bald wieder am Busen seiner schönen Besitzerin prangen. Eben genau dieser prächtige Busen aber war der ausschlaggebende Grund, warum der treuliche Wächtergott seine Entdeckung einstweilen für sich behalten hatte. Seit nämlich vor kurzem die schöne Wanin ihren Hochsitz in Heimdalls Blickweite aufgeschlagen hatte, verzehrte auch er sich insgeheim nach ihren Umarmungen. Dass er mit diesem Wunsche nicht alleine stand, war ihm wohl bewusst. Es gab kaum einen männlichen Asen, den nicht dieses brünstige Verlangen übermannte, sobald dieses rassige Vollblutweib an einem vorüberschritt.

Schon oft hatte sich Heimdall vorgenommen, Freyja auf einem ihrer Ausgänge, die sie zuweilen auch über die Bifröstbrücke führten, anzusprechen, doch leider war sie bisher immer in Begleitung ihrer Leibwache gewesen. Was ihn tröstete, war der Umstand, dass sie dabei stets ein freundliches Lächeln für ihn übrig hatte, weshalb es für ihn nun herauszufinden galt, ob dieses Lächeln lediglich reiner Höflichkeit oder vielleicht doch einer etwas freundlicheren Natur entspross. Durch den Raub ihres Schmuckes bot sich jetzt ganz unverhofft eine Gelegenheit, sich die Gunst und das Wohlwollen der schönen Wanin auf etwas nachhaltigere Weise zu erwerben.

Heimdall nahm den Helm ab und fuhr sich nervös durch sein, an den Schläfen bereits leicht angegrautes, Haar – zu dumm aber auch, dass es ihm nicht gestattet war, seinen Posten zu verlassen. Vor allem jetzt, wo alle Welt den Übeltäter suchte, würde sein ungewohntes Gesuch nach einer Wachablösung sicherlich manch ruhmwilligen Recken verdächtig stimmen, und das wiederum war das Letzte, was er beabsichtigte... – So überlegte Heimdall angestrengt, wie aus diesem Dilemma herauszukommen war.

Schließlich siegte, es ist kaum anders zu vermuten, jene Neigung im Manne, derentwegen schon ganz andere Wagnisse auf sich genommen worden sind. „Wenn hier einer den Dieb stellen wird, dann ich alleine!" sprach Heimdall im Brustton der Überzeugung, sich selbst Mut machend. Nicht einmal im Traum gedachte er daran, jene saftigen Früchte, die ihm nun als Belohnung vorschwebten, mit einem anderen Werber zu teilen.

Erleichtert, sich endlich zu einer Entscheidung durchgerungen zu haben, ließ der getreue Heimdall freilich nicht gleich alles stehen und liegen, wie es möglicherweise Thor angestanden hätte, der, war die Liebeslust erst einmal entfacht, meist weder Freund noch Feind zu unterscheiden wusste. Nein, der gute Heimdall war ein besonnener Mann, weshalb es ihm auch nicht leicht fiel, einen seiner Getreuen zu bestimmen, der während seiner Abwesenheit am Fuße Asgards den Wachdienst schieben sollte. Groß musste der Bursche sein, soviel war klar, denn er würde Heimdalls Rüstung anlegen und deren Gewicht eine Weile tragen müssen. Als seine Wahl endlich getroffen war, wurde dem ausgesuchten Mann zusätzlich eingebläut, sich auf der höchsten Zinne der Himmelsburg zu postieren, so dass auf den ersten Blick keinem würde auffallen können, dass hier nur ein Vertreter die Wacht hielt, der nicht einmal halbgöttlicher Abstammung war. Ebenso ungut wie seinem Herrn war es auch dem befohlenen Knecht zumute, der gleichfalls um das Risiko dieser vorgetäuschten Maskerade wusste.

„Was mach ich denn nur, wenn ein Riese kommt, solange ihr fort seid, hoher Herr? Oder schlimmer noch, eine ganze Rotte dieser hinterhältigen Halunken?" wünschte er ängstlich zu erfahren.

„Keine Sorge", beruhigte Heimdall seinen Diener, drückte ihm das breite Heft seines Schwertes in die Hand und hing ihm den Riemen seines Signalhorns über die Schulter, „sollten es mehr als einer sein, dann stößt du einfach ins Horn. So schnell kannst du gar nicht schauen, wie Thor dann hier angebraust kommt, um dem Riesen eins überzubraten. Jetzt halt dich schön stramm, damit wir keinen Verdacht erregen. Und nicht vergessen, immer schön freundlich auf Abstand den Gruß erwidern, sobald einer dir zuwinkt!"

Selbst hatte sich Heimdall in ein altes Gewand gekleidet und einen abgetragenen Kapuzenmantel übergeworfen. So hoffte er, sich unerkannt aus Asgard hinfort und an den Dieb heranpirschen zu können. Der Wächtergott schlug seinem Diener noch einmal aufmunternd auf die Schulter und empfahl sich bis auf weiteres. Sein scharfer Blick richtete sich auf jene weit entfernten Hügel, wo er Loki mit seiner Beute das letzte Mal hatte verschwinden sehen. Er wusste, dass sich nicht unweit dahinter bereits das Meer befand. Sollte Loki also vorhaben, sein Diebesgut über den Seeweg zu befördern oder schlimmer noch, auf die Idee kommen, es in den dunklen Fluten zu versenken, war höchste Eile geboten. Heimdall verfiel zunächst in einen leichten Laufschritt, sprang aber schon bald mit weiten Sätzen von Stein zu Stein, und die Erde flog nur so unter ihm dahin. Ein siegessicheres Lächeln umspielte seine Lippen. Die alte Giftnatter sollte nicht mehr lange Freude an ihrer Beute haben...

Indes hatte unser tollkühner Langfinger beschlossen, sich von den Strapazen seines nächtlichen Ausfluges erst einmal ausgiebig zu erholen. Die Glieder im hohen Gras langgestreckt, lag er auf der saftig bewachsenen Kuppe einer Steilküste und lauschte dem Klang des Meeres, dessen rauschende Wogen weit unter ihm in gleichmäßigen Abständen gegen die Klippen brandeten. Den Beutel, in dem er den Brisingamen verwahrte, hatte er unter seinen Mantel gelegt, der ihm zusammengerollt als Kopfkissen diente. Zufrieden zog er das Diebesgut jetzt hervor, um sich den Lohn seiner Mühen endlich bei Tageslicht zu besehen. Fasziniert betrachtete Loki das funkelnde Geschmeide, dessen Hauptstück aus vier Reihen rötlich schimmernder Bernstein bestand. Dieses tiefe Rubinrot hatten die Steine zweifelsohne erhalten, indem sie zuvor in Öl gekocht und unter Zusatz von Pflanzenfarben entsprechend eingefärbt worden waren. Freyja, die auch den Beinamen ‚tränenschöne Göttin' führte, hatte damals in ihrer Trauer viele Tränen um ihren verschwundenen Geliebten Odur vergossen, und einige davon waren in diese Halskette miteingeflossen, die nun wie rotes Gold leuchteten.*

Als ob es gestern gewesen wäre, erinnerte sich Loki an jenen Tag zurück, als ihn die damals gerade frisch zur Frau erblühte Freyja aufgesucht hatte, um sich ihm in ihrem Liebeskummer anzuvertrauen. Geduldig hatte er den Ausführungen der jungen Wanin gelauscht und verständig über die noch ungetrübten Träume eines jungen Mädchens gelächelt, das sich bis über beide Ohren in einen fremden Wandersburschen verliebt hatte. Dummerweise aber hatte sie einen Blick zuviel in Mimirs Brunnen riskiert, in dem sich ihr offenbart hatte, dass der Geliebte sie einst wieder verlassen würde. So begehrte sie von Loki einen Rat, wie dieses gefürchtete Unheil im Vorfeld noch abzuwenden sei. Der sah darin allerdings nichts anderes, als den normalen Ablauf der Welt und hatte Freyjas Anliegen mit dem geschulten Blick seiner eigenen weiblichen Seite schnell als den Wunsch nach kontrollierender Vereinnahmung entlarvt. Und da Loki selbst bereits zu der Überzeugung gelangt war, dass jungen Verliebten am besten dadurch geholfen ist, wenn man ihnen genau das verschafft, was sie von ganzem Herzen begehren, hatte er Freyja mit ihrem Wunsch geradewegs zu euch Schwarzalben geschickt, wo die Sippe eines gewissen Iwaldis den Wünschen eines verliebten Mädchens sicherlich gerne zu entsprechen gewillt war...

*siehe „Im Liebeshain der Freyja" – Kap.3 Die Entstehung des Brisingamen

h ja, das waren wir!" pflichtete Ostri dem Skirnir bei, der darauf seine Rede unterbrach.

„Allerdings nicht ohne Vorbehalte", mischte sich nun Westri ein, „denn unser Herr Vater hatte schnell durchschaut, welches wirkliche Ziel die Wanengöttin verfolgte, und das war doch ein ganz anders, als was sie uns zunächst glauben machen wollte..."

„Ach, sei's drum", meldete sich der ältere Nordri, „sie hat bekommen, was sie wollte, und wir ebenfalls; und wenn ihr zwei Tratschmützen jetzt endlich wieder still seid, können wir vielleicht auch noch den Rest der Geschichte erfahren?!"

„Aber nicht ohne mich!" schallte plötzlich eine Stimme durch die Schmiede, worauf alle Beteiligten sogleich ihre Köpfe drehten. Im Eingang stand der kleine Südri und winkte seiner Sippe fröhlich zu. Abgekämpft und müde sah er aus, der jüngste der vier Brüder.

„Na endlich kommst du", empfing ihn Westri herzlich und ließ es sich nicht nehmen, den Ankömmling gleich zu necken: „Wir wähnten dich bereits mit großen verliebten Kuhaugen unter Freyjas Rockzipfeln..."

„Spotte nicht, Bruder", seufzte der Angesprochene erschöpft und ließ sich inmitten der Runde auf den Hosenboden plumpsen: „Die Hacken hab ich mir wundgelaufen nach diesem verflixten Frauenbart. Glaubt ihr, es ist einfach, als Zwerg irgendeine wildfremde Frau nach einem Barthaar zu befragen? Stimmigerweise scheinen jene Damen nämlich nicht zufällig mit einem solchen behaftet zu sein. Wahre Mannweiber sind das, führwahr. Eine hatte ich mir in einem Fischerdorf auf Midgard ausgeguckt. Da aber die Menschen zumeist verschreckt reagieren, wenn sie auf uns Zwerge treffen, beschloss ich, mich ihr im Schlaf zu nähren. Obwohl ich mein Messer frisch geschliffen hatte und mein ganzes Fingerspitzengefühl verwendete, schlug sie im Schlaf um sich, weil sie in mir wohl eine Mücke wähnte. Vor Schreck flog ich von ihrem Bett, und davon ist sie dann aufgewacht. Zuerst hat sie natürlich erst einmal laut geschrieen, und ihr könnt mir glauben, dass ich sehr froh darüber war, dass es sich um eine alte Jungfer handelte, die mir nicht auch noch ihren wütenden Gatten auf den Hals schicken konnte. Den brauchte sie allerdings auch nicht, diese alte Schabracke. Schließlich gelang es mir, sie tatsächlich zu beruhigen, worauf sie mich fragte, ob ich kleiner Wichtel gekommen sei, um ihr einen Wunsch zu *erfüllen. Dummerweise war ich in diesem Moment nicht klug genug, ihr einen solchen zuzusagen, sondern ersuchte sie höflich darum, mir doch bitte eines ihrer Barthaare zu überlassen..."*

Südri nahm sich die Mütze vom Kopf und hielt den anderen sein Haupt hin: „Seht ihr diese Riesenbeule? Da ist ein handfestes Stück Holz draufgesaust, das ich unter ihrem Kopfkissen erst gar nicht bemerkt hatte. Ich kam gerade noch weg, um einem zweiten Hieb auszuweichen, sonst würd' ich jetzt bestimmt nicht mehr hier bei euch sitzen können. ‚Unverschämter Wicht', schrie sie mir hinterher, während ich nur noch die Beine in die Hand nahm und um mein Leben rannte..."

„Hä, hä", lachte Nordri bärbeißig, „jetzt weißt du, warum die keinen Ehemann hatte, wahrscheinlich wachsen ihr die Haare vor allem auf den Zähnen..."

„Erstaunlich, nicht?" merkte sein Bruder Ostri an. „Unser Jüngster hier scheint es ganz wie der Herr Loki zu halten. Auch der bringt Damen ja gerne im Bett um ihr Eigentum..." Mit dieser doppeldeutigen Feststellung hatte Ostri die Lacher natürlich auf seiner Seite.

„Das nächste Mal könnt ihr ja selber gehen", erwiderte Südri beleidigt, der ja nicht selten im Zentrum des Spottes bei seinen älteren Brüdern stand.

„Mein lieber Sohn", unterbrach ihn der alte Iwaldi, „es dauert mich zwar, dich beim Schildern deiner Taten samt erlittener Pein unterbrechen zu müssen, aber die Zeit drängt sehr! Wie du siehst, ist Herr Skirnir bereits zurückgekehrt und wir alle harrten nur noch deiner Ankunft. Hast du nun das Barthaar eines Weibes auftreiben können oder nicht?"

„Ja, natürlich", sprach Südri verstimmt, gekränkt darüber, dass man ihm nicht einmal die Zeit ließ, seine teuer erkauften Wunden vorzuführen, „da ich ja wusste, dass ich mich ohne dieses Haar hier nicht wieder blicken lassen brauchte, begab ich mich also weiter auf die Suche..."

„...Und fandest es schließlich!" schnitt sein Vater ihm abermals das Wort ab und hielt ihm auffordernd die offene Hand unter die Nase.

Südri machte einen Schritt zurück und sprach einfach weiter, denn trotz des ungnädigen Blickes seines Vaters gedachte der junge Zwerg sich seinen Triumph nicht so einfach nehmen zu lassen: „Jawohl! Gerade, als ich der Verzweiflung schon nahe war, kam mir ein altes

Weiblein entgegengehumpelt, der spross bereits manch borstiges Haar aus dem faltigen Kinn. Die hatte Verständnis für meinen Kummer und gab mir das!" Stolz hielt der Zwerg das winzige Haar in die Höhe, als handele es sich dabei um ein selten kostbares Schmuckstück.

„Na endlich", schimpfte Iwaldi gereizt, pflückte sich das Haar vorsichtig aus Südris Fingern und verschwand damit flugs im Nebengang.

„Wird Vater denn nicht unsere Hilfe brauchen?" fragte Südri seine Brüder erstaunt.

„Offenbar nicht", gab ihm einer Antwort, „sonst würde er wohl nach uns schicken lassen. Er hat nur noch auf deinen so teuer erkämpften Fussel gewartet. Jetzt kann er sein Werk endlich vollenden!"

„Und wir damit hoffentlich endlich den Rest und Ausgang unserer Geschichte vernehmen, nicht wahr, edler Herr Skirnir?"

„Gerne", antwortete der Jugendfreund Freyrs.

„Ja genau. Wie geht denn die Geschichte nun weiter? Hat Heimdall den Dieb zu fassen gekriegt oder konnte Loki ihm entkommen? Und viel wichtiger, was ist aus unserem Brisingamen geworden?"

Skirnir hob beschwichtigend die Hände: „Gemach, liebe Freunde. Alles der Reihe nach. Also, an welcher Stelle waren wir?"

„Loki liegt auf einer grasbewachsenen Felsenklippe und betrachtet unser für die schöne Liebesgöttin angefertigtes Geschmeide...", half Ostri dem Diener Freyrs.

„Ah, richtig! Also..."

„Einen kleinen Moment vielleicht noch...", hob in diesem Moment die Stimme des alten Iwaldi an, der unbemerkt wieder zu den Versammelten hinzugetreten war: „Verzeiht mir diese erneute Unterbrechung, edler Herr Skirnir, aber vielleicht wäre es ratsam, zum besseren Verständnis aller Zuhörer zuvor noch ein paar kurze Erläuterungen einzuflechten..."

„Bitte", sprach Skirnir und deutete eine Verbeugung an, „ich habe nichts dagegen."

Iwaldi nickte dankbar: „Habt Dank für euer Verständnis. Nachdem wir also der holden Freyja, die sich uns damals unter dem Decknamen Hörn vorstellte, ihren gewünschten Halsschmuck gefertigt hatten, begab sie sich zu ihrem Geliebten zurück, den sie mit dem Schmuck nun hoffte für alle Zeiten an sich binden zu können. Was die Schöne zu diesem Zeitpunkt jedoch nicht ahnte, war, dass sich hinter der Gestalt ihres Geliebten Odur kein anderer als der Göttervater Odin selbst verbarg. Der hatte ihre Absicht bereits durchschaut und sie schon längst verlassen, als meine Söhne sich mit dieser bezaubernden jungen Dame noch emsig in den Tiefen dieses Berges vergnügten..."

„Eine Nacht, die wir alle wohl niemals vergessen werden", seufzte Südri wonniglich auf und bekam wieder ein verträumtes Gesicht.

„Willst du die Geschichte nun weiterhören oder nicht?" gab Westri ungehalten zurück. „Dann unterbrich unseren Vater gefälligst nicht wieder!"

„Weiter", fuhr der alte Zwerg mit einem ungnädigen Blick auf seinen Jüngsten fort, „als die junge Göttin mit ihrer Liebesfessel wieder zurückkehrte, hatte ihr Odur also bereits das Weite gesucht. Und nun geschah genau das, wovor ich sie zuvor so eindringlich gewarnt hatte. Da der für den Liebeszauber Vorgesehene nicht mehr auffindbar war, schlug die Kraft des Brisingamen geradewegs auf ihre Besitzerin zurück und entfachte in ihr die größtmögliche Sehnsucht, die man sich bei einem Verliebten nur denken kann. Ja, der Preis für diese Erfahrung war bitter zu entrichten, und viele, viele Jahre sollte Freyjas verzweifelte Suche nach dem verschwundenen Geliebten währen, bis sie ihm schließlich in Odins goldener Halle wieder begegnen sollte. Diese unverhoffte Zusammenkunft führte jedoch noch zu weit tragischeren Ereignissen, als der unglückliche Umstand ihrer einstigen Trennung ohnehin schon verursacht hatte. Ihr alle wisst, wovon ich spreche!? Die Folge davon waren die beiden großen Kriege zwischen Asen und Wanen. Erneut war ein geschmiedetes Erzeugnis unserer Bemühungen zum Auslöser einer Kette von Ereignissen geworden, deren Tragweite noch weit größere Kreise ziehen sollte, als es auf den ersten Blick scheinen mochte. Ihr seht, meine Lieben, hier greifen viele Dinge ineinander, und unsere Sippe, die sich letztendlich ja auch nur den Wünschen der Götter zu entsprechen verpflichtet hat, ist auf diese Weise in all jene Dinge mit hineinverstrickt und dreht fleißig mit an dem Schicksalsrad, an welchem die Nornen unser aller Wyrd spinnen. Apropos spinnen", unterbrach der alte Iwaldi sich selbst, „ich hoffe, hiermit den Faden eurer Geschichte einigermaßen wieder aufgegriffen zu haben, edler Herr Skirnir?! Fahrt nun gerne mit eurer Erzählung fort. Ich denke, dass ich euch im Morgengrauen die so dringlich benötigte Fessel für den Wolf überreichen kann!"

Skirnirs Miene hellte sich auf, und er verbeugte sich abermals vor dem hochbetagten Zwerg, der mit ernster Miene wieder in der Tiefe des Berges verschwand.

„Nun denn", fasste Skirnir erneut zusammen und blickte noch einmal in die Augen all der kleinwüchsigen Gesellen, die neugierig den Ausgang seiner Geschichte zu vernehmen wünschten, „kehren wir also zu Loki zurück, der, nicht ahnend, dass sein Verfolger ihm bereits dicht auf den Fersen war, sich noch immer über den gelungenen Ausgang seines Raubzuges freute und sich die Diebesbeute weiterhin von allen Seiten aufmerksam besah:

Am Fuße aller Gewässer
flutender Urstamm,
Zufrieden hielt Loki
das Halsband betrachtend;
doch rüstig ihm folgte,
der Ruhmumglänzte,
grimmig zu richten
den windigen Räuber.

KAMPF AUF DEN KLIPPEN
...und wie Freyja ihr Halsgeschmeide von Odin zurückforderte

oki drehte den schimmernden Schmuck in seinen Fingern in alle Richtungen, denn wann immer das Sonnenlicht sich in neuem Winkel auf dem Bernstein brach, traten weitere Formen darauf zu Tage. Jede der vier einzeln aufgezogenen Bernsteinreihen war mit einer von Freyjas Körperflüssigkeiten durchtränkt. Soviel hatte er von einem Schwarzalben darüber in Erfahrung bringen können, doch diese alleine mochten wissen, welchen magischen Zweck sie erfüllten. Tatsache war, dass diese Kette ihrem Eigner eine ungeheure Macht verlieh, und eben diese in den zauberkundigen Händen einer unberechenbaren Wanin zu wissen, durfte und konnte von der asischen Obrigkeit unmöglich geduldet werden. Natürlich wollte sich niemand die Blöße geben, dies öffentlich eingestehen zu müssen, weshalb man ja auch ihn auf diese heikle Aufgabe angesetzt hatte. Lokis Gedanken wanderten zu Odin. Der arme Kerl konnte einem eigentlich schon wieder leid tun. Denn obgleich es dem Göttervater sicherlich schmeichelte, dass zwei solch mächtige und schöne Frauen sich um seine Gunst bemühten, war es wohl keinem anzuraten, geschweige denn zu wünschen, zwischen deren ränkische Schusslinie zu geraten.

– Nein, tauschen wollte er mit Odin nicht, denn so wonniglich dessen Gattin sich im wohlduftenden Laken des königlichen Schlafgemaches auch angefühlt hatte, so kalt berechnend konnte Frigg auch werden, wenn sie sich um ihre Ränge betrogen sah. Frigg war klug, in manchen Dingen vielleicht sogar klüger als Odin, denn sollte etwas über diesen Schmuckraub nach Außen dringen, würde die offizielle Version lauten, dass ihr eigener Gatte versucht habe, den Brisingamen in seinen Besitz zu bringen. Wahrlich keine einfache Aufgabe, herrschendes Oberhaupt über diese Göttersippe sein zu müssen. Aber Odin hatte es sich nun einmal so ausgesucht, sollte er also zusehen, wie er mit seinem Weiberkram zurecht kam. –

„Was geht's mich an", dachte Loki frohgelaunt und begann gerade damit, ein lustig Liedlein anzustimmen, als sich ihm unbemerkt von hinten eine Messerklinge an den Hals setzte. Augenblicklich erstarrte Loki zu Stein und wagte nicht mehr zu atmen.

„Ei Potzblitz", ertönte Heimdalls Stimme höhnisch an seinem Ohr, „sollte es mir letzten Endes tatsächlich vergönnt sein, die größte Lästerzunge aller Zeiten zum Verstummen zu bringen?" Loki, der sich noch immer nicht zu rühren wagte, bat mit dünner Stimme, Heimdall möge sich doch zu keinen voreiligen Taten hinreißen lassen, was dem jedoch nur ein Lachen entlockte: „Schweig stille, du alte Giftnatter! Nein, du Erztropf, ich habe dich genau dort, wo ich dich immer haben wollte, und es wird mir ein besonderes Vergnügen sein, dir hier und jetzt deinen zarten Hals zu entlasten." Der Druck von Heimdalls Messer verstärkte sich noch einmal.

„Lass den Unsinn", krächzte Loki nun in Todesangst, „lass mich dir bitte alles erklären. Glaub mir, du machst einen großen Fehler!"

„Sooo...?" erwiderte sein Häscher gedehnt, sich an Lokis Furcht ergötzend: „Ich sah dich heute Nacht um Folkwang herumschleichen, und jetzt erblicke ich dich hier bester Dinge im Grase liegend, während deine Langfinger mit etwas spielen, wonach ganz Asgard bereits auf der Suche ist. Was also bitte gibt es da noch hinzuzufügen?"

„Nimm die Klinge beiseite", jappste Loki, „dann werd ich deine Neugier stillen. Glaub mir, es soll nicht zu deinem Nachteil sein..."

„Wenn ich auf all die Lügen, die du mir nur wieder aufzutischen versuchst, aber gar nicht neugierig bin und dir stattdessen viel lieber gleich die Kehle durchschneide?"

„Das wäre äußerst bedauerlich", unternahm Loki einen weiteren Versuch, „denn da du hier ohne ein Schar wütender Walküren aufgetaucht bist, vermute ich mal so ins Blaue, dass du deine nächtlichen Beobachtungen einstweilen für dich behalten hast. Sicherlich wirst du deine Gründe dafür haben..., doch meine ich vorauszusehen, dass, wenn du mir nun den Garaus machst, du keinerlei Beweise für meine Täterschaft besitzt..."

„Komm zur Sache", drängte ihn Heimdall ungeduldig, ohne den Druck seiner Klinge an Lokis Hals zu verringern.

Der fuhr fort: „...Solltest du also beabsichtigen, mit dem Schmuck ohne jeglichen Beweis vor seiner Besitzerin wieder aufzutauchen, könnten eine ganze Reihe unliebsamer Fragen auf dich zukommen..."

„So, so? Und welcher Art, Herr Neunmalklug?"

Erleichtert bemerkte Loki wie der Druck der Schneide an seiner Kehle ein wenig zurückging: „Nun, zum Beispiel wird man wissen wollen, wie ein so rechtschaffender und zuverlässiger Mann von Ehre dazu imstande ist, dies gestohlene Kleinod wiederzubeschaffen und zur selben Zeit für die Sicherheit von ganz Asgard sorgt? Eine beachtliche Leistung, will ich meinen, ohne Zweifel..."

Heimdall biss sich auf die Unterlippe. Es war unfasslich, wie schnell Loki seinen wunden Punkt gefunden hatte. Er schien solche Dinge geradezu hervorzuwittern. „Nur weiter..." knirschte er auffordernd.

„...Ist es vielleicht so", tastete Loki sich vorsichtig weiter, „dass du dir für deine Heldentat ein kleines Stelldichein mit unserer hübschen wanischen Miezekatze erhoffst, die mit ihrer körperlichen Freundschaft sicherlich nicht geizen wird, sobald du ihr ihr heißgeliebtes Eigentum aushändigst? Denn wenn mich meine Augen nicht trügen, schautest du die letzten Male stets wie ein brünstiger Schafsbock drein, kaum dass Freyja ihren zarten Fuß auf deine Brückenschwelle setzte..."

„Das geht dich gar nichts an, du feigherziger Wicht", knurrte Heimdall böse und zog das Messer weiter zurück, „überhaupt steht es einem von deinem Schlage schlecht an, sich über derartige Neigungen anderer auszulassen."

„Aber, aber, lieber Freund...", erwiderte Loki, schon wieder Oberwasser witternd, und setzte sich langsam auf. Tastend befühlte er seinen Hals nach einer möglichen Schnittwunde: „...keiner in ganz Asgard hat mehr Verständnis für deine Not, als meine Wenigkeit, glaub mir! Man bedenke nur deiner allzu undankbaren Arbeit, welche deine Sippe dir einst aufgebürdet..."

„Es ist eine ehrenvolle und vertrauenswürdige Aufgabe, die dauerhaft zu leisten ich einen heiligen Eid geschworen habe!" entgegnete Heimdall trotzig und schob die Brust dabei stolz nach vorne.

„Mit ein paar klitzekleinen Ausnahmen vielleicht, nicht wahr?" hüstelte Loki und warf Heimdall einen wissenden Blick zu, der erkannte, dass er sich schon wieder zu weit herausgelehnt hatte und Loki auf den Leim gegangen war.

„Tag und Nacht alleine auf diesem von Aaren verschissenen Vogelhorst zu wachen, würde einen wie mich jedenfalls mit Grausen erfüllen", merkte Loki mitfühlend an, „und dann setzen sie einem obendrein noch einen Prachtbau wie Folkwang vor die Nase, auf dessen liebreizende Besitzerin tagtäglich blicken zu müssen, fast schon wie ein Hohn anmutet. Tja, das Leben kann für einen wackeren Wachmann von solch edler Gesinnung zuweilen recht hart sein."

„Spar dir deinen beißenden Hohn, elende Giftzunge. Auf was willst du hinaus?" knirschte Heimdall und seine Muskeln spannten sich bedrohlich.

„Gar nichts, überhaupt nichts", hob Loki beschwichtigend die Hände, „ich denke nur gerade daran, dass es nicht sonderlich gut aussehen könnte, wenn weithin bekannt würde, dass Asgards Sicherheit für einen gewissen Zeitraum nicht gewährleistet wurde, nur weil der zuständige Diensthabende meinte, einem Boten nachstellen zu müssen, der lediglich ausführte, was man ihm zuvor aufgetragen. Einem solch eigensinnigen Wächter weiterhin sein Vertrauen zu schenken, wird einigen Personen sicherlich ein wenig schwerlich fallen..."

„Nicht, wenn der Übeltäter keinen Kopf mehr besitzt, mit dem er dies ausplappern könnte", knurrte der Götterwächter gefährlich und hielt Loki erneut sein Messer an die Kehle. „Aber was ist das für ein Gerede von einem Auftraggeber, mit dem du sicherlich nur wieder versuchst, dich deiner Strafe zu entziehen? Oder willst du etwa andeuten, den Schmuck nicht für dich, sondern für jemand anderen gestohlen zu haben?"

Vorsichtig schob Loki die Klinge an seinem Hals wieder etwas zur Seite: „Heimdall, mein Guter, du kennst mich nun schon eine Weile. Wir beide mögen uns zwar nicht sonderlich gut leiden können, aber so wahr ich hier mit deinem Messer an der Gurgel sitze, frage ich dich mit allem mir noch gebührenden Ehrgefühl – habe ich von all den wertvollen Gaben, für die ich mitunter sogar mein eigenes Leben riskierte, jemals etwas für mich behalten?"

Heimdalls Unterlippe wölbte sich nachdenklich nach vorne: „Hrmh... zugegeben, gleichwohl ich keine Fischgräte auf dein Wort zu setzen bereit bin, kann ich dir dies eine Mal nicht widersprechen. Doch wer, außer dir, sollte die Unverfrorenheit besitzen, unserer wanischen Friedgeisel ihren kostbaren Halsschmuck zu entwenden? Sprich rasch!"

Loki, der erkannte, dass er ins rechte Horn gestoßen hatte, gedachte noch einen obendrauf zu setzen: „Ich sehe ein, dass man dir nichts vormachen kann. Doch zwinge mich nicht meinen Auftraggeber zu verraten, den zu benennen dir wenig Freude bereiten würde!"

Blitzschnell war Heimdalls Klinge wieder an Lokis Hals: „Du solltest dich lieber um deinen als um meinen Kopf bemühen. Den Namen, du Strolch, oder ich werde dir auf der Stelle die Kehle durchschneiden!"

„Nun gut", erwiderte Loki und machte seinen Hals lang, „da du mich mit Gewalt nötigst, sollst du zumindest die Möglichkeit erhalten, seinen Namen zu erraten. Selbst werde ich ihn nicht nennen, dazu hab ich mich verpflichtet und einen Eid geschworen!"

„Spielt das eine Rolle bei einer Natter wie dir, der ein Schwur schneller über die Lippen kommt, als eine Maus benötigt, um ihr Loch aufzusuchen? Also rede!"

Loki sah Heimdall mit ernstem Blick an und schaute dann aufs Meer hinaus: „Es ist jemand, der dir und mir gleichermaßen..., sagen wir..., recht nahe steht!"

„Ein Riese?" Heimdalls Augen wurden groß. Dann folgte er kurz Lokis Blick: „Etwa meine eigene Großmutter Ran, deren Gier nach Gold keine Grenzen kennt?"

„Nicht doch", lächelte Loki, dem solche kleinen Ratespielchen gut zu Pass kamen. Er führte seine flache Hand auf Augenhöhe: „Etwas höher solltest du diese Persönlichkeit schon ansiedeln."

„Höher?" Heimdalls Stirn legte sich in tiefe Falten, „du meinst, einer aus der Sippe der Asen?"

„Nicht irgendeiner", schmunzelte Loki zufrieden und führte sich die Hand nun über den Kopf, „noch ein bisschen höher... Na?"

Heimdall schüttelte ungläubig sein Haupt: „Du meinst..., du willst damit andeuten...?" Ein breites Grinsen bestätigte dem Wächtergott seine schlimmste Befürchtung: „Du willst behaupten, dass...? Nein, nicht doch! Nicht er!?"

Lokis Grinsen wurde noch breiter und Heimdall suchte verzweifelt in dessen Augen zu lesen, ob dies im Scherz gemeint oder tatsächlich geernstet sei: „...Etwa Odin?"

Loki, dem ja eigentlich dessen Gattin Frigg im Sinn schwebte, hob lediglich die Schultern und grinste weiter, womit er Heimdalls Antwort weder bestätigte noch verneinte. Der konnte selbst kaum glauben, welchen Namen er gerade genannt hatte. Jedenfalls schien ein weiterer Hinweis von Lokis Seite nicht mehr vonnöten, denn Heimdall hatte seine eigens vermutete Fährte bereits aufgenommen – und ihn von dieser wieder abzubringen, lag Loki fern. Sollte der eifrige Hornbläser selbst zusehen, wohin ihn diese Annahme führte. –

„Aber, ... das...", Heimdall versagte noch immer die Sprache und erschüttert starrte er auf das Spiel der heranklatschenden Wellen, „...das ist eine Ungeheuerlichkeit! Warum sollte Odin dies veranlassen? Warum begehrt mein eigener Vater den Schmuck dieser Wanin?"

„Möglicherweise aus demselben Grunde wie du!" mutmaßte Loki, stellte sich neben seinen Verfolger und versuchte den Weg nach unten abzuwägen. „Frag ihn das ruhig selbst, ...aber ohne den Schmuck!" Im nächsten Moment schoss Lokis rechte Hand vor und riss dem völlig überrumpelten Heimdall den Brisingamen wieder aus der Hand. Loki rannte damit auf die Klippen zu, nahm den Halsschmuck zwischen die Zähne und stürzte sich mit ausgebreiteten Armen über den Abgrund.

In Asgard, direkt über Allvaters königlicher Halle Walaskjalf, schien an diesem frühen Morgen der Himmel zu erbeben. Odin, der um diese Zeit schon wach war, gerne aber noch etwas liegen blieb, um über die kommenden Amtsgeschäfte nachzusinnen, sprang wie von einer Tarantel gestochen aus den Federn. Hastig griff er nach seinem stets bereitstehenden Speer Gungnir und eilte so bewaffnet zu seinem Turmfenster. Unter dem liefen bereits seine beiden Wölfe Geri und Freki aufgeregt hin und her und knurrten den Himmel an. Zwei Dinge schossen Odin durch den Kopf – waren etwa die Riesen in Asgard eingefallen? Und wenn ja, wieso hatte Heimdalls Hornruf sie nicht vorgewarnt? –

Herrisch schob er die beiden lärmenden Tiere zur Seite und starrte ebenfalls zum Firmament, dessen dumpfes Grollen selbst den rumpelnden Wagen seines Sohnes Thor zu übertreffen schien. Der weilte derzeit mal wieder im Riesenlande, was ja beileibe keine Seltenheit war, wenn man ihn mal brauchte. Erst, als der Göttervater den wahren Grund für das morgendliche Spektakel erblickte, entspannte sich seine besorgte Miene wieder etwas und wich einem unverständigen Staunen; denn das, was da auf so bedrohliche Weise heranstürmte, war keine befürchtete Meute blutrünstiger Riesen, sondern eine Schwadron berittener Walküren, die in wildem Galopp durch die Lüfte direkt auf seine Halle zuhielten. Im übrigen ein sehr beeindruckendes Bild, wie er fand. Angeführt wurde die schwer gepanzerte Schar von keiner Geringeren als Freyja, deren wutentbrannter Gesichtsausdruck erkennbar wurde, als die Walküren ihren Ritt stoppten und ihre Tiere auf dem großen Platz vor seiner Halle in einer dichten Staubwolke zum Stehen brachten.

„Bragi!", brüllte der Göttervater lautstark nach seinem ersten Skalden und Sprecher, „zum Henker, wo steckst du alte Leier wieder?"

Noch mit seinem Nachthemd bekleidet, erschien der Gerufene nur wenige Augenblicke später in Odins Gemächern. „Mein Herr und König", stammelte Bragi bestürzt, „draußen auf dem Hofe steht eine ganze Reiterabteilung bewaffneter Walküren, die euch..."

„Bin ich jetzt etwa auch noch taub geworden, oder was?" schrie Odin den Skalden ungehalten an, während er nervös nach seinem Gewand fischte. „Das Spektakel war ja wohl kaum zu überhören. Rasch, eile diesen aufgescheuchten Matronen entgegen und halte sie etwas hin, bis ich mich angekleidet habe. Mich dünkt, dass ihre Herrin heute morgen nicht groß zu Späßen aufgelegt ist!"

„Ich eile, mein König", antwortet Bragi im Brustton der Überzeugung, stolz darüber, seinem Herrscher endlich einmal nicht nur mit Sprüchen dienen zu können. „Wenn es sein muss, werde ich mich diesen gepanzerten Furien selbst in den Weg stellen...!"

„Das lass mal lieber bleiben", entgegnete Odin gedämpft, der noch mit den Ärmeln seines Hemdes kämpfte, das er sich soeben über den Kopf gestreift hatte. Aber der eifrige Skalde war bereits wieder unterwegs, um seinen Worten Taten folgen zu lassen. Odin überlegte, ob er sich um den alten Bragi sorgen musste, denn einer wütenden Walküre ging man besser aus dem Wege. Handelte es sich bei einer solchen um die aufgebrachte Freyja, galt dies sogar im doppelten Sinne. Was mochte der wanischen Göttin wohl für eine Laus über die Leber gekommen sein, dass sie ihn zu dieser frühen Stunde samt gerüstetem Gefolge aufsuchte? Nun, sicherlich würde sie es ihm gleich selbst ins Gesicht sagen, denn dass seine Wachen und der tattrige Liederschmied die erregte Wanin wirklich aufzuhalten imstande waren, daran konnte und wollte er nicht so recht glauben.

Hastig knüpfte Odin sich die Verschlüsse seines mit Fellkragen besetzten Gewandes zu, das er eigentlich nur zu besondern Anlässen trug. Da ihm aber offensichtlich eine Auseinandersetzung ins Haus stand, war es sicher nicht von Nachteil, dieser zunächst mit königlicher Würde zu begegnen. Dem Gewand folgte eine kostbare Kette, die mit vier goldenen, protzigen Gewandfibeln versehen war. Odin kam ins Schwitzen. Normalerweise übernahmen zwei Bedienstete diese morgendlichen Ankleidungsaufgaben, doch da es dreimal so lange dauern würde, diese erst aus ihren Federn zu holen, zog er es vor, das Anziehen lieber selbst vorzunehmen und den heutigen Morgen als Notfallübung zu begreifen. Nachdem er sich den schweren Schmuck über den Kopf gestreift und zurecht gerückt hatte, schielte er nach seiner Krone, einem in Weißgold gehämmerten Stirnreif, der seine Autorität entsprechend unterstrich. Zufrieden warf Odin noch einen schnellen Blick in seinen kunstvoll gearbeiteten Spiegel und schnippte mit den Fingern, worauf sich seine beiden getreuen Wölfe sogleich an seine Seite gesellten. So gewappnet hoffte er, diesem in Rage geratenen Frauenzimmer begegnen zu können, das bereits deutlich vernehmbar lärmend durch seine Hallen fegte.

Es gelang Odin gerade noch, von seinem Schlafgemach in den glücklicherweise nicht allzu weit entfernt gelegenen Empfangssaal zu hasten, als auch schon die großen Flügeltüren nach innen aufflogen. Fast zeitgleich wie die heraneilenden Walküren, die seine überrumpelten Leibwachen einfach mit in die Halle schoben, schaffte es Odin, sich auf seinen Thron fallen zu lassen.

Bragi, der offensichtlich schon ein paar leichtere Blessuren davongetragen hatte, zwängte sich an dem aufgebrachten Haufen vorbei und stellte sich mutig und breitbeinig vor Odins Thron. Beschwörend hob er die Hände und rief: „Edle Damen, haltet ein und vergesst nicht, in wessen Halle ihr euch befindet!"

„Pah!" entgegnete Freyja trotzig und drückte mit ihrem Rundschild eine von Odins Wachen so kräftig gegen die Wand, dass dem Mann durch den Stoß der Helm vom Haupte rutschte. „Im Hause eines Königs mögen wir wohl sein", höhnte sie, „doch ob er unseren Respekt noch verdient, wenn ich vorgetragen, was ich zu sagen habe, wird sich weisen!"

Odin fand nun den Zeitpunkt gekommen, etwas sagen zu müssen und erhob sich so würdevoll wie möglich aus seinem Sitze: „Zwar trage ich nicht im geringsten darüber Kenntnis, was der Grund für dies ungestüme und unhöfliche Eindringen ist, doch will ich mir gerne anhören, was du, Freyja, Tochter des Njörd und der Nerthus, vorzutragen hast..." Schon holte Freyja tief Luft, um dem Göttervater ins Wort zu fallen, doch der schnitt ihr mit gebieterischer Handbewegung das Wort ab und fügte an: „...wenn du bereit bist, die höfische Etikette zu wahren und deine Kriegerinnen wieder hinausschickst!" Mit strenger Miene blickte er von oben auf das sich ihm darbietende Durcheinander aus bewaffneten und schwer atmenden Leibern. „Ich brauche kein Tollhaus hier drinnen!"

Da war einstweilen wieder Stille eingekehrt, denn selbst die aufgebrachte Freyja vermochte sich dieser königlichen Weisung nicht zu widersetzen. Die Wanin nahm ihren Helm ab und gab ihn einer ihrer Kämpferinnen mit, die sich daraufhin folgsam anschickten, die Halle wieder zu verlassen. Ebenso wie die Leibwachen, die Odin mit einem Wink vor die Türe wies, um die Torflügel hinter sich zu verriegeln. Nun befanden sich nur noch Odin, Freyja und der Skalde in der königlichen Empfangshalle. Bragi schritt auf die Göttin zu, die sich von ihm bereitwillig Schild und Speer abnehmen ließ. Beides trug der Skalde darauf in eine Ecke.

„Am besten bringst du die Sachen gleich außer Reichweite in den Nebensaal", wies Odin seinen Hofskalden an.

Und Freyja fügte hinzu: „Und setzt dich selbst gleich mit dazu, denn was ich zu sagen habe, soll zunächst nur an Odins Ohren gelangen. Wenigstens solange, bis ich meine Vermutung bestätigt sehe!"

Bragi warf dem Göttervater einen fragenden Blick zu, der sein Einverständnis mit einem kurzen Nicken andeutete. Als die Nebentüre hinter dem Skalden ins Schloss fiel, bekam die entstandene Stille plötzlich etwas Unwirkliches, ja fast schon Bedrohliches, so dass Freyja, die bis eben noch ganz in ihrem kriegerischen Tun aufgegangen war, sich mit einem Schlag etwas verloren in dieser großen Halle vorkam. Dort stand sie nun vor keinem Geringeren, als dem obersten Herrscher aller Asen. Der blickte ihr von seinem Thron herab in stummer Anklage entgegen, gerade so wie ihr Vater Njörd, dessen Aufmerksamkeit sie sich als enttäuschtes Kind des öfteren mit solch lautstarken Auftritten erzwungen hatte. Waffen, Helm und Schutzschild waren ihr abgenommen worden, und auch völlig unbekleidet hätte sie sich kaum nackter und unwohler fühlen können, als in diesem Moment. Freyja wusste, dass, wenn sie jetzt nicht allen Mut zusammennahm, sie von der starken Kriegerin unversehens in die Rolle des verletzten Kindes zu fallen drohte. So beschloss sie, ihre Taktik zu ändern und eine andere Tonart anzuschlagen:

„Es ist sehr, sehr lange her, dass wir beide uns alleine unterhalten konnten", bemerkte Freyja mit ruhiger Stimme, während ihr Blick durch die große Halle streifte.

„Bis gerade eben gewann ich nicht den Eindruck, dass dies dein Wunsch sein könnte", erwiderte Odin, ohne seinen strengen Blick von ihr zu nehmen.

Da erinnerte sich Freyja wieder an den Grund ihres Kommens und sogleich gewannen Stimme und Haltung wieder etwas von ihrer eingebüßten Spannkraft zurück. „Du weißt wirklich nicht, warum ich hier bin?" suchte sie misstrauisch in Erfahrung zu bringen.

„Nein!" kam Odins ehrliche Antwort.

„Ach? Wo du doch sonst immer über alles in der Welt Bescheid weißt, scheint dir diesmal also gänzlich entgangen zu sein, was sich in deinem eigenen Reich, keine drei Meilen von deiner eigenen Halle entfernt, zugetragen hat?"

Der Göttervater hob Arme und Schultern: „Tut mir leid, dich enttäuschen zu müssen, aber da musst du schon etwas genauer werden."

„Das will ich gerne tun! Heute Nacht hat der dreisteste aller Diebe versucht, mir meinen kostbaren Halsschmuck zu entwenden. Aber du weißt natürlich nichts von alledem?!"

„Deinem Auftreten und Tonfall nach zu urteilen, gehe ich wohl recht in der Annahme, dass der Räuber Erfolg hatte!?"

„Es freut dich wohl, das zu hören?" erwiderte Freyja höhnisch und beobachtete Odin mit funkelndem Blick, ob der sich durch eine unbedachte Mimik verriet.

Der verzog jedoch keine Miene und fuhr bedächtig fort: „Warum sollte mich dies mit Freude erfüllen? Oder hältst du mich für einfältig genug, einen Dieb in das Haus jener Frau zu schicken, deren Familie uns als Friedgeiseln zugesandt wurden, um hierdurch möglicherweise einen erneuten Krieg zwischen unseren Völkern zu entfachen? Nein Danke, dieser goldglänzende Schmuck hat schon genug Unglück über uns alle gebracht und Abertausende tapferer Recken das Leben auf dem Schlachtfeld gekostet!"

Freyjas Festung begann zu wanken, denn Odins Worte entbehrten nicht einer gewissen Logik. Doch so einfach wollte sie diesem das Feld nicht überlassen.

„Konntest du oder irgendjemand den Dieb erkennen?" wollte der Göttervater weiter wissen. „Wie ich meine, ist dein Haus doch gut gesichert, zudem wird es Tag und Nacht von deinen Kämpferinnen bewacht..."

„Dennoch hatte der Räuber Erfolg!" entgegnete Freyja bestimmt. „Und ich meine zu wissen, dass es in ganz Asgard nur einen gibt, der soviel Tücke und Dreistigkeit in einem besitzt, dass er diesen Raub wagen und ausführen konnte!"

„Du sprichst von Loki?" Des Göttervaters rechte Augenbraue schob sich nach oben. Für Freyja ein untrügliches Anzeichen dafür, dass sie mit ihrer Vermutung richtig lag. Odin reckte den Kopf nach vorne und kratzte sich hörbar den Hals: „Und was veranlasst dich zu der Annahme, dass gerade Loki deinen Schmuck gestohlen haben könnte?"

„Weil Loki ein diebischer Schleicher und käuflicher Söldner ohne Gewissen ist, und weil es weithin bekannt ist, dass er zu jener Sorte Leute gehört, die Dinge finden, die ihre Besitzer noch gar nicht verloren haben, deshalb!"

„Das alles liefert trotzdem noch nicht den Beweis dafür, dass Loki der Dieb sein soll!" bemerkte Odin in richterlicher Weitsicht.

„Glaub mir, ich weiß es! Und zwar mit dem untrüglich weiblichen Gespür einer Dise. So wahr ich hier stehe - Loki ist der Dieb!"

„Nun gut", erwiderte Odin noch immer gelassen, „aber wenn dem so ist, warum bist du dann hier und jagst nicht deinem Verdächtigen hinterher?"

Odins selbstsichere und überlegene Art, mit der er selbst jetzt noch versuchte seine Mittäterschaft an diesem Raub zu leugnen, trieb Freyja erneut die Zornesröte ins Gesicht. „Weil ich guten Grund zu der Annahme habe, dass nur du ihn zu dieser Tat angestiftet haben kannst!" rief sie laut und zeigte mit dem Finger auf ihn.

Odin lehnte sich wieder zurück: „Ich will hoffen, deine Beweise dafür sind so gut wie deine Zunge mit dem Urteilen schnell ist?" Ergeben öffnete er die Hände: „Ich habe deinen Schmuck nicht, doch gerne gestatte ich dir und deiner streitlustigen Schar, meine persönlichen Gemächer zu durchsuchen. Solltet ihr den Brisingamen hier tatsächlich vorfinden, will ich dir gerne Rede und Antwort dazu stehen."

„Ha!" stieß Freyja schnaufend die Luft aus, „jemand, der solches von sich gibt, muss sich seiner Sache schon sehr sicher sein. Vielleicht aber sollten wir genau das tun, allein schon deshalb, damit dein Gesinde und auch der Rest der Asensippe mitbekommen, was hier hinter meinem Rücken für niederträchtige Ränke gesponnen werden!" Freyjas Augen funkelten selbstgerecht: „Doch bist du viel zu gerissen, als dass du den Dieb die Beute hierher in dein Haus bringen lassen würdest. Nein, der wird irgendwo da draußen im Unterholz oder in einer dunklen Höhle darauf warten, bis sich die ersten Wogen des Aufruhrs wieder etwas geglättet haben, bevor er sich damit hierher wagt!"

„Wogen, die ich bisher nur von dir ausgehen sehe", konterte Odin verstimmt, den dieses Verhör langsam zu ärgern begann – was wurde hier hinter seinem Rücken eigentlich gespielt? – Der Göttervater beschloss, dies unverzüglich herauszufinden.

Die beiden Götter konnten nicht ahnen, dass im selben Augenblick an anderer Stelle auf eben jenen Dieb, über den man sich in Odins Halle so streitbar ereiferte, Wogen gänzlich anderer Art zukamen. Während seines Sturzes in die Tiefe der steil abfallenden Steilküste, murmelte Loki einen Zauberspruch, der ihn, noch bevor er auf den Wellen aufklatschte, in Sekundenbruchteilen in einen Seehund verwandelte, in dessen Gestalt er nun elegant in das feuchte Element eintauchte. Ein paar kräftige Flossenschläge brachten ihn rasch aus dem Gefahrenbereich der Strömungen, die einen ungeübten Schwimmer schnell erfassen und gegen die Felsklippen schleudern konnten. Der Brisingamen glitzerte zwischen seinen Zähnen. Loki triumphierte auf der ganzen Linie, denn das alles war so schnell vonstatten gegangen, dass er sich, von seiner eigenen Flinkheit beeindruckt, am liebsten selbst hätte auf die Schulter klopfen mögen. Mit den ihm nun zur Verfügung stehenden Flossen war dies freilich nicht möglich, doch der Gedanke an Heimdalls dümmliches Gesicht mochte dies allemal aufwiegen.

Doch hatte der Zechpreller seine Rechnung diesmal ohne den Wirt gemacht. Mochte man über Heimdalls stoische Treue zur Asensippe auch manch spöttisches Wort verlieren, eines konnte man dem alten Haudegen wahrlich nicht absprechen – und das war Mut! Zugegeben, dieser kurze Augenblick der Überraschung hatte seinem dreisten Gefangenen genügt, ihm den Schmuck zu entreißen und sich damit erneut aus dem Staube zu machen. Aber der hatte darüber völlig vergessen, dass sein Verfolger über ein ausgezeichnetes Gehör verfügte. Und eben dieses hatte Lokis gemurmelten Verwandlungsspruch sehr wohl vernommen, weshalb Heimdall seinem Flüchtling auch ohne zu zögern nachsetzte und sich ebenfalls die Klippen hinunterstürzte.

Wie Loki sprach auch der Wächtergott die magischen Worte im Fluge. Allerdings nicht schnell genug. Zu groß war in diesem Moment wohl die Angst, der vernommene Zauberspruch könne seine Wirkung bei ihm möglicherweise versagen, und so klatschte der Wächtergott sehr unsanft in die dunklen Fluten. Seine Verwandlung folgte jedoch unversehns, was dazu führte, dass zunächst eine gewaltige Menge eiskalten Salzwassers in Heimdalls Lungen gespült wurde. Es brauchte einige Momente, bis ein Krieger, der seinen Dienst gewöhnlich in Asgards luftigen Höhen verrichtet, sich mit dem für ihn völlig ungewohnten Wasserelement vertraut gemacht hatte. Doch da sich sein neuer Körper für diese Hürde als wie geschaffen herausstellte, nahm Heimdall all seinen Willen zusammen und folgte dem davongleitenden Loki mit flinkem Flossenschlag.

Der hatte sich, da er seinen Verfolger längst abgeschüttelt glaubte und sich bereits in Sicherheit wähnte, noch nicht allzu weit vom Ufer entfernt. Neugierig streckte Loki seinen Kopf aus den Fluten und versuchte, Heimdall am Rande der Klippen zu erspähen, konnte ihn allerdings nicht entdecken. Dass er seinen Gegner massiv unterschätzt hatte, dämmerte ihm erst, als er Heimdalls scharfe Zähne plötzlich in seiner Schwanzflosse verspürte. Zuerst glaubte Loki

noch von einer anderen Robbe attackiert zu werden, die in ihm möglicherweise einen Rivalen oder Eindringling ihrer Fanggründe sah, doch ein Blick in Heimdalls stechende Augen beseitigte rasch jeden Zweifel. Da vermochten Loki weder seine Schwimmkünste noch all seine gedrehten Pirouetten mehr zu helfen, der andere hatte sich in ihn verbissen und ließ sich nicht mehr abschütteln.

Als dem Flüchtenden, dessen Zähne noch immer krampfhaft den Brisingamen umklammert hielten, die Luft auszugehen drohte, kämpfte er sich mit letzter Kraft auf einen größeren Felsen zu, dessen Oberseite flach aus dem Wasser ragte. Heimdall, der selbst kaum noch Luft in den Lungen hatte, war darüber nicht unglücklich, und als sie beide mit ihren glitschigen Körper erschöpft über das scharfkantige Riff robbten, war für einen Augenblick sogar ihre Feindschaft vergessen. Allerdings nicht lange, und schon hatten Heimdalls Zähne ebenfalls nach dem Halsschmuck gegriffen, dessen Bernsteinreihen aus Lokis Maul schimmernd heraushingen. Ein wütendes Hinundhergezerre erfolgte, das für umherflatternde Möwen jedoch kein ungewohntes Bild abgab – da stritten sich zwei Seehunde um einen erbeuteten Fisch, der, zugegeben, etwas übermäßig funkelte.

Gleichwohl der entkräftigte Loki sehr wohl noch zu kämpfen wusste, gewann doch schnell der Kunstliebhaber ihn ihm die Oberhand. Da er mit wachsender Besorgnis fürchtete, dass der filigrane Schmuck diesem wilden Gezerre nicht länger würde standhalten können, gab er schließlich nach und öffnete die Kiefer.

„Gut, na schön", jappste er prustend, „ich gebe mich geschlagen. Bevor sich all der Bernstein über diese Schäre verteilt und deiner gierigen Großmutter in die Klauen kommt, will ich ihn lieber ihrem grobschlächtigen Enkel überlassen. Na, endlich zufrieden?"

„Na und ob", erwiderte Heimdall siegreich, dem nun der kostbare Schmuck aus dem Maul heraushing.

„Fein", hechelte Loki völlig fertig, der sich jetzt vor Heimdalls Zähnen nicht mehr zu fürchten brauchte, da diese ja nun den Schmuck festhalten mussten, „ich für meinen Teil habe die Schnauze gestrichen voll. So viele Gefahren und Strapazen kann selbst der vollkommenste Frauenkörper nicht aufwiegen, und das flüchtige Vergnügen einer einzigen Nacht schon gleich dreimal nicht..."

Auch der erschöpft nickende Heimdall befand in diesem Moment, dass Lokis Worte einer gewissen Einsicht nicht entbehrten.

„Ich wünsch dir viel Freude mit den Klunkern", schob Loki schnaufend hinterher, „überbringe sie nur deiner Angebetenen, die sich dafür mit ihrer Dankbarkeit sicherlich nicht geizig zeigen wird..." Loki robbte zum Felsenrand der kleinen Insel und spannte sich zum erneuten Sprung in die kalten Fluten.

„He, un' isch?" nuschelte Heimdall durch den Bernstein hindurch und klatschte unbeholfen mit den Flossen: „Wasch scholl dasch heischen? Wie scholl isch denn nun meine alte Geschtald zurüschbekommen?"

Loki zwinkerte der dümmlich dreinblickenden Robbe überfreundlich zu: „Das, mein lieber Heimdall, ist nun dein Problem und mag dir zukünftig eine Lehre sein, keinerlei Zauber mehr zu wirken, dessen Handhabung du nicht mächtig bist!"

In Odins Halle unterdessen mühte sich die Liebesgöttin redlich, den ihr gegenüber thronenden Göttervater eines Schuldgeständnisses zu überführen. Ein bisher aussichtsloses Unterfangen, wie sie sich mittlerweile eingestehen musste. Mit allen nur erdenklichen Mitteln hatte sie versucht, ihren einstigen Liebhaber in Widersprüche zu verstricken, doch dessen Verteidigung glich einem gepanzertem Bollwerk, an dessen dicken Mauern Freyjas Vorwürfe wie stumpf geschossene Pfeile nutzlos zu Boden fielen. Nach dem Verlust ihres Halsgeschmeides bahnte sich nun eine weitere Niederlage an, die von der Gewissheit genährt wurde, auch hier mit leeren Händen davonziehen zu müssen. Die Kraft war verbraucht, ihre Wut leerer Ohnmacht gewichen. Ein unmerkliches Zittern durchlief ihren Körper, als der seine Tränen plötzlich nicht mehr zurückhalten konnte.

Verzweifelt und nun wütend über ihre eigene Schwäche rief Freyja den Göttervater erneut an: „Genügt es dir nicht schon, mich als deine Friedelfrau herabgesetzt zu wissen? Nein, nun düngst du auch noch einen Lotterbuben wie Loki, um mir mein wertvollstes Gut zu rauben, das einzige Andenken, das mir an unsere einstige Liebe geblieben ist!" Tränen der Hilflosigkeit rannen über ihre Wangen, denn es war der alte, unstillbare Schmerz einer betrogenen und verlassenen Frau, der sie aufschluchzen ließ.

Schweigend saß Odin da, unbewegt wie ein Denkmal seiner selbst.

„Rede mit mir!" rief Freyja fast flehentlich. „Erträgst du den Gedanken nicht, noch immer Gefühle für mich zu hegen? Gefühle, die einstmals unserer aufrichtigen Liebe entsprungen, als unser Wyrd sich an Mimirs heiligem Quell verband?!"

Der Göttervater blickte ihr fest ins Antlitz: „Das ist lange her. Du vergisst wohl, meine Teure, dass du selbst es warst, die sich den Umarmungen vierer Alben hingab, um in den Besitz dieses Geschmeides zu gelangen, dessen Erstellung nie einen anderen Zweck verfolgen sollte, als mich für immer an die Fesseln deiner Liebe zu ketten?"

Freyja schluckte schwer und senkte den Blick. Odin hatte Recht, und sie beide wussten es. Ihr törichter Wunsch nach ewiger Liebe hatte ihre Treue zu ihm zu Fall gebracht und somit ihre eigenen Absichten Lügen gestraft. Abermals versuchte die Wanin Haltung zu wahren, doch als sie wieder zu sprechen anhob, hatte ihre Stimme deutlich etwas von ihrer Festigkeit eingebüßt: „Ich habe dich geliebt, mein Fürst. Aus der tiefsten Tiefe meiner Seele war ich bereit, an deiner Seite zu weilen und mich dir mit all meiner Liebe hinzugeben wie es nur einer Göttin anzustehen vermag. Doch du verschmähtest mein Herz und zogst fort, zurück zu deinem Weibe, der du versprochenen warst, lange bevor sich unsere Wege kreuzten."

Odin nickte: „Frigga und ich waren einander seit Urtagen bestimmt, das ist wahr. Doch mein Drang nach Wissen und Erkenntnis zog mich stets aufs Neue in weite Fernen, um all jenen Dingen auf den Grund zu gehen, die wir selbst dereinst schöpften und die nun ihrer eigenen Wege gehen."

„Ausflüchte", fiel Freyja ihm ins Wort, „wie jeder Mann erhofftest du dir lediglich Abwechslung und Liebesabenteuer an anderen Orten, während deine zukünftige Braut einsam und verlassen deiner Rückkehr harrte. Somit hast du gleich zwei von uns mit auf deinem Kerbholz, und alleine deine Raben mögen wissen, wie viele andere noch dazu!? Ein Schürzenjäger übelster Sorte bist du, jawohl. Wahrscheinlich war ich nie mehr für dich als eine unreife Magd, die ihre willigen Schenkel um dich schlang..."

Doch auch diese im Zorn gesprochenen Kränkungen vermochten Odin nicht aus seiner stoischen Ruhe zu bringen: „War es nicht die Angst, meine Liebe verlieren zu können, die deine Gedanken führte und dich zu dieser unseligen Tat veranlasste? Dabei offenbart doch deine Liebesnacht mit Iwaldis Söhnen, dass du sehr wohl bereit warst, dein Hochamt als Priesterin der Liebeslust zu zelebrieren. Deine Mutter wäre stolz darauf gewesen, in dir ihre würdige Nachfolgerin erblicken zu dürfen, gegen deren Bestimmung du dich all die Jahre deiner Jugend so vehement zur Wehr gesetzt hast!"*

Freyja musste erneut aufschluchzen: „Rühre nicht in dem bitteren Kelch, den ich mir selbst zusammengebraut. Ich habe meine Fehler erkannt und abgebüßt... und bin nicht gewillt, sie noch einmal durchleiden zu müssen..."

„Und wirf du keinen Stein in den Brunnen, aus dem du zuvor deinen Durst gestillt", sprach Odin. „Es freut mich, diese Einsichten aus deinem Mund zu vernehmen, denn ich hatte dir die Ehe nie versprochen, noch sonst einen Liebesschwur getan, der dir ähnliches zu hoffen hätte Anlass geben können, das weißt du wohl! Warum also ziehst du das, was zwischen uns gewesen, nun in den Schmutz? Schenkten wir einander nicht aus freien Stücken, was un-

---

*siehe „Im Liebeshain der Freyja S. 26

sere Herzen uns rieten in jenen wundervollen Momenten, als unsere Leiber sich einander in Lust beschenkten und unsere erqickten Seelen im ekstatischen Liebestanz zu jenem Urquell zurückkehren durften, dem wir zum Anbeginn aller Zeit einstmals entstiegen sind? Schlecht steht es uns an, im Nachhinein herabzusetzen, was uns fürderhin mit Kraft und Wonne erfüllte!"

Freyjas Beine versagten den Dienst, und kraftlos sackte sie in die Knie: „Hör auf, hör auf damit! Warum quälst du mich mit diesen Erinnerungen, die ich seit damals mehr als alles andere zu vergessen suche? Du warst es doch, der mich in all meiner entfesselten Liebe und Sehnsucht zu dir zurückließ. Ich war so allein. So unendlich allein. Einsamer als der letzte getretene Wolf, dem selbst beim eigenen Rudel Frieden zu finden versagt blieb..."

„Und doch hat dich das Leben aus dieser Erfahrung gestärkt hervortreten lassen", bemerkte Odin in väterlicher Milde, „denn ich sehe hier vor mir nicht länger ein selbstverliebtes Mädchen, das einem unerreichbaren Traum von weltentrücktem Liebesglück hinterherjagt, sondern eine reife Frau und mutige Kämpferin, die für die Erstreitung ihres Rechts und Eigentums in Waffen vor den Thron ihres höchsten Führers zu ziehen bereit ist!" Der Göttervater trat vor die zusammengesunkene Freyja hin, breitete versöhnlich die Arme aus und beugte sich lächelnd zu ihr herab: „Wir beide haben gegeben, wir beide haben bekommen, und wir beide haben genommen. Doch lass uns die alten Wunden am heutigen Tage endlich schließen und nicht länger alten Eiter aus ihnen hervorpressen!" Odin umarmte sie, nahm ihren Kopf in beide Hände und küsste Freyja sanft auf die Stirn; und für einen kurzen, zarten Moment schien noch einmal der Hauch ihrer einstigen Liebe durch diese kalte Halle zu wehen.

Dann erhob Odin sich wieder und zog Freyja an den Händen zu sich hinauf. Die Wanin, von all diesen aufgebrochenen Gefühlen und vertrauten Eindrücken übermannt, brauchte noch einige Augenblicke, bis sie sich wieder gefangen hatte. Odin lächelte zufrieden, wieder einmal hatte sich gezeigt, dass ein Hund, der laut bellt, nicht wirklich zu beißen gewillt war. Wie er aber gerade wieder auf seinem Thron Platz nehmen wollte, vernahm er Freyjas Stimme erneut in seinem Rücken. Stolz und Festigkeit waren darin zurückgekehrt: „Nun gut, Odur, Odin, Wotan oder wie auch immer du dich noch zu nennen pflegst, es sei. Mögen die alten Wunden ab dem heutigen Tage vernarben und wir das Wissen um sie als notwendige Erfahrungen auf dem ewig währenden Schlachtfeld der Liebe erachten. Dennoch verlange ich hiermit im Namen meines Volkes, dass du selbst mir am morgigen Tage den Brisingamen aushändigst!"

Odin glaubte, sich verhört zu haben und drehte sich langsam wieder um: „Wie kannst du es wagen, hier, in meiner eigenen Halle, eine solche Forderung gegen mich auszusprechen?"

„Weil ich mich hiermit auf mein Recht als deine Gefolgsfrau berufe, deren Unversehrtheit zu gewährleisten du dich ab jenem Moment verpflichtet hast, als meine Sippe und ich uns deiner Herrschaft beugten und deinem Schutze anvertrauten." Nun huschte ein Lächeln über Freyjas Gesicht. „...Und wie du selbst bereits treffend feststelltest, könnte die schnelle Wiederbeschaffung meines Eigentums möglicherweise verhindern, dass die noch recht zart geknüpften Bande zwischen unseren beiden befriedeten Völkern somit keiner unnötigen Belastbarkeitsprobe ausgesetzt werden müssten. Und wenn selbst das dir nicht Grund genug erscheinen mag, ersuche ich dich im Vertrauen auf unsere alten Bande und appelliere an deine Ehre als mein einstiger Liebhaber und Ohrrauner, der bestrebt sein sollte, mir das zurückzubringen, was mir als einzige Erinnerung an unsere einstige Liebe geblieben ist!"

Müde ließ Odin sich wieder auf seinen Thronsitz sinken. Dieses stolze Frauenzimmer war mit allen Wassern gewaschen. Doch noch einmal machte er gute Miene zum bösen Spiel und sprach geduldig: „Nun gut, ich werde dafür sorgen, dass du zurückerhältst, was dein Eigen ist. Doch auch du wirst mir im Gegenzug eine Bedingung zu erfüllen bereit sein müssen!"

Freyjas Gesicht nahm einen erwartungsvollen Ausdruck an: „Nun gut, ich höre!"

„Ich will, dass du auf Midgard einen Krieg zwischen zwei Königen anstiftest. Beide Fürsten sind mir willige und treue Anhänger, doch nur den Tapfersten und seine kühnsten Streiter gedenke ich in naher Zukunft in meiner Walhall zu bewirten. Beginne einen Streit, in dessen Verlauf sich beide mit ihrem Gefolge auf dem Schlachtfeld messen werden und der Schmuck sei wieder dein!"

„Was vermischst du mein Gesuch mit deinem Kriegsgewirk?" begehrte die Wanin neugierig zu erfahren.

Odin starrte finster zu Boden: „Mit Lokis unseligen Kindern sind dunkle Wolken am Horizont heraufgezogen, und es ist nicht abzusehen, wann wir uns alle den Kräften des Chaos und der Finsternis zum großen Endscheidungskampf stellen müssen. Schon jetzt ist es dringlich, sich für diesen bitteren Augenblick gerüstet zu wissen, und die bisherige Schlagkraft unserer Einherjer ist für diese bevorstehende Schlacht bei weitem noch nicht ausreichend. Du bist die oberste Führerin unserer Walküren. Deshalb fordere ich von dir, diesen Krieg unter den Menschen zu entfachen, auf dass meine Wunschmaiden viele gefallene Helden zur Walhall hin führen können. Dort sollen sie sich in die Schar unserer Kämpfer einreihen, um diese aufzufüllen..."

„Trotzdem verstehe ich noch immer nicht den Zusammenhang, warum gerade ich diese Aufgabe übernehmen soll?" entgegnete Freyja trotzig.

„Weil ich oberster Herrscher über Asgard bin und dies mein königlicher Wille ist, darum!" erhob Odin nun zum ersten Male seine Stimme, so dass Freyja tatsächlich zusammenfuhr. Als er dies bemerkte, senkte er die Stimme jedoch wieder: „Ich habe viele Pflichten, Tochter der Fjörgyn und des Njörd, und nicht erst, seit du und deinesgleichen hierher zu uns nach Asgard gekommen seid. Zudem will ich dich Respekt lehren vor deinem Führer, dem auch du den Treueid geleistet hast. Gib mir einen Beweis deines Gehorsams, und ich will dir aushändigen, was du vermisst!"

Freyja überlegte kurz und nickte: „Nun gut, ich will tun, was du verlangst. Aber nur, wenn auch du deinen Teil der Abmachung zu erfüllen bereit bist und sich der Brisingamen morgen um diese Zeit wieder an meinem Hals befindet!"

„So soll es sein!" sprach Odin und rief nach seinem Skalden. Der kam so rasch es ging angelaufen und händigte Freyja darauf Schild und Speer wieder aus.

Noch ein letztes Mal wandte die schöne Wanengöttin sich an Odin: „Hader mag mit Schweigen getilgt werden und Traurigkeit mit Hoffnung, aber die Feindschaft, welche die Zunge bereitet, wird nimmer mehr verlöschen. Bedenke dies, wenn du dem Dieb des Brisingamen gegenüberstehen wirst...!"

Sauer über den verpatzten Ausgang seines Raubzuges, der anfänglich noch so erfolgreich begonnen hatte, entstieg Loki der heranklatschenden Brandung. Sogleich nahm er seine menschliche Gestalt wieder an und kletterte die steilen Klippen empor. Oben angekommen, entledigte er sich zunächst seiner triefnassen Kleider, dann suchte sein Auge das Meer nach der kleinen Schäre ab, auf der er Heimdall mitsamt dem kostbaren Diebesgut zurückgelassen hatte. Zu Lokis Überraschung war von beiden weit und breit nichts mehr zu sehen, weshalb er sich fragte, was sein Verfolger wohl zu tun beschlossen haben mochte. Weit konnte der mit dem Schmuck jedenfalls noch nicht gekommen sein, und dass Asgard nicht übers Meer zu erreichen war, durfte selbst dem so selten in die Welt hinauskommenden Heimdall bekannt sein.

„He, du Strolch, bist du noch da oben?" vernahm Loki plötzlich die Stimme des Wächtergottes. Er musste in sich hineingrinsen. Offensichtlich hatte sich sein hartnäckiger Verfolger abermals an seine Fersen geklemmt, diesmal jedoch wohl mit einem weit weniger bedrohlichen Anliegen. Loki trat an den Abgrund und spähte die Klippen hinab, an dessen Fuße er die dicke Heimdallrobbe sitzen sah. Die hatte den kostbaren Brisingenschmuck vor sich auf einen schroffkantigen Felsen fallen lassen und reckte ihren Hals zu ihm in die Höhe.

„Was gibt es?" rief Loki amüsiert hinab. „Bist du deines neuen Daseins etwa schon überdrüssig geworden? So ein Seehund verfügt über manche Vorteile, vor allem, wenn man Lust auf frischen Fisch hat..."

„Ich habe dir einen Vorschlag zu machen...", rief Heimdall, Lokis hohntriefende Worte wohlweislich überhörend.

„Ich bin ganz Ohr, mein teurer Feind", antwortete der von oben und genoss seine Lage, die sich unversehens zu seinen Gunsten entwickelt hatte.

„Du wirst mir den Zauberspruch für meine Rückverwandlung verraten, und im Gegenzug werde ich deine Täterschaft bei diesem schändlichen Raub verschweigen. Na, wie steht's mit diesem Angebot?"

„Du meinst", sprach Loki listig, „du wirst ebenso Stillschweigen darüber bewahren, wie ich über den Umstand deiner Abwesenheit am Fuße Bifrösts?" Als von unten erst mal gar nichts kam, sprach Loki weiter: „Und was wird aus dem Halsband?"

„Werde ich seiner rechtmäßigen Besitzerin überbringen!" kam die bestimmte Antwort aus der Tiefe.

„Aber natürlich", sprach Loki honigsüß, „um zwischen Freyjas immerheißen Schenkeln jene Belohnung einzuheimsen, die dir ohnehin seither den Sinn verdreht. Doch hast du bei deinem redlichen Vorhaben auch bedacht, wie du ihr die Wiederbeschaffung ihres Schmuckes erklärst, ohne mich dabei zu erwähnen?"

„Da wird mir schon noch etwas einfallen..." knurrte Heimdall, während eine heranbrandende Woge seinen Körper überspülte. Ihm war anzusehen, dass er sich nicht wohl in seiner Tierhaut fühlte. Überhaupt war alles völlig anders gekommen, wie er sich dies anfänglich ausgerechnet hatte.

„Nun gut", gab Loki sich einsichtig, „dann will ich auf dein Wort und deinen Verstand vertrauen, dass du unser kleines Geheimnis auch dann noch für dich behalten kannst, wenn dir die schöne Freyja nette kleine Schweinereien ins Ohrläppchen säuselt, während sie versucht, dir den Namen des Täters aus den Eiern zu melken. Frauen sind listig und erfinderisch, wenn sie die Wahrheit wittern, vor allem auf der Bettstatt, wo sie für gewöhnlich die Oberhand behalten..."

Heimdall, der mit seiner Geduld nun wirklich am Ende war, brüllte zornig: „Ich habe doch gesagt, dass ich mir etwas einfallen lassen werde, also begnüge dich damit! Und nun gib endlich diesen verwünschten Zauberspruch preis, damit ich mich dieser lächerlichen, fetten Wurstpelle entledige, die wohl ausgezeichnet zum Fische erjagen, zu sonst aber rein gar nichts taugt!"

„Aber, aber, nicht so undankbar. Beleidige nicht das Tier, dessen Gestalt dich immerhin vor dem sicheren Seemannstod bewahrt hat", erwiderte Loki vergnüglich, „den zu erleiden dir bei deinem törichten Sprung in diese Tiefe sicher gewesen wäre. Denke daran, bei dem, was dir bevorsteht, gilt es, einen kühlen Kopf zu bewahren." Da die Farbe in Heimdalls zorngeschwollenem Gesicht sich allerdings schon auf bläulich hin zu verfärben drohte, gab Loki nach und entsprach dem Anliegen des Wächtergottes.

Nachdem der seine alte Gestalt wiedererhalten und ebenfalls die steile Küste erklommen hatte, machte sich das ungleiche Paar daraufhin auf den Heimweg nach Asgard. Einem aufmerksamen Beobachter mochte jedoch nicht entgehen, dass jener, der nun den Brisingamen bei sich trug, mit sorgenvollerer Miene einherschritt.

Freyja bekam nicht mehr mit, wie die Wachen hinter ihr die großen Flügeltore zu Odins Halle schlossen, mit wehendem Umhang stürmte sie die schwach beleuchteten Gänge entlang. Fort, nur fort aus diesen düsteren Räumen, deren Kälte sie frösteln ließen. Bis in ihr Innerstes aufgewühlt kehrten ihre Gedanken an den Anfang ihrer Unterredung mit Odin zurück, als sie wütend in dessen Königshalle gestürmt war – irgendetwas war noch immer faul an dieser Sache! Zu beherrscht hatte Odin reagiert, als sie ihn mit dem Vorwurf konfrontiert hatte, er selbst habe seine lenkenden Finger mit im Spiel. Andererseits war der Führer der Asen ein Meister der Masken und Selbstbeherrschung, wie sie an dem heutigen Morgen wiederholt hatte feststellen dürfen. Mochte also vielleicht doch noch jemand ganz anderes hinter diesem Raub stecken? Und Odin, der gewiefte Zauberer, dessen Mittäterschaft sie ihm zu keinem Zeitpunkt hatte nachweisen können, versuchte nun, daraus einen Vorteil zu ziehen, indem er sie einen Krieg zwischen zwei Königen anstiften ließ? –

Doch so sehr Freyja sich den Kopf auch zerbrach, eine Lösung wollte ihr nicht einfallen. – Sei es drum. Sie und Odin hatten nun eine Abmachung. Wie er den Brisingamen wiederbeschaffen würde, war fortan alleine sein Problem! –

Im nächsten Moment, als Freyja um eine mit Schnitzereien verzierte Holzsäule bog und gerade den Ausgang erreichte, kam ihr Odins Gattin entgegengelaufen. Beide Frauen blieben wie angewurzelt voreinander stehen und blickten sich wortlos in die Augen. Sekundenlang schien jede die Gedanken der anderen durchdringen zu wollen.

Schließlich war es die Herrin des Hauses, die das Wort nahm: „Mir scheint, meine Liebe", sprach Frigg mit honigsüßer Stimme, „dass du etwas sehr Wertvolles aus deinem Besitz entbehrst!? Oder warum sonst wohl solltest du hier mit einer bewaffneten Reiterschar um diese Zeit derart lärmend einfallen und einen solchen Aufruhr verursachen?"

„Ich hatte meine Gründe dafür", entgegnete Freyja so ruhig wie möglich und hoffte inständig, dass Frigg ihre verweinten Augen nicht bemerkte, „doch bin ich immer wieder erstaunt darüber, wie schnell sich die Ereignisse bei euch herumsprechen..."

„Dein Auftreten war ja wohl auch kaum zu überhören, nicht?" erwiderte Odins Gattin spöttisch. „Und, hast du bei meinem Gemahl finden können, wofür du ihn zu dieser frühen Stunde aufsuchtest?" mühte sie sich scheinheilig in Erfahrung zu bringen, gleichzeitig voller Genugtuung registrierend, dass Lokis nächtlicher Raubzug offensichtlich von Erfolg gekrönt sein musste. Da konnte es nicht schaden, sich vor Ort über den neusten Stand der Dinge zu informieren.

Freyja nickte mit schwerem Kopf: „Ja und Nein. Vor allem fand ich Antworten, die mir Grund genug zu der Annahme geben, dass jemand anderes hinter dem Ganzen stecken mag." Sie blickte Frigg wieder direkt ins Angesicht: „Jemand, gegen den Zweifel zu hegen mir bis jetzt vielleicht nicht in den Sinn kam...?"

Frigg sah ihre ehemalige Nebenbuhlerin scharf an: „Das nächste Mal solltest du dir dein hübsches Köpfchen vielleicht zerbrechen, bevor du meinen Gemahl einer Tat bezichtigst. Bei euch in Wanaheim mag es ja angehen, dass man wie eine Horde entfesselter Stiere ins Haus eines Häuptlings einfällt, um diesen mit Anschuldigungen zu überhäufen. Aber hier sind wir in Asgard, meine Liebe, und du befindest dich in der Halle eines königlichen Herrscherpaares, vergiss das niemals! Zweimal habe ich dir bisher gestattet, dir ungebetenen Einlass in unser Haus zu verschaffen, ein drittes Mal wird es nicht geben! Ich hoffe, ich habe mich klar genug ausgedrückt?"

Freyja, des Kämpfens mit Worten sichtlich müde geworden, senkte vor Friggs funkensprühenden Augen den Blick und antwortete leise: „Oh ja, ich habe verstanden ... und hiermit wohl auch die letzte Antwort gefunden, die mir in diesem ungelösten Rätsel noch fehlte..."

Friggs Stimme klirrte eisig: „Es freut mich, dass wir beide uns verstehen!" Stolz trat sie beiseite und gab der Wanin den Weg zum Ausgangstor frei.

Doch Freyja, der in diesem Moment Schild und Speer so schwer wie Mühlsteine geworden waren, blickte die Götterfürstin traurig

an und erwiderte sanftmütig: „Heute weiß ich, was ich dir an Schmerz und Schande zugefügt habe, als ich damals unter dem Namen Gullveig in eure Halle kam. Ich sah nur mich und meinen eigenen Schmerz, der mir den Verstand vernebelt und mein Herz betäubt hatte. Dafür bitte ich dich hiermit um Vergebung, denn es war niemals meine Absicht, dich deines Mannes oder gar deiner Würde zu berauben und dich bloßzustellen. Zu keinem Zeitpunkt ahnte ich von eurem Eheversprechen, das bereits währte, als ich noch mit meinem Bruder Freyr unter den grünen Auen Wanaheims spielte. Ich selbst habe heute erneut etwas sehr Wertvolles verloren und muss für seine Wiederbeschaffung nun abermals einen hohen Preis entrichten. Doch was mich viel schlimmer schmerzt, ist der Umstand, dass ich eben endgültig einen Traum begraben habe, dem ich so viele Jahre hoffnungsvoll und doch vergeblich hinterhergelaufen bin. Den sehnsüchtigen Traum einer unerfüllten Liebe, die schon bald nur eine weitere verblassende Erinnerung in Mimirs murmelndem Quell sein wird, in dessen tiefem Seelenwasser ich dieses Wunschgebilde einst erblickte..."*

Ruhig stellte Freyja Schild und Speer ab und beugte ihr Knie vor Odins Gattin, deren erstarrtes Gesicht mit keinem Zucken verriet, was sie in diesem Moment bewegte. Von unten her hielt Freyja ihr die offene Hand entgegen, während sie die Linke auf ihr eigenes Herz gedrückt hielt: „Verachte mich nicht dafür, dass ich deinen Gatten mehr liebte, als jemals ein atmendes Wesen zuvor. Seine Liebe habe ich nun endgültig verloren, und auch meine Sehnsucht hat ihn heute endlich loslassen dürfen. Bitte glaube mir, wer jemanden von ganzem Herzen liebt, der liebt auch jene, welche diesen einen lieben, und so will auch ich all jene annehmen und lieben, welche wiederum von diesem einen geliebt werden. Und wenn du, Frigg, diese große Königin wirklich bist, für die ich dich bisher immer gehalten habe, dann wirst du jetzt die Größe besitzen, meine Hand zu nehmen, um einer dich liebenden Schwester in ihrem Kummer und Schmerz darüber beizustehen..."

Und wie sie da so kniete, die stolze Walküre, in schimmernde Brünne gewandet und mit ihren unendlich traurigen Augen doch so verletzlich anzuschauen, da fielen auch von Frigg aller Stolz und Herrscherhochmut ab.

Von tiefstem Mitgefühl ergriffen zog sie die Wanin zu sich herauf und umarmte sie wie eine Mutter ihr heimgekehrtes Kind. Und

---

*siehe „Im Liebeshain der Freyja" S. 73

Freyja, gleich einer Tochter, die sich demütig aller Richtbarkeit unterworfen, war glücklich und dankbar dafür, nicht zurückgestoßen zu werden und Trost und Zuflucht in den Armen der Göttermutter finden zu dürfen.

Laut hallte Freyjas Schluchzen durch Walaskjalfs dunkle Gänge, bis Frigg ihr Gesicht in beide Hände nahm und sie liebevoll auf jene Stelle der Stirn küsste, die auch Odin zuvor schon erwählt hatte: „Weine nicht länger, Kind, denn auch ich habe heute vieles lernen dürfen. Du hast mir durch deine Worte gezeigt, was wirkliche Größe ist, und hochmütig und unfrei wäre ich, wenn ich dich für etwas tadeln und demütigen wollte, was dein Herz dir einst gebot. Denn nur wer den Tadel nicht scheut, entgeht dem Tadel nie, doch der, der seine Ehre wahret mit Huld, der mehret sie. Wahrlich, du trägst unter deinem Volke den Titel einer Liebesgöttin zurecht, denn in nichts beweist sich unsere Liebe mehr als im Vergeben. Und dafür, dass du mich durch deine Demut und Offenheit daran erinnert hast, dafür gebührt dir mein ganzer Dank!"

So schieden an diesem Tage zwei einstige Widersacherinnen als künftige Freundinnen und Schwestern, und es soll deshalb keiner behaupten, dass selbst in einer niederen Absicht sich am Ende nicht auch noch etwas Gutes finden lässt.

An anderer Stelle hatten sich inzwischen zwei nicht weniger feindlich gesinnte Gegner zusammengerauft. – Wenn auch nicht gänzlich ungezwungen. – Gemeinsam hatte man sich einen Ausweg ersonnen, wie dem entstandenen Schlamassel, der inzwischen ja für reichlich Aufregung gesorgt hatte, möglicherweise doch noch zu entrinnen sei. Obwohl darüber nicht sonderlich begeistert, hatte Heimdall, dem selbst nichts Gescheites einfallen wollte, Lokis Vorschlag zugestimmt. Der sah vor, dass Loki den Schmuck nach Fensalir wieder zurückbringen wollte, um ihn der Freyja heimlich unters Bett zu legen, womit sich die ganze Sache bestenfalls als Windei infolge weiblicher Schlampigkeit herausstellen würde. Vielleicht nicht gerade der originellste Einfall, aber so konnte der entstandene Schaden möglicherweise noch auf eine überschaubare Größe begrenzt werden. Allerdings konnten beide zu diesem Zeitpunkt nicht ahnen, welche Kette von Ereignissen das Verschwinden des Brisingamen bereits in Gang gesetzt hatte.

Wenngleich Odin sich vor Freyja auch nichts hatte anmerken lassen, so hatte er durch ihre vorgebrachten Anschuldigungen sehr wohl eine Vermutung, wem er all dies zu verdanken hatte. Also beschloss Odin, die Gemächer seiner Gattin aufzusuchen, um jene über den Verbleib des Brisingamens zur Rede zu stellen. Als er sie dort nicht antraf und ihm von ihrer Zofe Fulla mitgeteilt wurde, dass Frigg bereits auf dem Weg zu ihm sei, verfluchte er einmal mehr die Geräumigkeit ihrer getrennten Hallen, in deren weitverzweigten Gängen man schon manches Mal aneinander vorbeigeschritten war. Als Frigg kurz darauf auftauchte, forderte Odin sie mit befehlsgewohnter Stimme auf, ihm Rede und Antwort zu stehen, ob etwa sie den listenreichen Loki dazu angestachelt habe, der Freyja ihren Schmuck zu stehlen? Und wenn ja, mit welchen Versprechungen sie den windigen Schürzenjäger wohl dazu gebracht habe, diese ruchlose Tat zu vollführen?

Frigg, die sich nach der Aussöhnung mit Freyja ihrer morgendlichen Haarpflege zu widmen gedachte, kam dieser Tonfall ihres Angetrauten gerade recht. Vor allem er habe es nötig, sie am Morgen zur Begrüßung mit solch ungeziemenden Fragen zu bedrängen, wo doch seine lustfrohen Abenteuer mit der wanischen Buhle mittlerweile in ganz Asgard bekannt wären und schon bis an das Ohr des letzten niederen Stallknechts gedrungen seien. Und überhaupt, hätte er, der ach so treuliche Herr Gemahl, sein brünstiges Verlangen damals besser zu zügeln gewusst, hätte es zu diesem peinlichen Vorfall in der Königshalle niemals kommen brauchen. Sie, Frigg, würde ihr Gewissen nicht länger mit der Verbrennung dieser zaubernden Bernsteinhexe belasten müssen, die sie damals in gedankenlosem Übereifer angeordnet habe, und die ganze Schande vor dem versammelten Hofstaat wäre ihnen ebenfalls erspart geblieben. Und nur, dass er es wisse, niemals zuvor wäre sie an seiner Seite auf niederträchtigere Weise gedemütigt worden, als an jenem unglückseligen Tag, als diese abgelegte Kebse so unversehens bei ihnen aufgetaucht wäre!

Sich mit solchen Argumenten angemessen verteidigend, entbrannte aus dem anfänglich angedachten Verhör nun ein handfester Ehestreit, bei dem die Niederlage des Mannes eigentlich nur noch zu erwartende Formsache ist. Als der Krach zu eskalieren drohte, zogen es Friggs Zofen, die schöne Fulla und die fleißige Gna, einstweilen vor, die Kemenate ihrer wütenden Herrin zu verlassen. Dies freilich nicht, ohne darauf mit neugierigen Ohren an der zugeschlagenen Türe zu lauschen, hinter der dem Göttervater bereits ganze Scharen von Kämmen und Bürsten entgegenflogen. Einem hübsch verzierten Schmuckkästchen, ihm wutentbrannt entgegengeschleudert, konnte Odin gerade noch ausweichen, bevor es hinter ihm an der Wand krachend zersplitterte und sein wertvoller Inhalt sich prasselnd und kullernd in allen Ecken des Raumes verteilte.

Der Asenfürst, von dieser unerwartet heftigen Gegenwehr überrumpelt, hielt es deshalb für ratsamer, seinen einmal gehissten Kriegsbanner wieder einzurollen und seinem in Rage geratenen Eheweib in seiner, schon bestens bewährten königlichen Haltung zu begegnen. Doch die erboste Frigg, sonst die Ruhe und Sanftheit in Person, schien diesmal der Ansicht, einen vorbeugenden Rundumschlag vollführen zu müssen, weshalb sie aus Odins Leichengrube gleich noch die zwei langen und schrecklichen Kriege hervorkramte, die gegen die Wanen zu führen ihnen ebenfalls allesamt hätten erspart bleiben können.

Nach solch gewichtigen Vorwürfen musste auch der oberste Herrscher aller Götter sich eingestehen, dass diese Schlacht nicht mehr zu gewinnen war. So zog er mit grimmigem Haupte wieder ab und hatte als einzigen Sieg den übereifrigen Zornesausbruch seiner Gattin zu verbuchen, der einem Eingeständnis in befindlicher Sache verdächtig nahe kam. Mit verdrießlicher Miene, diese Partie verloren zu haben, begab er sich wieder in seine Halle.

– Was war heute denn nur wieder los mit diesen kratzbürstigen Frauenzimmern? Erst die aufgebrachte Freyja und jetzt noch diese gewaltige Schimpftirade seiner erzürnten Gattin. Hatten die sich jetzt etwa miteinander verschworen oder bekamen die ihre monatlichen Blutungen neuerdings alle gleichzeitig? –

Wie viele Männer seines Schlages suchte Odin seinen Groll zunächst mit einem großen, männlichen Horn Met hinunterzuspülen, das er mit einem gewaltigen Zug bis auf den Grund hin leerte. Leider versagte die tröstende Wirkung des Honigweines an diesem Morgen kläglich, und so folgte einem satten Rülpser ein tiefer Seufzer. Odin nahm sich die ohnehin schon verrutschte Krone vom

Haupt und warf sie achtlos auf sein breites Bett, wo zuvor schon die protzigschwere Goldkette gelandet war. – Es war wirklich nicht zu fassen, was sich in der Welt hinter seinem Rücken inzwischen alles zutrug! – Einmal mehr wurde sich Odin bewusst, wie ihm die Taten und Eigenwilligkeiten seiner Schöpfungen immer weiter zu entgleiten drohten, über die Tag und Nacht zu wachen selbst er sich nicht dauerhaft imstande sah.

Endlich raffte er sich auf, um sich schnurstracks zu seinem weitschauenden Hochsitz zu begeben, dessen Nutzen er einmal mehr Grund zu preisen hatte. Aber gerade wie Odin seinen Blick wie gewohnt über Asgard schweifen lassen wollte, da flatterten plötzlich seine beiden Raben Hugin und Munin durchs offene Fenster und ließen sich links und rechts auf den Schultern ihres Herrn nieder. „Nun meine getreuen Späher", sprach er neugierig und streichelte beiden sanft über ihr glänzendes Gefieder, „was könnt ihr mir berichten über unseren guten Loki? Habt ihr den Strolch auf einem eurer Flüge irgendwo ausmachen können?"

Das eifrige Nicken der beiden Vögel ließ Allvaters Miene sich augenblicklich wieder aufhellen, und nachdem er zufrieden vernommen, was seine beiden Kundschafter ihm zugeflüstert hatten, ließ er seinen Leibdiener in den Stall eilen, um Sleipnir zu satteln. Wenn einen die Sorgen von allen Seiten drückten, bekam man den Kopf am besten dadurch wieder frei, wenn man auf dem Rücken eines schnellen Pferdes dahinjagte. Dass dieser Reitausflug ein festbestimmtes Ziel hatte, erklärt sich selbstredend, schließlich hatte Odin der Freyja die Wiederbeschaffung ihres Schmuckes zugesagt. Deshalb galt es nun, jenen ausfindig zu machen, der diesen offensichtlich bei sich trug.

Als der Wächter am Rande der Bifröstbrücke die beiden Gestalten auf sich zukommen sah, winkte er diesen schon von Weitem glücklich zu. „Bin ich froh, dass ihr wieder da seid, Herr", begrüßte sie der wachhabende Mann sichtlich erleichtert, der in Heimdalls Rüstung seinen Herrn solange vertreten hatte. Der Wachmann blickte auf Loki: „Wie ich sehe, Herr, war euer kurzer Ausflug von Erfolg gekrönt. Wo habt ihr den Dieb stellen können?"

„Von wem spricht der?" wandte Loki sich an seinen Reisegefährten und setzte eine unwissende Miene auf. „Redet dieser Haufen Unrat etwa von mir?"

Heimdall biss sich auf die Lippe und warf erst Loki und dann seinem Gefolgsmann einen scharfen Blick zu: „Das ist ein Missverständnis, Vasall. Es gab nie einen Dieb, und du hast nie etwas gesehen oder gehört, verstanden?"

„Öh..., ja natürlich, Herr", stammelte der Angesprochene etwas irritiert und blickte in Lokis zufriedenes Gesicht.

„Und sonst...?" versuchte Heimdall die unangenehme Lage zu entspannen. „Keine besonderen Vorkommnisse?"

„Nein, Herr, bis auf eine große Reiterschar Walküren, die nördlich in Richtung Walaskjalf jagten."

„Das war alles?"

„Äh, ...ja, Herr", stotterte der Wachmann nervös, "... und ... und ein einzelner Reiter, der kurz vor euch hier auftauchte, um... äh..."

„...um seine Grenzgemarkungen mal wieder abzureiten", vollendete Odins Stimme den Satz im nächsten Augenblick, „eine Erfordernis, die ich, wie mich deucht, wohl wieder etwas öfter wahrnehmen sollte!"

Überrascht fuhren Heimdall und Loki herum und blieben mit ihren Blicken an einem erhöhten Felsvorsprung hängen. Dort stand der Göttervater mit seinem Speer bewaffnet und blickte mit vorwurfsvoller Miene zu ihnen herab. Mit einem gewagten Sprung, den keiner von ihnen Odin mehr zugetraut hätte, war dieser einen Augenschlag später bei ihnen.

„Nun, meine Herren, ich höre!" Odin ließ sein klares Auge von einem zum anderen wandern, doch weder Heimdall oder Loki, noch der Wachmann, der zitternd auf die Knie gesunken war, vermochten seinen strengen Blick zu erwidern. Die betretenen Mienen sprachen für sich und ein jeder von ihnen wusste, dass das Spiel nun ein Ende gefunden hatte.

Odin wies auf den Wachmann: „Erheb dich, Soldat. Lege diese für dich viel zu große Rüstung ab und mach dich an anderer Stelle nützlich!" Er wartete, bis der Knecht sich weit genug entfernt hatte, dann wies Odin mit Gungnirs Speerspitze auf Heimdalls Wams, der sich über dessen Gürtel etwas ausbeulte: „Ich will für euch beide hoffen, dass sich darunter der Brisingamen unserer wanischen Walküre befindet?"

Heimdall und Loki nickten gleichzeitig, ihre schuldbewussten Blicke dabei jedoch nicht erhebend.

„Was habt ihr beiden euch dabei eigentlich gedacht?" begann Odin seine Standpauke. „Der eine markiert den Langfinger bei einer Versippten unserer wichtigsten Friedgeiseln, und der andere, ihn dabei offensichtlich beobachtend, hat nichts Besseres zu tun, als den wichtigsten Posten in ganz Asgard zu verlassen und das Geschick unserer gesamten Sippe in die Hände irgendeines ängstlichen Tölpels zu legen. So wie der eben zitternd vor mir in die Knie ging, wird er sich beim Anblick des ersten Riesen vermutlich die Beinkleider vollscheißen?! Bravo, da fühlt man sich in seinem von Feinden umgebenen Reich doch gleich ein Stückchen sicherer!"

„Äh, ich, ...wir...", versuchte Heimdall so etwas wie eine Antwort hervorzudrucksen, doch Odin schnitt ihm ungnädig das Wort ab.

„Schweigt! Alle beide! Ich will nichts davon hören, welcher Wahn euch geritten und zu solchen Taten getrieben hat. Nur soviel, solltet ihr mir mit etwas Ähnlichem noch einmal unterkommen, werde ich euch beiden harte Strafen auferlegen. Verbannung wird noch die harmlosere davon sein. Bis dahin sollten wir lieber Sorge dafür tragen, dass dieser Vorfall nicht an falsche Ohren gerät. Über mögliche Folgen muss ich euch ja wohl nicht weiter belehren?!"

Odin öffnete seine Linke und streckte sie Heimdall auffordernd entgegen. Widerwillig griff der gescholtene Wächtergott in sein Gewand, um das Halsband seinem Vater auszuhändigen. „Hier hast du das heißbegehrte Ding", murrte Heimdall, „wenn man bedenkt, zu welchem Zwecke dieses Liebesamulett einstmals angefertigt worden ist und was bisher schon alles mit ihm angerichtet wurde, bin ich nicht traurig drum, es auf diese Weise wieder loszuwerden..."

Der Göttervater ließ das Geschmeide in seinem Wams verschwinden, richtete sein Blick auf das schillernde Spiel der Regenbogenbrücke und entgegnete fast feierlich: „Wer glaubt zu lieben, meint dadurch stets alles rechtfertigen zu können, übersieht dabei aber nur allzu gerne, dass der Antrieb seiner vermeintlich uneigennützigen Absichten nicht selten von Eigendünkel überschattet und getragen wird. Hat sich der heißersehnte Wunsch dann endlich erfüllt, ist es nur noch eine Frage der Zeit, bis das Leben einen schmerzhaft erkennen lässt, dass unser angeblich selbstloses Bemühen sich letztlich doch nur um die Stillung des eigenen Verlangens drehte. In dieser Hinsicht scheinen wir den Menschen in nichts nachzustehen, denn auch diese lieben nichts so sehr wie ihre eigenen Erwartungen. Werden diese dann enttäuscht, geben sie nur allzu gerne uns die Schuld. Vor allem mir. Einen trifft es immer..."

Nur unweit unter ihnen waberte eine dichte, geschlossene Wolkendecke, die es stets zu durchdringen galt, sobald man Asgards Gefilde verließ, das über den Wolken lag. Am Himmel erscholl der langgezogene Schrei eines Adlers und Odin seufzte. Dann besann er sich wieder, stieß einen kurzen Pfiff aus und schon kam Sleipnir um die Ecke galoppiert. Dass der Hengst nicht direkt zu ihm, seinem Herren, sondern zunächst zu Loki gelaufen kam, erinnerte Odin auf unangenehme Weise daran, wem er dieses prächtige Ross zu verdanken hatte. Wohl mit ein Grund, warum er Loki ein weiteres Mal ungeschoren davonkommen ließ. Irgendwann würde aber auch dieser Vorteil für Sleipnirs Erzeuger aufgebraucht sein.

„Ihr könnt mir dankbar dafür sein, dass ich diese unleidige Geschichte vor unserer erzürnten Walküre noch habe hinbiegen können", fügte Odin noch an, „das war wahrlich kein einfaches Unterfangen. Doch das Schlimmste scheint ja noch einmal verhindert worden zu sein..." Er schwang sich auf Sleipnirs Rücken, hob kurz die Lanze zum Abschied und gab dem Tier die Sporen in Richtung Folkwang.

„Da sprengt er hin", bemerkte Loki gelassen, „und mit ihm die Bernsteinklunker, die uns beiden nichts als Ärger eingebracht haben..." – nun ja, nicht nur – fügte er in Gedanken hinzu, und gedachte insgeheim seines lustfrohen Stelldicheins mit Odins Gattin, dem Hörner aufgesetzt zu haben, Loki schon wieder ein fettes Grinsen aufs Gesicht zauberte.

Heimdall, der nicht gerade glücklich über den Ausgang dieser Geschichte war, entging dies nicht: „Was glotzt du denn schon wieder so selbstzufrieden drein, Schurke?"

„Wieso nicht?" markierte Loki den Unschuldigen. „Warum sollte ich über irgendetwas unzufrieden sein?" Er machte einen Schritt auf Heimdall zu und legte diesem freundschaftlich die Hand auf die breite Schulter: „Was beklagst du dich? Wir sind doch alle fein rausgekommen aus diesem glücklosen Abenteuer. Nun gut, dein erhofftes Schäferstündchen mit unserer feschen Wanin ist zwar einstweilen wieder etwas in die Ferne gerückt, doch bin ich mir sicher, dass auch du irgendwann bei ihr zum Zuge kommen wirst. Vielleicht werde ich bei ihr mal ein gutes Wort für dich einlegen..." Heimdalls darauf erfolgendes Knurren verhieß nichts Gutes, weshalb Loki es lieber vorzog, seine Hand wieder zurückzuziehen.

„Mir mag zwar hier oben ab und an der geistige Austausch versagt sein", bemerkte Heimdall bissig, „aber so blöde bin ich noch nicht geworden, als dass ich mich von euch beiden alten Ränkeschmieden für dumm verkaufen lasse!"

„Bitte, wie meinen?" Diesmal war Lokis Überraschung nicht gespielt.

„Mir schwant langsam", sprach Heimdall weiter, „dass ich mich eben zum größten Schafskopf aller Zeiten habe machen lassen. Sagtest du nicht vorhin, Odin selbst habe dich damit beauftragt, Freyjas Halsband zu stehlen? Und jetzt habe ich mich selbst noch zum Mittäter gemacht, als ich meinem Vater eben aushändigte, für was er dich zuvor gedungen hat. Deshalb wohl hat er dich eben auch mit keinem einzigen Tadel bedacht, was? Du elender Verräter!"

Loki begriff, wie das Ganze in Heimdalls Augen zwangsläufig aussehen musste. Da er sich jedoch noch allzu gut an den feinen Schnitt an seinem Hals erinnerte, den Heimdalls Klinge dort hinterlassen hatte, schien ihm dies Grund genug, weiter in diese Bresche hineinzustoßen, die sich nun unverhofft geöffnet hatte: „Wundert dich das wirklich, Heimdall?" sprach Loki, „Ausgerechnet du, dem bis heute nicht einmal vergönnt ist, die leibliche Mutter zu kennen, weil dein potenter Erzeuger gleich alle neun Töchter Ägirs auf einmal beglücken musste? Wahrscheinlich ist Odin sogar gerade im Begriff, jene Belohnung einzustreichen, auf die du selbst schon so sehnsüchtig hofftest..."

Das saß, und nur mit einem schnellen Sprung auf einen nahegelegenen Felsen vermochte sich Loki dem Zugriff des wütenden Heimdall zu entziehen.

„Scher dich fort von meiner Brücke, du elendes Schandmaul", brüllte der Wächtergott bebend vor Zorn. „Ich bereue schon jetzt wieder, dir an den Klippen nicht den Kopf abgeschnitten zu haben, als ich noch Gelegenheit dazu hatte!"

„Das will ich dir gern glauben, mein Bester", erwiderte Loki frech, „doch bin ich guten Mutes, dass eine solche Gelegenheit so schnell nicht wiederkehren wird. Schließlich bist du ja jetzt wieder mit deinem furchtbar wichtigen Posten betraut, und sicherlich nicht willens, das in dich gesetzte Vertrauen deines Vaters ein weiteres Mal zu enttäuschen und aufs Spiel zu setzen, nicht?"

Heimdalls Augenbrauen senkten sich bedrohlich und seine Nasenflügel erbebten wie die eines aufgestachelten Auerochsen. „Wo ist mein Schwert?" brüllte er tobend in die Richtung, in welche der Wachmann mit seinen Sachen verschwunden war.

Doch schon hatte sich Loki mit einem weiteren Hopser auf einen noch höher gelegenen Felsvorsprung gerettet. Da sein Widersacher aber schon Anlauf nahm, um ihm nachzusetzen, gedachte Loki, diesem mit einer weiteren Eröffnung nun vollends die Narrenkappe überzustreifen. Mit unverhohlener Freude fügte er hinzu: „Bevor dich dein Zorn noch zu einer weiteren unbesonnenen Tat verleiten mag, lieber Heimdall, lass mich dir eine letzte Kleinigkeit verraten. Nicht Odin war mein Auftraggeber, sondern jemand anderer. Doch dessen Namen zu erfahren, braucht dich ja nun nicht mehr zu kümmern und würde dir bei deiner eintönigen Beschäftigung nur unnötiges Kopfzerbrechen bereiten..."

Nach diesen Worten musste Loki laut auflachen, denn Heimdalls Gesichtsausdruck war unbezahlbar und entschädigte für all die erduldeten Strapazen. Loki hob die Hand zum winkenden Abschiedsgruße und seine Augen funkelten in listigem Vergnügen: „Nun denn, einstweilen gehab dich wohl auf deiner so prächtig bunten Brücke, die zu verlassen beim nächsten Male gut überlegt sein will. Machs gut, mein eifriger Feind, vielleicht bis zum nächsten Holmgang!"

Loki achtete nicht länger auf Heimdalls lautstarke Flüche und Verwünschungen, die ihm noch eine ganze Weile hinterherflogen. Er hatte die ganze Nacht kein Auge zugetan, war hundemüde und sehnte sich nach seiner Schlafstätte. Doch als in der Ferne die hohen Burgmauern Asgards auftauchten, umspielte schon wieder ein spitzbübisches Lächeln seine Lippen. Zugegeben, es mochte manches geben, dessen man ihn bezichtigen konnte, und mit einer so strahlend weißen Weste wie der redliche Heimdall, der seine feuchten Träume von Freyjas straffen Schenkeln jetzt noch eine Weile weiterträumen musste, würde er bestimmt niemals dastehen. Das einzige Schimpfwort Heimdalls, das Loki wirklich gekränkt hatte, war das des Verräters. Denn obgleich dies für viele nur schwerlich vorstellbar, besaß doch auch Loki eine feste Vorstellung von Ehre. Zwar fand diese Form von persönlichem Ehrenkodex gemeinhin nur wenig Beachtung, doch in seiner Zunft, der üblicherweise nur Beutelschneider, Betrüger und Friedlose angehörten, war es ein unumstößliches Gesetz, den Namen des eigentlichen Auftraggebers niemals preiszugeben. Und diesen Teil seiner Abmachung hatte Loki eingehalten. Ob Frigg ihm seine Verschwiegenheit allerdings anrechnen würde, war mehr als fraglich, denn mit Sicherheit würde sich die Gute über den Ausgang ihres gemeinsam geplanten Vorhabens nicht gerade begeistert zeigen. Nun ja, gestohlen hatte er den Schmuck für sie und damit seinen Teil der Abmachung erfüllt. Dass er ihr den Brisingamen letztendlich nicht mehr hatte übergeben können, war eine andere Sache, die sich später klären würde. Doch zuerst einmal musste er schlafen. Glücklicherweise hielt ihn niemand mehr auf, bis er das kleine Holzhaus erreicht hatte, das ihm während seiner Aufenthalte in Asgard zur Verfügung gestellt worden war. Fix und fertig, ohne sich vorher seiner noch immer vom Meersalz durchtränkten Kleider zu entledigen, ließ Loki sich auf sein Bett fallen und schlief sofort ein.

Von der schönen Fulla, Friggs erster und vertrautester Kammerzofe, erfuhr Loki später beim intimen Stelldichein, dass Odins Gattin ihr gemeinsames Geheimnis bisher nicht preisgegeben hatte, was ihn mit genügend Zuversicht erfüllte, dass sie es auch zukünftig für sich behalten würde. Zu pikant waren die damit einhergehenden Enthüllungen für Frigg, die sich mit Freyja ja nun angeblich ausgesöhnt hatte. Der Plan war eben fehlgeschlagen. Der Traum vom Besitz eines mächtigen Kleinods, das einem für immer der

Treue des Geliebten versicherte, endgültig zerplatzt wie eine mit Wein gefüllte poröse Schweineblase. Doch zu Verlieren war keine Schande, wenn man zuvor nach bestem Einsatz und Gewissen dafür gestritten hatte. Nur der, der nie etwas wagte, hatte schon von vornherein verloren. Auch Freyjas Plan war damals fehlgeschlagen, als sie sich erhofft hatte, Odin mit Hilfe des Brisingamen an die Leine legen zu können.

Was trieb Götter und Menschen nur immer wieder zu der irrsinnigen Annahme, sich der Liebe eines anderen durch Kontrolle oder Unterdrückung versichern zu müssen? Diese Geschichte hatte einmal mehr bewiesen, dass offenbar die Wenigsten genug Selbstachtung und Verstand besaßen, diese Form von Zuwendung als ein Geschenk oder besser noch, als freiwillige Laune der Natur zu erachten, die ohnehin kam und ging, wie es ihr gerade auskam und in ihrer vielbesungenen unschuldigen Reinheit niemals dort gedeihen konnte, wo Mann und Frau sich einander in einer Sturzflut aus überhöhten Erwartungen und Ängsten begegneten.

Loki betrachtete das geschnitzte Bild am Fußende seines Bettes. Es zeigte einen Drachen, der sein eigens Schwanzende im Maul trug. Einmal mehr dieses Lebens überdrüssig seufzte er müde auf. Auch er würde diesen unvollkommenen Missstand zwischen den Geschlechtern wohl nicht beenden können, geschweige denn, sein ewig neues Zustandekommen zu verhindern wissen. Möglicherweise bedurfte es dafür wirklich einer völlig neuen, noch unschuldigen Welt, denn so wie die bestehende sich wieder einmal präsentiert hatte, bestand nur wenig Aussicht auf eine bessere Zukunft.

ach dieser Geschichte erhob sich Freyrs Diener und reckte sich gähnend die vom langen Sitzen steif gewordenen Glieder.

„Hm, nicht gerade ein erbauliches Ende", beschwerte sich einer der Zwerge.

„Und doch hat er Recht, der Herr Loki," entgegnete Westri, „zwar ist er ein Spitzbube ohnegleichen, aber lieber sind mir die Schurken, die wissen, dass sie einer sind, als jene, die ihre Handlungen beständig durch irgendeine scheinheilige Moral zu rechtfertigen suchen. Meine Stimme hat er jedenfalls!"

„Hört, hört, unseren Herrn Dichter", fügte Nordri brummend an, „der seine Zuneigung für diesen unsteten Gesellen nur schwerlich verbergen kann."

„Ist doch wahr, was soll denn nur aus uns Zwergen und den Menschen werden, wenn selbst die Götter sich ständig solche Verfehlungen leisten. Wenn nicht sie als Vorbilder mehr dienen können, wer soll es dann noch tun?"

„Ein jeder Einzelne von uns", erklang in diesem Moment die Stimme Iwaldis durch die Schmiede. „Sich nach bestem Gewissen strebend zu bemühen, dies ist unser aller heilige Pflicht. Nicht mehr und nicht weniger. Was am Ende von allem stehen mag, mögen alleine die Nornen ermessen, deren Wirken wir alle unterworfen sind!"

Darauf schritt der alte Schmiedemeister auf Skirnir zu und überreichte diesem das Ergebnis seines verborgenen Schaffens.

Verblüfft bestaunte der Gast das seidene Band, das nun in seinen Händen lag: „Edler Iwaldi, ist das euer Ernst? Dieses federleichte Seidenband soll den grimmigen Fenrirwolf an der Leine halten? Ihr erlaubt euch doch einen Scherz mit mir!?"

„Ihr Name lautet Gleipnir, die Offene", lächelte der hochbetagte Zwerg, ohne sich beirren zu lassen. „Offen deshalb, weil ihr Träger selbst darüber entscheidet, mit welchem Widerstand sie sich um seinen Hals legt. Nun ist es nur noch an euch, den Wolf soweit zu bringen, sie sich überstreifen zu lassen."

Skirnir war anzumerken, dass es ihn viel Mühe kostete, Iwaldis Worten Glauben zu schenken: „Wird sie halten?"

„Sie wird halten! ...Und noch mehr. Sag das Odin und überbringe ihm die besten Wünsche unserer Sippe."

„Das werde ich", erwiderte Freyrs Diener und nickte ergeben, „...und noch mehr. Seid versichert, dass der Allvater nicht vergessen wird, was ihr für uns getan habt!"

Jetzt war es Iwaldi, der sich verbeugte: „Unsere Bestimmung ist es den hohen Ratern zu dienen und ihr Wirken solange zu unterstützen, bis die Nornen unser aller Fäden zu durchtrennen gedenken."

Nach diesen Worten machte sich Skirnir wieder auf den Weg nach Asgard zurück, wo sein Kommen von den Asen schon sehnlichst erwartet wurde. Die Zwerge aber wandten sich wieder ihrer Arbeit zu, und bald hallte aus der Tiefe des Berges erneut das gewohnte Dröhnen ihrer Hämmer empor.

NACHSPIEL

ls Loki einige Tage darauf das aus zerklüftetem Vulkangestein bestehende Ufer betrat und seinen Blick über das dunkle Wasser wandern ließ, glich sein Gesicht einer steinernen Maske. Es war kein Geheimnis, wohin die Asen seinen Sohn verschleppt hatten. Die Insel Lyngvi lag tief im Herzen Jötunheims, inmitten eines weiten Sees, der den Namen Amswartnir, der Schwärzliche, trug, da sein fauliges Wasser die Farbe von Pech besaß. Die in der Ferne gut sichtbare Insel bestand zum größten Teil aus schroffem Felsgestein, war aber an vielen Stellen, allen sie umgebenden Giftschwaden zum Trotze, mit wild sprießendem Heidekraut bedeckt.

Ein toter Baumstamm diente Loki als Boot, um darauf zur Insel überzusetzen. Schon von weitem war Fenrirs schauerliches Geheul zu vernehmen, der ihn längst gewittert hatte. Als Vater und Sohn einander endlich wieder gegenüberstanden und sich in die Augen blicken konnten, wurde Lokis Herz darüber schwer. Dieses Mal hatten die Asen nichts dem Zufall überlassen. Führwahr, der alte Iwaldi war ein Meister seines Fachs, und hatte er damals mit seinen geschmiedeten Erzeugnissen wie Goldhaar, Speer und Faltboot noch den Kürzeren bei Lokis Wettvergleich mit den beiden Zwergen Sindri und Brokk gezogen, so hatte er diesmal ganze Arbeit geleistet. Es war ihm tatsächlich gelungen, die wilde und unbezähmbare Kraft Fenrirs gegen diesen selbst zu richten. Die Gleipnirfessel an Fenrirs Gurgel war so gefertigt, dass sie sich immer enger zuzog, je wilder der Wolf daran zerrte.

Mit einer List hatten die Götter den gefährlichen Riesenwolf hierher gelockt und ihn schließlich soweit gebracht, sich Iwaldis zaubermächtiges Halsband überstreifen zu lassen. Allerdings hatte sich der nach den zwei fehlgeschlagenen Fesselungsversuchen inzwischen misstrauisch gewordene Fenrir zuvor ausbedungen, dass einer der Asen solange seine Hand als Pfand in seinen Rachen legen müsse, bis sicher gestellt war, dass kein Verrat im Spiel zu erwarten sei. Da waren lange Gesichter bei den Göttern gewesen und Angrbodas Worte, dass kein

Gott es jemals wagen würde, sich Fenrir in den Weg zu stellen, hatte sich fast bewahrheitet. Aber eben nur fast. Tyr, der das Tier bereits aufgezogen hatte, war der Einzige gewesen, der den Mut besessen hatte, der Forderung seines einstigen Schützlings nachzukommen. Seitdem vermisste der Gott seine rechte Hand, die der getäuschte Fenrir ihm geradewegs abgebissen hatte. Ein geringer Wermutstropfen für all die zu durchleidende Pein, welcher der Wolf fortan ausgesetzt war. Schnell hatte Fenrir begriffen, dass dieser Kampf nicht zu gewinnen war. Als er sich bei seinem aussichtslosen Befreiungsversuch soweit verausgabt hatte, dass das Band ihm jegliche Luft abzuschnüren drohte, war er unter den Jubelrufen der Götter endlich kraftlos zu Boden gesackt.

Doch als wäre dies alles noch nicht genug gewesen, hatten die Asen diesen Augenblick seiner Schwäche genutzt und ihm den Rachen soweit auseinandergezwungen, dass sie zwischen seine gewaltigen Kieferknochen ein Schwert hatten einklemmen können. Diese Klinge hinderte Fenrir fortan daran zuzuschnappen, gleichzeitig aber auch feste Nahrung aufzunehmen. Seither troff ätzender Geifer aus seinem aufgezwängten Maul, sammelte sich in kleinen Rinnsalen und lief bis zum steinigen Ufer hinab, wo er sich mit dem schwarzen Wasser des Amswartnirsees vermengte.

Eine Bewegung aus dem Augenwinkel ließ Loki herumfahren. Aus der Deckung eines Felsens erhoben sich drei grünliche Sumpfgnome, Abgesandte aus Angrbodas Schattenvolk, die ihren Weg bis hierher gefunden hatten. Mit kleingestampftem Nahrungsbrei, den sie dem gepeinigten Tier täglich vorsichtig einlöffelten, versuchten sie Fenrir am Leben zu erhalten. Angrboda überließ ihre Kinder nicht sich selbst. Aber auch von ihren Leuten wagte keiner, das Schwert aus Fenrirs hungrigem Rachen hervorzuziehen, der nur darauf zu warten schien, nach einem von ihnen zu schnappen. Ebenso groß aber war die Angst vor der Rache der Asen, hätte man versucht, den Wolf zu befreien. Nur allzu gut erinnerten sie sich noch des Hammergewaltigen Donnergottes, der unter ihrer Sippe so furchtbar gewütet hatte, als die Jörmungand ihnen damals entrissen worden war.

Gerne hätte Loki seinem Sohn tröstend das Bauchfell gekrault, doch Fenrirs bedrohliches Knurren hielt selbst ihn weiterhin auf Abstand. Eine Haltung, die Loki ihm nicht verübeln konnte, schließlich war er es gewesen, Fenrirs eigener Vater, der ihn vor nur wenigen Monden ins Asgards goldenen Käfig gebracht hatte, wo man versucht hatte, den Wolf zu einem putzigen und willigen Schoßhündchen zu erziehen. Aber die Zähmung war fehlgeschlagen. Angrbodas Zauber, der Fenrirs Wachstum bis dahin gebremst hatte, war verflogen, die Riesensaat hingegen aufgegangen. Der Wolf jagte und tötete, fraß und trank, heulte und liebte aus seinen ihm angeborenen Instinkten heraus. Nie kam es ihm in den Sinn, das Leben verändern zu wollen oder irgendein Lebewesen für etwas zu verurteilen. Die Welt nach ihren selbst festgelegten Maßstäben zu bewerten und zu richten, maßten sich in ihrem Größenwahn nur Götter und Menschen an.

Loki gedachte seiner Begegnung mit einem recht jungen Zwerg, die noch nicht allzu weit zurücklag. Berling war sein Name gewesen, Südri sein Rufname. Den hatte sein Vater Iwaldi ausgeschickt, um ihm das Barthaar einer Frau zu besorgen. Erst nach langer Suche war es dem verzweifelten Zwerg schließlich gelungen, sein Ziel doch noch zu erreichen, worauf Iwaldi die Fessel für Fenrir hatte fertig stellen können. Loki lächelte still in sich hinein, denn niemand ahnte, dass kein anderer als er selbst jene verkleidete Frau gewesen war, die dem kleinen Zwerg so großzügig eines ihrer Barthaare überlassen hatte; denn damit war dieses Haar nicht wie streng gefordert von einer Frau gewesen, sondern stammte eben von ihm, einem Mischwesen und, was noch viel entscheidender war, dem Vater und Blutsverwandten von Fenrir. Ein Umstand, der genügen sollte, der angeblichen Unzerreißbarkeit dieser Fessel eine begrenzte Lebensdauer zu bescheren.

Lokis Grinsen wurde zu einer hämischen Grimasse. Niemand vermochte seine ältesten Instinkte ewig zu leugnen oder für längere Zeit in einen dunklen Sumpf fortzusperren, ohne dafür einen entsprechenden Preis zu entrichten. Mit jedem Tag, mit dem die Götter Fenrir weiterhin auf dieser Insel gefangen hielten, mästeten sie ihre eigene Bestie der Angst. Fenrirs Zeit würde kommen. Eine von Angrboda prophezeite Ära, die allen als ‚Wolfszeit' in Erinnerung bleiben würde. Und war die erst einmal angebrochen, vermochten weder Götter noch Menschen das Vorhandensein ihrer eigenen angeborenen Dunkelheit länger zu leugnen, die zu erlösen und ins Licht zu heben ihnen solange verwehrt bleiben würde, wie man sie weiterhin zu verdammen bereit war!

Loki richtete seinen Blick auf das zerklüftete Bergland Jötunheims, wo all die Riesen und Trolle ihre Heimat hatten. Dort, inmitten der ungezügelten Natur, würde er noch vorfinden, was er suchte. Wesen, die stark und offen genug waren, ihre Instinkte nicht verleugnen zu

müssen und, wie er, jene verachteten, die in erbärmlicher Angst vor ihren eigens gearteten Kräften katzbuckelten und ein eintöniges Leben einem ekstatischen Dasein vorzogen. Ein Leben, das die selbsternannten Herren dieser Welt durch Gesetze zu kontrollieren suchten, die einzig dem Zwecke dienlich waren, ihre Schwächen vor sich selbst zu verbergen und jene, die das ekstatische Feuer der Leidenschaft und des sprühenden Freigeistes in sich trugen, zu bekämpfen, zu unterdrücken und auszugrenzen.

Verächtlich spuckte Loki ins schwarze Wasser aus. Nach diesen Geschehnissen schwor er sich, fortan nichts mehr unversucht zu lassen, diese selbstgerechten Götter ihrer eigenen großen Lüge zu überführen. Und sollte dieses Ziel nicht zu erreichen sein, wollte er lieber alle Riesen und Geschöpfe der Nacht um sich scharen, um mit ihnen gemeinsam diese verkommene Welt ihrem Untergang entgegenzuführen; denn dann rechtfertige nichts mehr länger das Bestehen ihrer unvollkommenen Schöpfung, die höchstens noch als verwesende Totgeburt einer besseren Welt den Weg versperrte. Und einer solchen neuen Welt in ihrem noch ungetrübten Glanze den Weg zu bereiten, sollte fortan seine Bestimmung gelten. Diesen Eid sprach Loki feierlich im blutroten Licht der untergehenden Abendsonne, und er sollte ihn bis an sein Lebensende beibehalten.

Erklärung der verwendeten Namen und Begriffe

Die Reime zu Beginn der jeweiligen Kapitel wurden zum Teil der Edda entnommen oder in Anlehnung daran selbst verfasst.

Vorspiel:

Die Namen der vier Zwerge und die Bedeutung des jeweiligen Elements:
Grerr: (der Brüller) = Nordri, als Vertreter des frostigen Wassers. Ältester und stärkster der vier Brüder, dem es obliegt, mit einem Bären zu kämpfen und dessen Sehnen zu beschaffen.

Dvalinn: (der Langsame) = Ostri, das Erdelement, etwas behäbig, besitzt aber einen ausschlaggebenden Pragmatismus. Er ist für den Lärm (Osten, als Reich der lärmenden Riesen) von Katzengang zuständig.

Alfrigg: (der mächtige, erfahrene Alfe) = Westri, Vertreter des Luftelementes, der redegewandte Dichter und Einfallsreichste, der den Atem des Fisches besorgt.

Berling(r): (kurzer Balken!?) = Südri, das Feuer, der jüngste in der Runde, der hier mit der heiklen Aufgabe des Frauenbarthaares betraut ist, das letztlich der feurige Loki selbst liefert.

Iduna: sie ist die Frühlingsgöttin in Asgard und Hüterin der goldenen Äpfel ewiger Jugend, die den Göttern den Erhalt ihres Lebens garantieren. Laut der Edda ist der Zwerg Iwaldi ihr Vater.

Lokis Geburt und erste Jahre:

Nicht zufällig erinnert Lokis lustvolles Treiben in Wanaheim in dieser Geschichte an den griechischen Wein- und Ekstasegott Dionysos, bei dessen Orgien sich laut Überlieferung angeblich ganze Scharen feiernder Wesenheiten gänzlich dem Wein und der Liebe hingaben, was sich zuweilen bis zur Raserei steigern konnte. „In Dionysos flossen das pulsierende Blut und der schäumende Wein zu einer gemeinsamen lebenspendenden Feuchtigkeit zusammen, die ihre aus sich selbst gewonnene Energie mit der eruptiven Wucht eines Vulkans freisetzte" (Marcel Detienne). Wer sich der Verehrung des Ekstasegottes verweigerte, den strafte er mit Wahnsinn, Nymphomanie (Mannstollheit) oder Satyriasis (Dauererektion). Loki, der als „Gott des Feuers" für den (An-)Trieb, den Willen und damit das Blut und die Wärme im Menschen zuständig ist, sucht dieses zu schüren, indem er als „Herr des Waldes" zum „phallischen Liebestanz aufspielt".

Bei uns entstandene Mythen und Sagen wissen über ähnlich ausschweifende Feste zu berichten, die vom Volk der Feen angeblich in unterirdischen Höhlen und Hügeln abgehalten wurden. Einige Menschen sollen sich zuweilen auf ihren Wanderungen dorthin verirrt haben, doch nur den wenigsten war eine Rückkehr an die Oberwelt beschieden, was die Vermutung nahelegt, dass aufgrund der zu genießenden Freuden eine Rückkehr auch gar nicht mehr erwünscht wurde.☺

Treumund: unter Heiden allgemein verstandene Bezeichnung für die Patenschaft.

Motsognir:

Mjöklitudr: altnord. „der stark Gefärbte", ein Zwergenname in den Merkversreihen der Thulur.

Motsognir: ist altnordisch und bedeutet soviel wie „der Saftsauger", möglicherweise aber auch „der Kraftlose"? Gilt als einer der Ahnherren des Zwergengeschlechts.

Von den Menschensöhnen und -töchtern:

Diese Geschichte setzt sich aus zwei unabhängigen Liedern der Edda zusammen, die hier miteinander in Bezug gesetzt wurden. Der erste Teil, die Erschaffung von Ask und Embla, findet sich in der „Völuspa" und kommt in ähnlicher Form ebenfalls in der „Gylfaginning" vor, der zweite Teil geht auf das „Merkgedicht von Rig" zurück, wo sich eine recht detaillierte Beschreibung der äußerlichen Attribute und Charakterzüge der durch Odin bzw. Heimdall begründeten drei Stände findet.

Hönir: ein undurchsichtiger Gott, der bei der Erschaffung der Menschen mitwirkt und möglicherweise einem von Odins beiden Brüder Wili oder Ve, entspricht. Hönir wird später von den Asen als Friedgeisel an die Wanen gesandt, nachdem der große Krieg zwischen beiden Völkern beigelegt wurde. Obwohl er in der Edda als großer, stolzer Mann beschrieben wird, findet vor allem seine unbeholfene Unschlüssigkeit auffallende Erwähnung.

Rig: nordische Bezeichnung für den „Ahnen", im irischen (keltischen) Bezeichnung für „König".

Skyr-Milch: ungesüßte Dickmilch.

Die Geschichte vom Riesenbaumeister:

In der Gestalt des Riesenbaumeisters **Smidhr** (großer Bläser) ist unschwer der verkörperte Winter zu lokalisieren, der nun mit Hilfe seines Pferdes **Swadilfari** (Eisführer) versucht, eine so hohe (Eis-)Burg um Asgard zu errichten, so dass Sonne und Mond, die er sich zuvor als Lohn ausbedungen, nicht mehr hineinscheinen können. Der Riesenhengst, als der personifizierte kalte Nordwind, wird schließlich vom Südwind (Loki als Verkünder des Frühlings) vertrieben bzw. zur Paarung gelockt und verführt. Die gleiche Aufgabe übernimmt Loki auch bei der Winterriesin Skadi (siehe Einleitung S.12).

Die drei alten Baumriesinnen entsprechen in dieser und der ersten Geschichte (Lokis Geburt) den schicksalsweisenden Nornen.

Elle: Altes Längenmaß, dem Unterarmknochen entsprechend, ca.60 - 80 cm lang, womit der Hengst Swadilfari eine Schulterhöhe (Rist) von knapp drei Metern besitzt.

Warg: (Wolf) Bezeichnung für einen von der Sippe ausgeschlossenen und geächteten Schurken, der im Wald mit den Wölfen um sein Leben laufen musste. Fortan blieb ihm wenig Wahl, als (gleich einem Wolf) von Raub und Totschlag zu leben.

Das Lied der Knochenfrau:

Eggther: (der mit Schneiden bewaffnete Diener hat?) der Riese wird in der Völuspa als ein fröhlicher, Harfe schlagender Geselle beschrieben. Als Hüter des Eisenwaldes wacht er über alle sich darin aufhaltenden Gestalten und Wesenheiten (die dunklen, verneinenden und ungeliebten Aspekte der Natur) und weist Loki durch sein Lied den Weg zu Angrboda. Der Riese verkörpert hier die freundliche und versöhnliche Seite des Todes, der aufzeigt, dass alles irgendwann sein natürliches Ende haben wird.

Angrboda:

Angrboda: (Sorgenbringerin) „die Alte vom Eisenwald", verkörpert den dunklen Aspekt der Erdmutter, der in Gestalt ihrer drei unterschiedlichen Kinder zu Tage tritt. Die gleiche Entsprechung finden wir auch im keltischen Mythos. Dort ist es die „Große Muttersau" Henwen (alte Weiße) mit ihren drei bösen Gaben: einem Wolf, einem Adler und einer Katze, die sich allesamt zu Ungeheuern entwachsen und dem Land Tod und Zerstörung bringen. Jedoch mit dem Unterschied, dass Henwen ebenso auch gute Gaben verteilt, was im nordischen Mythos wiederum den Göttinnen (Frigg, Freyja oder Sif) vorbehalten bleibt.

Loki als Angrbodas Liebhaber wird durch ihre gemeinsame Vereinigung zu ihrem Sohn (im übertragenen Sinne) und erhält hierdurch die Rolle des göttlichen Gegenspielers, dessen Aufgabe es sein wird, die alte, unvollkommene Welt mit Hilfe seiner im Chaos gezeugten (Riesen-)Kinder ihrem Untergang entgegenzuführen.

Klafter: altes dt. Längenmaß. Ursprünglich Spannweite der Arme zum groben Ausmessen von Holz, ca. 2 – 2,5 Meter.

Ginnungagap: (der gähnende Abgrund) die kosmische Urleere, aus welcher irgendwann der Urriese hervortrat, aus dem die Götter später Midgard formten.

Muspells Söhne: die in Muspellheim wohnenden Feuerriesen, einem Ort, an den zu gelangen keinem Sterblichen vergönnt ist.

Die Ergreifung Jörmungands:

Thing: die richtende und gesetzgebende Versammlung freier Männer.

Seid(r): (Zauber) vorwiegend von Frauen ausgeführte schamanische Praktiken und Formen von Ritualmagie.

Berserker: (Bärenfellhemdträger) in Kampfeswut und Besessenheit entrückte Krieger, oftmals unterstützt durch die Einnahme halluzinogener Pflanzen und Pilze.

Fleischbaum: Es gibt mehrere Hinweise darauf, dass einige Germanenstämme die getöteten (oder noch lebenden) Körper ihrer Feinde in Bäume hängten, um sie hierdurch den Göttern zu weihen und auf diese Weise ihren Sieg zu feiern.

Kufe: altes deutsches Biermaß, ca. 450 –700 Liter umfassend.

Der Raub des Brisingamen und Kampf auf den Klippen:

In diesen beiden zusammenhängenden Geschichten wurden zwei Begebenheiten miteinander verknüpft, die uns aus alten Erzählungen vorliegen. Zunächst der Raub des Brisingamen, der sich in seiner ausführlichsten Version in der „Geschichte von Sörli" (Sörla Tháttr) findet. Bei Saxo Grammaticus, einem dänischen Kleriker und christlichen Gelehrten, der im 13. Jh. viele alte heidnische Sagen niederschrieb (und diese auch entsprechend abwandelte), gibt Odin den gestohlenen Schmuck an Freyja erst wieder heraus, nachdem diese ihm versprochen hat, zwei Könige im Kampf gegeneinander aufzuhetzen.

Nach Snorri, dem Verfasser der Edda, ist es Heimdall, der Loki den Brisingamen wieder abnimmt und Freyja zurückbringt. Das dabei Verwendung findende Motiv der Tierverwandlung in Heimdalls und Lokis Kampf in Robbengestalt findet sich ebenfalls in anderen nordischen Sagas, wo gewöhnlich von zwei Zauberern (Schamanen) die Rede ist, die sich in Walfische oder andere Meeressäuger verwandeln und dann auf offener See ihren Kampf um die Vorherrschaft austragen.

Heimdall: laut der Edda soll Odin den Heimdall mit den leibhaftiggewordenen Meereswogen, den neun (!) gemeinsamen Töchtern der Ran und des Meeresriesen Ägir, gezeugt haben.

Höfud: (Menschenhaupt) die etwas seltsame und bis heute ungeklärte Bezeichnung von Heimdalls gewaltigem Schwert.

Friedgeisel: Personen, die als lebender Pfand zwischen zwei Völkern ausgetauscht wurden, um das Bestehen eines zuvor ausgehandelten Friedens zu sichern.

Aar: veraltete Bezeichnung für den Adler

Friedelfrau: Ein alter Begriff, der vor allem im christlich geprägten Mittelalter neue Bedeutung gewann. Ein Fürst oder Ritter lebte nach den hohen Idealen der (meist platonischen) „hohen" Minne zu seiner auserwählten Dame und lebte mit sogenannten Friedelfrauen die „niedere" Minne (seine körperlichen Bedürfnisse) aus, wodurch der Mann „friedlich" gehalten wurde. Der bis heute weltweit wohl am meisten unterschätzte Liebesdienst einer Prostituierten.

Holmgang: Eine Form des Zweikampfes, der nach festen Regeln auf einer kleinen Insel (meist im Meer) stattfand und demnach gewöhnlich bei Stämmen vorkam, die in Küstennähe lebten.

VOLKSWEISEN

Abschließend seien noch ein paar Eigenarten über Loki aus dem vorwiegend skandinavischen Volksmund zusammengetragen:

- In Norwegen ist Lokis Erscheinung eng mit dem Herdfeuer verbunden; wenn das Holz im Feuerofen laut prasselte, knackte und Funken schleuderte, hieß es dort, Loki schlage seine unartigen Kinder.
- Um Loki(s ewigen Hunger) zu besänftigen, warf man auf Island lange Zeit die Reste ins Feuer. In Anspielung auf Lokis Wettessen mit Logi (altnord. Flamme), dem personifizierten Feuer in der Geschichte von „Thor bei Utgard-Loki", ist wohl auch dieses alte Rätsel zu verstehen: „Was frisst schneller als Loki?" Antwort: Nur das Feuer! „Loka spoenir" hingegen bezeichnet die Feuerspäne selbst.
- In Island benennt man verwickelte, unseriöse oder fälschliche Dinge (in denen der Wurm drin ist) auch mit „da ist ein Loki drin".
- Wenn auf Island in den „Hundstagen" (nach dem Sternbild Sirius benannt) die Mittagsshitze niederbrannte, sprach man auch von „lokkabrenna".
- „Loka daun" (Lokii odor) heißt auf Island der feurig verdunstende Schwefel, der aus den vielen kleineren Spalten und Kratern steigt.
- Ein dem Vieh schädliches Unkraut nannte man in Nordjütland „Lokkens havre", was ausdrücken sollte, dass Loki (der Teufel) nun wieder seinen giftigen Haber gesät habe. „Lokke driver idag med sine geder" (Loki treibt heut seine Geiße aus) bezeichnete hingegen jene flimmernden Dünste, die zur Mittagshitze über der Erde schweben und halluzinatorische Wirkung haben können.
- Das dänische „Lockens eventyr" bedeutet, auf jemanden zu hören, der Lügen verbreitet.
- Lokis Fesselung erinnert stark an den von Gottvater in Banden geschlagenen Teufel in der Hölle, der erst am jüngsten Tage loskommen soll. So leitet auch Loki mit der Befreiung von seinen Ketten (und denen seines Sohnes Fenrir) den Untergang der Welt ein. Daher auch die Redensart „der Teufel ist los" bzw. „ein Loki ist losgekommen", wenn alles aus den Fugen gerät.

Literatur:

Diese kleine ausgewählte und mit kurzen Kommentaren versehene Bücherliste liefert interessante Informationen zu Loki und der nordisch-germanischen Götter- und Mythenwelt im Allgemeinen:

- **Karl Simrock: „Die Edda", Bechtermünz, Augsburg, 1995**
- **Arthur, Häny: „Die Edda", Manesse, Zürich, 1989**
- **Genzmer, Felix: „Die Edda", Dietrichs Gelbe Reihe, München, 1997**
- **Jordan Wilhelm: „Die Edda", Arun, Engerda, 2001**

Vier Eddas in leicht voneinander abweichenden Übersetzungen, wovon die letzte mit 40 von mir gezeichneten Vignetten-Bildern versehen wurde.

- **Branston, Brian : „Götter und Helden der Wikinger", Tesloff, 1979**

Ein großformatiges, schön illustriertes Geschichtenbuch über die Sagen der Edda, vor allem für Kinder bestens geeignet.

- **Dietrich, Ulf : „Germanische Götterlehre", Dietrich, München, 1984**

Ebenfalls eine „Edda", enthält im Anhang aber zusätzlich ein übersichtliches und brauchbares Namensverzeichnis mit Seitenangaben, wo und in welchen Liedern die verschiedenen Götter und Gestalten jeweils auftauchen.

- **Golther, Wolfgang : „Germanische Mythologie", Phaidon, Essen, o. J.**

Meiner Meinung nach eine der umfassensden Arbeiten zur nordisch-germanischen Götterwelt, da viele alte Sagen und Lieder gleich mitaufgeführt und zitiert werden, hierdurch wesentlich lebendiger als nachfolgender Titel.

- **Grimm, Jacob: „Deutsche Mythologie" Bd. 1-3, 3 Lilien, Wiesbaden, 1992**

Ein wissenschaftliches Standardwerk und unersetzlich für alle, die z.B. an Sprachwurzeln und einstigen Gebräuchen aus dem Volksglauben interessiert sind.

- **Hasenfratz, Hans-Peter : „Die religiöse Welt der Germanen", Herder, Freiburg, 1992**

Knappe, komprimierte und kurzweilige Vorstellung zum Thema, wenn auch nicht gerade zu Loki. Hier werden auch einige sehr interessante Begebenheiten des Arabers Ibn Fadlan geschildert, der im 11. Jahrhundert einen Bericht über seine Erlebnisse in einer Wikingersiedlung anfertigte, welche neben dem Beowulf-Epos die Hauptvorlage zu dem Kinofilm „Der 13. Krieger" lieferte.

- **Ninck, Martin: „Wodan & germanischer Schicksalsglaube", Eugen-Dietrich, Jena, 1935**

Ein weiteres Schmuckstück aus dem letzten Jahrhundert, welches es mehr als wert wäre, wieder einmal neu aufgelegt zu werden.

- **Simek, Rudolf: „Lexikon der germ. Mythologie", Kröner, Stuttgart, 1995**

Ein umfangreiches und unentbehrliches (wissenschaftliches) Nachschlagewerk.

- **Tacitus, Cornelius: „Germania, Historien, Annalen", Reclam-Ausgabe, 1981**

Eine recht interessante Beschreibung unserer Vorfahren aus der Sicht eines römischen Geschichtsschreibers zur Zeitenwende, allerdings nur aus „zweiter Hand", dennoch ein bedeutendes Schriftzeugnis zur so spärlichen Überlieferung unserer Vorfahren.

Der Autor

Voenix, Autor und Maler, ist freischaffender Künstler und lebt derzeit in Thüringen. Neben seinem großen Interesse an Mythologie beschäftigt er sich seit Jahren mit den Themen des Okkulten. Seine Maltechniken bestehen aus Tusche, Acryl, Tempra, Aquarell und Air-Brush. Sein künstlerisches Tätigkeitsfeld spannt sich von Buch- und Kartenillustrationen über Comics, Tatoovorlagen, Poster und Plattencover bis hin zu großformatigen Wandgemälden. Er illustrierte bereits mehrere Bücher, unter anderem die „Edda", Akrons „Partnerschafts-Astrologie", „Dantes Inferno" und ist Zeichner der gleichnamigen Comic-Reihe. Neben einigen Titeln bei Arun sind von ihm ausserdem die beiden Bücher „Tolkiens Wurzeln - Die mythischen Quellen zu Der Herr der Ringe -" (Akron Verlags AG / www.akron.ch) und „Magie der Runen" (Urania) erschienen. **www.voenix.de**

In gleicher Aufmachung wie dieses Buch ist in Vorbereitung:

ASGARDSAGEN

Von Odin, Thor, Loki und anderen Göttern des Nordens

Alljährlich wird in Asgard zu Ehren Odins Thronbesteigung ein großes Fest anberaumt. Alle Götter mit ihren Sippen, Freunden und Verbündeten finden sich in Odins großem Saal Walaskialf ein, um ihrem Vater und Herrscher zu huldigen und ihren Treueschwur zu erneuern. Diese Feierlichkeiten währen stets neun Tage lang, und am Abend, wenn alle satt und zufrieden um die königliche Tafel sitzen, eröffnet Odin die lange Nacht der Geschichten. Dann sind alle Skalden und Sänger aufgerufen, ihre schönsten Mären, Taten und Abenteuer vorzutragen.

Wir erfahren wie Odin den Wundermet Odrörir von den Riesen zurückgewann und wie der Skalde Bragi nach langer Suche endlich nach Asgard fand. Wir hören von der Geburt des Donnergottes Thor, wie dieser seine ersten Taten bestritt und sich seine künftige Braut Sif erkämpfte. Ebenso von Loki, der unfreiwillig dafür sorgte, dass sich die gefallenen Einherjer-Krieger in Odins Walhall bis zum jüngsten Tage am unversiegbaren Euter der Ziege Heidrun laben dürfen.